***Thierry Cohen** est l'auteur de nombreux best-sellers, traduits à l'étranger, comme* J'aurais préféré vivre, Je le ferai pour toi, Si tu existes ailleurs, Si un jour la vie t'arrache à moi, Je n'étais qu'un fou, Avant la haine, L'Académie des âmes abîmées…

Et puis au pire on s'aimera

Du même auteur

Aux éditions Plon

J'aurais préféré vivre, 2007
L'Académie des âmes abîmées, 2018

Aux éditions Flammarion

Je le ferai pour toi, 2009
Longtemps, j'ai rêvé d'elle, 2011
Si tu existes ailleurs, 2012
Si un jour la vie t'arrache à moi, 2013
Je n'étais qu'un fou, 2014
Avant la haine, 2015

MON POCHE
14 avenue des Droits de l'Homme – 45000 Orléans

THIERRY COHEN

ET PUIS AU PIRE ON S'AIMERA

MONPOCHE

Pour Adi,
dont le sourire illumine notre monde

Prologue

Chacun d'entre nous aspire à faire de sa vie un roman, à en être l'auteur et le personnage principal, héroïque, exemplaire et admiré de tous.

Pourtant, nombreux sont ceux qui, faute d'imagination ou de volonté, se contentent d'être les lecteurs des faits que le destin jette sur leurs pages.

Mais tous se posent les mêmes questions : quand viendra le dernier paragraphe, l'inéluctable fin, serons-nous satisfaits de notre parcours ? Aurons-nous été les protagonistes d'une merveilleuse histoire d'amour ou, au contraire, d'une banale aventure ? D'un drame, peut-être ? D'une success-story ? S'agira-t-il d'une grande œuvre ou d'un ouvrage trivial ?

Ce roman parle d'une femme qui n'était que lectrice de sa vie, découvrait les chapitres de son existence, en effleurait les maux d'un doigt tremblant, attendant de voir son aventure s'emballer.

Et elle s'est emballée, d'une manière incroyable, au-delà de ce qu'aucun auteur n'aurait pu imaginer. Son histoire a bouleversé ceux qui en ont été les témoins.

Je suis l'un d'entre eux et c'est pourquoi, sur la base des témoignages recueillis, j'ai décidé d'écrire ce récit.

J'ai tenté d'être fidèle aux événements. Afin de rendre justice à Alice.

Ce roman est le sien.

Son surprenant roman d'amour.

PREMIÈRE PARTIE

L'HISTOIRE D'ALICE

Alice

UN MATIN COMME LES AUTRES.

Un réveil difficile après une nuit hachée de rêves impossibles à saisir, projetant leurs impénétrables énigmes, leurs obscures images, avant de se retrancher vers les limbes de mon subconscient.

La sensation d'une fatigue insurmontable, comme si des mains enserraient chacun de mes muscles pour les engourdir et me retenir plaquée aux draps.

Soudain, une lueur incertaine, une flamme fragile, vacillante, que je tentai d'approcher. Peut-être qu'aujourd'hui ? Non. Illusion. La réalité finit toujours par m'imposer sa cruelle banalité : ce jour serait semblable aux autres, aussi vide de promesses.

« Encore un matin, un matin pour rien »…

De l'écume de mes pensées surgit la chanson de Goldman. À défaut d'être la réalisatrice de mon existence, je me suis toujours contentée d'en générer la bande-son. Chaque moment de mes journées est accompagné d'un refrain, d'un couplet mixé par un DJ planqué au fond de mon cerveau. Des paroles et une musique qui surfent à la surface de mes émotions pour leur donner un sens plutôt que me laisser les mystifier ou les ignorer. Est-ce un don, une malédiction ? Ou simplement un palliatif à l'infirmité sociale qui m'empêche de trouver les mots capables de caractériser une situation ? Et suis-je la seule à posséder cette faculté ? Je ne sais pas. Peut-on poser cette question aux autres sans passer pour folle ? Ou sans fournir un indice probant à ceux qui le pensent déjà ?

Donc, encore un matin… pour rien.

Étalée en position étoile de mer (ne nous mentons pas : au réveil, les poses lascives et sensuelles sont réservées aux actrices et aux femmes possédant un mec depuis trop peu de temps pour lui imposer leur disgrâce matinale) (les autres femmes privilégient le confort et celui-ci est rarement compatible avec la séduction), je laissai mes yeux flotter sur l'écran de mon plafond, dans l'attente de la projection d'un désir, d'un fantasme ou d'un souvenir capable de m'apporter le réconfort ou l'énergie nécessaire à l'effort que réclamait l'abandon de mon lit.

Mais, comme d'habitude, ma vie m'apparut sous la forme d'une bande-annonce du film d'un réalisateur sans talent.

Personnage :

Alice, trente-trois ans, célibataire, pas belle, pas horrible non plus, banale quoi…

Boulot pourri, pas de mec, aucune perspective de changement.

Pitch :

Par une journée grise, Alice va devoir se rendre à son travail pour écluser la tonne de boulot que son abruti de directeur lui aura laissée. Aussi introvertie qu'une huître autiste, elle subira ses humiliations en retenant ses larmes. Elle déjeunera seule à son poste de travail, et le soir, harassée, déprimée, elle rentrera chez elle pour se préparer un repas fade qu'elle avalera devant une stupide émission de télévision.

Bref, « *encore un matin sans raison ni fin* ».

*

Il me faut toujours quelques minutes pour que mon corps accepte d'investir la réalité, enclenche les automatismes qui me conduiront à me doucher, m'habiller et petit-déjeuner avant de me projeter dans la rue.

J'en profitai donc pour méditer (méditer = me poser toujours les mêmes questions sans réponses, dans le seul but de confirmer la pertinence de ma déprime) : à quel moment avais-je foiré ma vie ? avais-je les mauvaises cartes au début de cette partie de poker menteur ? m'étais-je fait avoir ou avais-je simplement été victime de mon incapacité à entrer dans le jeu ? Bref, à trente-trois ans, était-ce fini pour moi ?

Après avoir fait le tour de ce champ de désolation, je m'accrochai à la seule perspective réconfortante disponible : mon petit déjeuner (c'est dire…). L'image d'un pain brioché sur lequel je pourrais étaler une épaisse couche de Nutella provoqua une odeur fantôme qui éveilla mes papilles, qui communiquèrent leur enthousiasme à mon estomac qui, lui-même, ordonna à mes membres de me laisser m'extirper du lit. Brioche industrielle, pâte à tartiner saturée d'huile de palme… je ne suis pas un exemple en matière d'équilibre alimentaire. Je laisse le combat contre la malbouffe aux vrais militants et, accessoirement, aux oisives en quête de batailles de salon. La *comfort food* est le dernier îlot de plaisir sur lequel j'aime me prélasser. OK, je plaide coupable.

Je réussis à m'arracher de mon lit et me dirigeai vers la salle de bains.

Là, je restai un moment figée, devant le lavabo, bras ballants, incapable de me décider : douche ou débarbouillage partiel ? Car l'un des aspects les plus déprimants de ma vie est d'accorder aux questions anodines la même importance qu'à celles dont pourrait dépendre mon existence (d'où mon immobilisme social) (d'où, au moins en partie, le désert affectif dans lequel je me dessèche).

L'image renvoyée par mon miroir finit de m'achever. Mais qui voudrait se réveiller aux côtés d'une telle femme ? Comment pouvait-on passer, en seulement quelques heures de sommeil tourmenté, d'un visage somme toute banal à cette imitation d'un tableau de Picasso ? Toutes les femmes ont-elles à subir ce genre de déconvenue matinale ? Bien entendu. Peut-être pas aussi violemment mais tout de même. Les stars aussi ! Dans les films, les Lindsay Lohan, Monica Bellucci, Sophie Marceau et autres Scarlett Johansson émergent de leurs draps de soie belles et fraîches, mais je sais que dans la vraie vie elles connaissent les mêmes désillusions. Je le sais depuis un reportage, trouvé sur Internet, consacré aux vrais visages des vedettes, c'est-à-dire sans intervention de maquilleurs expérimentés, de spécialistes de la lumière chevronnés ou de photoshopeurs de génie. La découverte de ces photos fut, je l'avoue sans honte, jubilatoire. Je détaillais chaque défaut avec un sourire coupable. Pas la jalousie destructrice que de nombreux hommes complexés mettent en scène dans des romans ou des films afin de rabaisser les femmes à des rôles de pestes écervelées (sans doute pour satisfaire leur frustration de n'avoir jamais plu à celles qui les faisaient fantasmer) (avis tout à fait subjectif car je suis à peu près certaine de n'avoir jamais fait fantasmer quiconque) (ou alors seulement le gardien de mon immeuble… quand j'avais douze ans), mais plutôt cette curiosité envieuse face à la photo d'une personnalité belle, riche, sûre d'elle, fiancée à un superbe acteur mais quand même sujette à certaines disgrâces. Bref, elles étaient comme vous et moi ! Des cernes, des rides, des vergetures !

Me satisfaisant de cette pensée profonde, je repris le cours de mon tout aussi profond questionnement. Douche ou débarbouillage ? Je confiai ma décision aux aléas de ma gestion des opérations : tout d'abord boire un thé en regardant les chroniques de mon émission de télé préférée, ensuite aviser en fonction du temps qu'il me resterait.

Je me rendis donc à la cuisine.

Là, premier indice annonciateur d'une journée plus compliquée encore que les autres : plus de thé.

Je jetai un regard dubitatif sur ma cafetière à capsules, qui n'avait jusque-là été utilisée que pour préparer des espressos aux copines qui me l'avaient offerte. Je dis copines et non amies car des amies ne m'auraient pas fait un tel cadeau : je n'aime pas le café et encore moins faire la queue dans des boutiques déguisées en bijouteries où l'on vous accueille avec obséquiosité pour vous vendre des capsules à prix d'or sans que vous ayez l'impression de vous faire pigeonner. Une invention bien placée dans mon top cinq des manifestations les plus flagrantes de la superficialité de notre époque. Les quatre autres ? La propension à étaler sa vie sur les réseaux sociaux ; la stupidité des émissions de téléréalité ; l'élévation du macaron au rang de délice suprême et celle de la zumba ou du Pilate au titre de sports essentiels à la survie des femmes.

J'ai une théorie sur l'amitié : l'un des moyens de distinguer une amie d'une copine est de considérer les cadeaux qu'elle vous offre à votre anniversaire (si elle ne vous en fait pas, ne vous posez pas la question : elle n'est ni copine ni amie). Une amie, donc, se torturera la cervelle pour trouver celui qui vous fera plaisir, le choisira selon vos propres goûts. Une copine vous gratifiera, au mieux, du cadeau qu'ELLE aurait aimé recevoir ou, au pire, participera à l'achat d'un bon Fnac, Galeries Lafayette, Sephora, Gifi, Auchan (le choix de l'enseigne révélant beaucoup de choses sur l'image que l'on a de vous), genre « on ne savait pas quoi te prendre alors comme ça… tu choisiras » (sachant qu'avec la somme affichée sur le bon, il faudra attendre la troisième démarque des soldes pour dénicher quelque chose d'à peu près intéressant).

Bon, OK, j'avoue ne pas avoir beaucoup d'expérience en la matière puisque j'ai très peu d'amies. Mais je suis très observatrice (la capacité d'observation étant l'une des qualités des filles timides et/ou introverties et/ou seules et/ou complexées et/ou bègues) (tous ces qualificatifs résument ma personnalité, excepté bègue et encore, dans certaines situations mes mots parviennent à s'entrechoquer).

Cette machine à café dont l'ensemble de l'humanité semble ne plus pouvoir se passer (du moins la partie disposant de suffisamment de moyens pour se préoccuper d'en posséder une) m'avait été offerte par mes collègues. Pour mes trente ans. En ouvrant le paquet, j'avais dû feindre la surprise. J'y parviens aisément car l'expression se confond assez facilement avec l'hébétude : rester sans voix, écarquiller les yeux, puis dire merci d'une voix timide. J'avais fait fonctionner l'appareil pour « régaler » mes invitées, bénéficiant de leurs conseils ineptes sur la manière d'optimiser son utilisation ou m'enrichissant de leurs connaissances pointues en matière de gammes de capsules. Pardon... de « collections ». Depuis, il trônait dans ma minuscule cuisine, inutile, encombrant, m'opposant sa dignité blessée. Je ne m'étais jamais résolue à le vendre sur Internet, de peur qu'une de mes généreuses relations de travail ne le reconnaisse. Je sais : la probabilité que cela se produise est proche de celle de voir un jour Matt Damon me demander en mariage, mais mon esprit ne peut s'empêcher d'imaginer l'éventualité que cela arrive (avec la même facilité qu'il envisage ma rencontre et mon mariage avec mon acteur préféré) (mes cauchemars s'alimentent à la même source que mes fantasmes : ma naïveté). Et, sans aller jusque-là, que diraient ces mêmes collègues si elles venaient à la maison dîner ou boire un verre et découvraient la disparition de leur cadeau ? Événement à la probabilité presque aussi nulle que ceux précédemment évoqués, si on considère qu'elles ne sont entrées chez moi qu'une fois, prenant prétexte de mon anniversaire mais en vérité motivées par la présence, ce jour-là, de mon cousin Jerry, surfeur et mannequin. En fait, c'est lui qui avait été l'instigateur et l'organisateur de cette fête. Et la vedette. Ce lointain parent qui ne m'avait jamais adressé la parole avait brusquement trouvé génial d'avoir un membre de la famille disposant d'un appartement à Paris et avait débarqué « juste pour deux ou trois jours ». Installé sur mon canapé, il y était resté deux semaines, recevant ses conquêtes pendant mes heures de travail. Sa générosité l'avait conduit à vouloir organiser « une super teuf » pour mon anniversaire. Chez moi. Face à mon refus, il m'avait opposé ce qui, pour lui, constituait l'argument essentiel : « Putain, trente ans, ça se fête ! » Cette vérité première m'échappant, je lui avais répondu que je n'y tenais pas et que je ne connaissais personne susceptible d'être intéressé par la célébration de la décennie qui venait de s'achever ni de celle qui s'annonçait. Il avait alors envoyé des emails, des SMS et m'avait annoncé fièrement qu'une trentaine de personnes seraient présentes. « Ce sera une super opportunité de te faire des amis », avait-il avancé. Je n'ai jamais su m'opposer à la détermination. Peut-être parce que, en possédant peu, elle m'est toujours apparue comme une force mystique à laquelle il me fallait me soumettre sans me poser de question. Je m'étais donc arrangée avec mes contradictions en songeant qu'après tout pourquoi pas, cela ne pouvait être que positif : je me ferais en effet quelques relations et trouverais peut-être, dans le lot, l'homme de ma vie (il est plus facile de s'accommoder d'arguments fallacieux que de faire face à sa lâcheté). La veille de la fête, il était venu me chercher à la sortie du bureau pour faire quelques courses et avait lancé des invitations aux collègues selon deux critères discriminants : femme/canon. Son corps d'athlète et son visage d'ange avaient convaincu les insatiables. Et, le jour dit, je m'étais retrouvée au milieu d'une foule d'inconnus dansant dans mon salon, salopant mon mobilier et ignorant royalement celle qui avait dépensé la moitié d'un salaire pour qu'ils puissent ingurgiter sans discernement des litres d'alcool et des petits-fours que l'on aurait pu remplacer par des étrons sans qu'ils s'en rendent compte tant ils étaient imbibés. Quant à mes collègues de bureau, elles m'avaient adressé la parole uniquement pour connaître la bio de mon cher cousin. Qui avait ensuite couché avec Dallia, peut-être même avec Candice et, une fois reparti sur les routes de la célébrité, les avait oubliées. J'étais donc devenue leur « copine » ce soir-là et l'étais restée trois ou quatre semaines, soit le temps qu'elles perdent espoir de le revoir et aient confirmation du peu d'intérêt de ma personnalité. Depuis, elles étaient devenues de simples collègues de travail. Fin de cet épisode catastrophique – et pourtant symbolique de ma propension à être la conne de service.

Bref, la machine à café... (je sais, je digresse, c'est le lot des personnes seules. Tant qu'elles le font mentalement, pas de souci, mais le jour où elles se laissent aller à le faire à haute voix, elles prennent le risque de voir des hommes en blanc leur proposer d'enfiler une tunique épaisse aux manches attachées dans le dos.)

Ce matin-là, elle seule (la machine à café, pour ceux qui se seraient perdus dans les méandres de mes divagations) m'offrait une possibilité d'ingurgiter une boisson chaude. Je préparai vite un café très dilué, avec beaucoup de sucre, m'accordait une double couche de Nutella, histoire de compenser ma frustration, et m'installai devant mon écran plat.

Je grimaçai. À cause de l'amertume de la boisson mais également de la rediffusion d'un jeu télévisé mettant en scène des couples répondant à des questions censées être amusantes afin de tester leur amour, leur complicité ou, à tout le moins, leur proximité. Un programme fascinant et réjouissant pour une célibataire désespérée, n'est-ce pas ? Voir ces couples exhiber la banalité de leurs sentiments, faire des confidences sur leur sexualité, tenter désespérément de paraître sympathiques, minauder et rire de leurs propres blagues et échanger bisous et regards convenus est suffisamment pathétique pour vous présenter la solitude sous son jour le plus attrayant. Là, sur mon canapé, je m'excitai : ça ne pouvait pas être ça, l'amour ! Pas ce conformisme, pas ces attitudes stéréotypées, pas cette bêtise dégoulinante, pas cette orthodoxie des sentiments.

Puis je culpabilisai d'être aussi sardonique et tentai de relativiser mon jugement en égrenant des arguments modérateurs :

1/ Tu ne connais pas ces gens, ne sais pas ce qui les motive et les condamnes trop rapidement (argument compassionnel destiné à faire pardonner ma méchanceté).

2/ Leurs niaiseries ne sont sans doute que contextuelles, la télé devant avoir un effet désinhibiteur proche de celui de l'alcool (argument plausible mais non vérifiable).

3/ Le prisme trompeur du dépit te rend acariâtre (argument me mettant en cause, donc non recevable).

4/ Aux dernières nouvelles, tu n'es pas menacée car tu n'intéresses personne (argument réaliste et particulièrement démoralisant).

Je restai focalisée sur ce constat quand, le jeu terminé, mon émission matinale commença. Une de mes émissions préférées, et ce, pour deux raisons.

La première concernait l'ambiance bon enfant semblant régner entre les chroniqueurs. J'aimais m'imaginer faire partie de cette équipe. Maîtrisant mon sujet, possédant une élocution parfaite, faisant preuve de pertinence et d'humour, je me voyais captiver les téléspectateurs par mes propos, les amuser par mes traits d'esprit, les conquérir par mon intelligence. Mais ma raison venait toujours briser ce fantasme en m'assenant une question : que pourrais-tu chroniquer vu que tu ne possèdes ni compétence particulière ni expertise sur quoi que ce soit ? Hormis le célibat. Alors oui, j'aurais pu parler de la difficulté à vivre seule, de l'éternel espoir de rencontrer l'amour, des expériences désolantes qui jonchent la vie de celles qui tentent de s'extraire de cette condition. Sujet certes déprimant mais qu'il m'aurait été possible de traiter avec humour et aisance… car je crois avoir de l'humour… mais pas l'aisance nécessaire pour que d'autres le sachent.

La seconde raison était le pouvoir de séduction de l'animateur. Sexagénaire (septuagénaire ?) élégant, cultivé, possédant de l'esprit, il alimentait mes fantasmes depuis quelque temps déjà. Oui, je sais, toute personne non concernée par la solitude sentimentale trouvera étrange cette attirance pour un homme bien plus âgé que moi. Or, au contraire, c'est précisément cette différence qui était la clé de mon raisonnement : si mon physique n'intéressait pas les hommes de ma génération (ou était-ce mon absence de style, de personnalité, voire tout ça à la fois ?), peut-être aurais-je plus de succès auprès des plus vieux, moins regardants (ou à la vue défaillante), forcément valorisés par la présence à leurs côtés d'une femme plus jeune ? En fait, toutes les femmes dans ma situation, j'en étais certaine, avaient dû envisager le problème sous cet angle-là (les plus désespérées, du moins).

Car il faut comprendre une chose : les mâles trentenaires étant attirés par les beautés de vingt ans, sans vergetures et pas encore obsédées par leur horloge biologique, deux solutions s'offrent à celles qui, comme moi, ont quitté le pré vert de la jeunesse et se retrouvent dans un no man's land affectif et sexuel :

1/ Valoriser sa maturité auprès de gamins en quête d'aventures torrides, donc devenir prématurément une cougar et se contenter de toy boys à défaut d'avoir un véritable mec.

2/ Céder sa relative jeunesse à des hommes plus âgés, nostalgiques de leur pouvoir de séduction.

Deux choix diamétralement opposés car impliquant des motivations différentes et, forcément, des relations qui le seraient tout autant.

Dans le premier cas : zéro romantisme, relations sexuelles débridées, aucune perspective d'avenir. Dans le second : relation valorisante, romantisme effréné, sexualité paisible et renonciation probable à la maternité.

La vérité est que je ne suis pas suffisamment libérée pour accepter d'être le jouet d'un apprenti hardeur ni suffisamment désespérée pour supporter les effets de l'âge avancé d'un partenaire : les sautes d'humeur dues aux aléas de leur virilité, les effluves d'eaux de toilette d'un autre âge (type Old Spice ou Vétiver), les enterrements d'amis, voire, plus tard, les problèmes d'une prostate capricieuse et le choix d'une maison de retraite avec unité Alzheimer.

Glissant sur la veste en tweed de mon animateur, mes yeux rencontrèrent l'horloge située en bas de l'écran et... je compris que mon esprit avait, une nouvelle fois, vagabondé trop longtemps dans l'espace intersidéral de mon inconséquence. J'étais en retard. Suffisamment pour disposer d'une réponse à ma question initiale et me contenter d'un lavage partiel. Puis enfiler un tailleur, un chemisier et me précipiter dans l'escalier.

À peine avais-je fermé la porte que celle du logement de monsieur Gaillard s'ouvrit. Nouveau signe annonciateur d'une mobilisation des éléments contre moi.

— Mademoiselle Aline !

Je renonçai à le reprendre sur mon prénom et tentai de trouver une manière polie de lui échapper.

— Je suis désolée mais…

— Vous avez vu ce qu'il s'est passé hier ?

— Non, mais…

— Des voyous sont entrés chez une femme seule et l'ont molestée avant de la dépouiller !

Monsieur Gaillard avait fait de sa paranoïa le fondement d'une dynamique supposée occuper son temps libre (étant retraité, il s'agissait donc de tout son temps), et de sa connaissance des dangers et des moyens de s'en préserver une expertise qu'il souhaitait valoriser auprès de son voisinage. Il passait donc ses journées, et sans doute une partie de ses nuits, à dénombrer les crimes et délits, à recenser les menaces potentielles, à évaluer les probabilités de se compter parmi les victimes et à élaborer une défense contre ces fléaux. Il avait établi la liste des êtres susceptibles d'attenter à sa vie ou, tout au moins, à sa quiétude. Les plus couramment cités étaient : les « étrangers » (ceux qu'il ne connaissait pas), les « voyous » (les jeunes), les « drogués » (les jeunes Français), les « dealers » (les jeunes étrangers), les « politiciens véreux » (tous les politiques), les « communistes » (tous les gens de gauche) et les agents des impôts (à la solde des « politiciens véreux »). Convaincu d'être la cible privilégiée de ces adeptes du mal, son appartement s'était transformé en bastion à défendre, avec porte blindée (« cinq points de verrouillage dont quatre pênes battants à crochets et un double pêne central », m'avait-il expliqué). Mais, en bon soldat, il souhaitait élargir sa zone de protection à l'immeuble entier. Nous étions donc, quasiment chaque jour, sommés de ne pas affaiblir ses lignes de défense en « prenant en considération ses conseils » et en « respectant ses mesures de protection ». Les voisins faisaient mine de l'écouter afin d'éviter ses interminables diatribes (également en vertu du principe édicté par le sens commun selon lequel il vaut mieux être ami avec ceux dont la raison défaille, surtout quand ils sont armés).

— Regardez l'arme que j'ai achetée ! lança-t-il d'ailleurs en me montrant un vieux pistolet.

Sa « stratégie de défense » incluait également une course à l'équipement dans laquelle les armes de collection occupaient une place importante. Ses petits yeux bleus caressaient l'objet et ses nombreuses rides parurent d'un coup s'animer indépendamment les unes des autres.

— C'est un modèle de 1833, de la Manufacture nationale de Châtellerault. C'est pas ce qu'il y a de plus efficace aujourd'hui mais ça peut quand même envoyer une racaille sur le tapis ! Bon, il n'est pas fonctionnel, mais après quelques réparations il retrouvera sa jeunesse. Tenez, prenez-le dans la main et regardez le travail du bois.

— Il est très beau, en effet, mais je dois vous laisser !

— Ah, très bien, marmonna-t-il, déçu. Je comprends… le travail. Mais faites attention dans le métro ! Placez-vous près d'une porte. Et tenez bien votre sac. J'ai entendu dire que le vol à l'arraché était à la mode chez les étrangers !

— OK, je ferai attention, ne vous inquiétez pas. Bonne journée.

Je dévalai les escaliers et… tombai sur Sandrine en train de relever sa boîte aux lettres. Elle m'adressa un gentil petit signe, attendant que j'aille la saluer.

— Salut ! Désolée, je suis en retard.

— Oui, bien sûr, répondit-elle sans se départir de son sourire bienveillant.

Allait-elle abdiquer et ne pas tenter de me retenir ? Compte tenu de son opiniâtreté, j'en doutai. À raison.

— Tu fais quoi ce soir ? lança-t-elle alors que j'allais sortir de l'immeuble.

Sandrine est une voisine devenue une amie. En fait, je l'aurais alors plus facilement qualifiée de « copine d'infortune ». Seule également, de vingt-trois ans mon aînée, elle me proposait souvent de passer une soirée « entre potes » ou d'aller prendre un verre. Elle m'avait à de nombreuses reprises apporté un véritable réconfort à des moments où j'allais si mal que la perspective de me retrouver en tête à tête avec mon téléviseur m'affolait. Si je lui étais reconnaissante de sa sollicitude, je dois avouer que, parfois, sa présence m'insupportait pour la simple (et bonne ?) raison qu'elle me renvoyait l'image de celle que je deviendrais si rien ne survenait dans ma vie durant les vingt-trois prochaines années. Elle avait abandonné tout espoir de rencontrer un homme et se recroquevillait sur les petits bonheurs dont elle jalonnait ses journées, comme, par exemple, déguster un bon gâteau acheté chez un grand pâtissier, regarder un film ou lire le dernier roman de Marc Levy. Ainsi, égoïstement, quand je me sentais capable de supporter ma déprime, j'évitais de la croiser.

— Je ne sais pas… On en reparle, je suis en retard.

— Passe chez moi ! Je préparerai un chouette dîner et on pourra se passer une soirée sympatoche en regardant la téloche !

« Soirée sympatoche à regarder la téloche »… j'eus soudain envie de pleuroche.

— Je… ne sais pas… Je t'appelle plus tard.

— Bon, écoute, je vais préparer, au cas où ! Mais ce serait cool un truc entre nénettes, d'autant que le temps est pas jojo.

Le vocabulaire de Sandrine était resté figé dans ses années de jeunesse et il me fallait parfois une petite seconde pour déchiffrer ses expressions.

J'aurais dû lui dire de ne pas se donner ce mal, trouver une excuse et filer, mais je n'en eus pas le courage.

Sandrine est fonctionnaire. Elle travaille aux archives de je ne sais quel organisme, passe huit heures par jour à classer des documents qui lui parviennent par navettes automatisées et a pour seul collègue et compagnon d'infortune André, un handicapé au caractère enjoué dont les blagues la désespèrent. Elle possède une corpulence généreuse (j'ai du mal à dire qu'elle est grosse bien qu'elle l'assume totalement et revendique ses rondeurs comme une expression de son épicurisme), ne se maquille pas, porte des vêtements dont l'absence de caractère, voire leur difformité, laissent penser que ses seuls critères de choix sont le confort et le prix. Ceci constituant un autre point commun puisque, de l'avis des personnes les plus sincères de mon entourage, je ne sais pas me mettre en valeur. Certes, je ne porte pas de leggings comme elle (il faudra un jour que l'on m'explique pourquoi tant de femmes corpulentes pensent que ces collants moulants conviennent à leur esthétique), ni de jeans pattes d'éléphant et encore moins de sweat aux inscriptions humoristiques (type « Tout travail mérite sa bière » ou « Ce soir je peux pas, j'ai piscine ») ; j'ai toujours privilégié les vêtements associés à mon job d'assistante (une tradition passéiste qui m'a éloignée des aléas de la mode) : tailleurs classiques et chemisiers sages. « Tenues de coincée », comme me l'avait un jour dit Dallia, dont la sincérité n'a d'égale que sa naïveté.

Bref, notre immeuble aurait pu être un terrain d'investigation pour anthropologues, sociologues et psychanalystes en quête de cas pour une étude sur « les dérives comportementales en environnement urbain ».

*

Le métro.

J'avais appris à apprécier les trente minutes d'immersion dans l'agitation désordonnée de la faune parisienne. À mon arrivée dans la capitale, je me focalisais sur les bousculades, les mines renfrognées, les risques d'agression, les odeurs corporelles, et chaque voyage m'apparaissait comme une aventure aussi périlleuse que désagréable. Puis, la routine aidant, je m'étais résolue à optimiser le temps de trajet pour ce que je savais le mieux faire : rêver, observer discrètement les passagers, deviner leurs vies, imaginer leurs bonheurs, leurs soucis, le décor de leurs habitations. Je voyageais entre ces vies empruntées. Quand mon regard rencontrait un homme au physique plaisant, je me laissais absorber par ce qu'il donnait à voir de son univers. Et je me retrouvais face à lui dans un restaurant, un chalet de montagne, au cœur d'une île paradisiaque ou, plus prosaïquement, dans un intérieur simple, échangeant des idées ou… faisant l'amour (plus rarement car ma parano m'amenait vite à croire que les autres passagers pouvaient percevoir mes coupables pensées). Et je ne pouvais m'empêcher de songer que, un jour, l'un d'entre eux viendrait m'accoster (preuve d'un optimisme forcené puisque je n'avais attiré, jusque-là, que des SDF et des musiciens faisant la manche). Ou alors, je me comparais aux autres femmes du wagon. Étais-je moins attirante que cette quadragénaire épanouie ? Mon corps était-il moins harmonieux que celui de cette jeune fille au regard malicieux ? Et si j'avais la bouche de celle-ci ? Les seins de celle-là ? La tenue de cette autre ?… Les comparaisons étant rarement à mon avantage.

*

J'arrivai à l'heure devant la porte d'entrée de mon entreprise : un immeuble haussmannien dont nous occupions les trois derniers étages. La SCAD concevait et réalisait des programmes télé et des documentaires. Une activité qui paraîtra intéressante à tous les profanes et évoquera immédiatement créativité, artistes, people, voyages. C'était le cas pour la plupart des salariés mais pas pour moi car j'étais l'assistante du directeur administratif et financier, un type terne, ambitieux, acariâtre et toujours vilipendé par les créatifs pour les limites budgétaires qu'il imposait à leur hardiesse inventive. Un cadre supérieur frustré de ne pas occuper un poste plus important à la direction générale de la holding. Sans doute le dirigeant le plus inconsistant et haïssable de l'établissement. Dont j'étais, bien entendu, le souffre-douleur. Dès mon arrivée, Fantin – c'est son nom – m'avait pris en grippe. Et ses brimades m'étaient vite apparues insupportables. J'avais failli démissionner à la fin de ma période d'essai mais, nécessité faisant loi, j'étais restée, me promettant de partir dès qu'une opportunité se présenterait. Hélas, les opportunités professionnelles sont comme les hommes : elles ne surgissent jamais par enchantement. Et je n'avais jamais rien fait pour trouver un autre travail, renvoyant toujours au lendemain l'actualisation de mon CV et la lecture des offres d'emploi correspondant à mon niveau d'études.

Après quelques semaines à cauchemarder la nuit et trembler le jour, j'avais appris à relativiser. Puis à composer. Depuis, je me rendais au travail comme d'autres devaient, à une certaine époque, descendre dans la mine : poussée par la nécessité et drapée de ma conscience professionnelle. Avec aussi l'illusion que cette difficile expérience serait formatrice et pourrait se voir un jour valorisée dans un autre emploi (en fait, à part sparring-partner dans un club de boxe...).

À huit heures vingt, je saluai les deux hôtesses d'accueil. Comme tous les jours, elles me répondirent distraitement, ne prenant même pas la peine d'articuler un bonjour audible. À huit heures vingt-cinq, je me rendis au distributeur de boissons chaudes. À huit heures trente, je déposai une tasse de café sur le bureau de Fantin, ne recueillant qu'un vague grognement en guise de bonjour et/ou de remerciement. À huit heures trente et une, il hurla que son café était dégueulasse. À huit heures trente-cinq, je m'assis devant mon écran d'ordinateur et sirotai mon thé. Rituels d'un début de journée destiné à me saper le moral.

À neuf heures, mon directeur rejoignit la salle de réunion pour présenter les nouvelles coupes budgétaires censées permettre au groupe de renouer avec une croissance à deux chiffres. Je pus téléphoner à Marianne.

— Comment tu vas, mon lapin ? me lança-t-elle, enjouée.

— Comme d'habitude.

— Rien de neuf à me raconter ?

Je redoutais ces questions qui m'amenaient invariablement à révéler la platitude de ma vie.

— Non, rien. Et toi ?

— Enzo a encore fait des siennes. Il ne veut plus rester à la cantine parce que « c'est pas bon et que les grands l'embêtent ».

Marianne et moi sommes amies depuis l'école primaire. Elle est mariée et a deux enfants : Stella, huit ans, et Enzo, six ans. Une vie de couple réussie, un mari adorable, un travail intéressant. Tant que l'espoir persiste, les femmes heureuses sont des modèles, des combustibles pour nos rêves ; quand nous n'en avons plus, leur bonheur devient exaspérant car il révèle la taille de nos échecs (et on se retrouve à pleurer seule dans son lit en écoutant « *Pourquoi les gens qui s'aiment sont-ils toujours un peu les mêmes...* » de William Sheller) (je sais, les références musicales sont à l'image de mes tenues : d'un autre âge). J'ai parfois été tentée de croire que Marianne entretenait notre relation par compassion ou, pire, afin d'apprécier, à l'aulne de mon immobilisme, sa faculté à réussir tout ce qu'elle entreprenait. Mais je sais que notre amitié est réelle, sincère, nourrie d'années de confidences, de présence. De présence téléphonique depuis mon départ pour Paris et son déménagement à Toulouse pour suivre son mari. J'avais cru que le temps et la distance me la voleraient, que mes conversations creuses la lasseraient mais, à ma grande surprise, elle ne m'avait pas lâchée.

Elle avait vu mon départ pour la capitale comme une formidable aventure. Paris ! La fête, le théâtre, les concerts, les célébrités... Me pensait-elle sincèrement capable d'évoluer dans ces milieux ? Croyait-elle qu'une fois immergée dans le bain de culture et de divertissement la chrysalide se métamorphoserait en papillon ? Quoi qu'il en soit, face à l'inanité de ma vie, elle tenait bon et accueillait chacun de mes appels avec une joie non feinte. Une véritable amie quoi !

— Comment s'est passé ton week-end ? lui demandai-je, avant que la lumière de sa curiosité ne se lasse d'éclairer la scène vide de mon existence.

— Plutôt agréable. Nous avons pu déjeuner dans le jardin.

Ils habitaient un magnifique pavillon avec piscine (sept mille euros de revenus mensuels à deux).

— Cool.

— Et toi ? me relança-t-elle, espérant un sursaut d'intérêt.

— Eh bien... rien. Ah si, je suis allée voir une expo.

— Avec qui ?

— Seule.

— OK. (Ses OK signifiaient qu'elle n'était pas étonnée mais refusait de remuer le couteau dans la plaie.) Il a fait beau ? (Le repli sur la météo est toujours révélateur d'une forme de lassitude.)

— Non.

Elle soupira.

— Tu as ouvert le paquet que je t'ai envoyé ? interrogea-t-elle.

— Oui, merci beaucoup ! mentis-je.

Il s'agissait d'une écharpe tricotée par sa grand-mère, femme excentrique et amusante, qui passait le temps à manipuler ses aiguilles avec l'espoir d'habiller toute sa famille. J'avais posé le paquet à l'entrée de mon appartement et l'avais oublié.

— Ma grand-mère te prend apparemment toujours pour une gamine. Et elle pense qu'à Paris tu en auras besoin. Bon, à part ça ? Un dossier en ce moment ? (Dossier = homme en vue) (l'espoir subsistait donc !) (mais ma réponse allait finir de l'achever).

— Non.

— Et le beau livreur ? Il te drague toujours ?

— Il ne vient plus. Fantin a renégocié le contrat de tous nos prestataires et une nouvelle entreprise de livraison a été préférée.

En vérité, j'avais enjolivé l'histoire. Le coursier en question n'était pas si beau et ne me draguait pas vraiment. Il était simplement d'un naturel enjoué et plaisantait avec moi comme avec tout le monde. Mais j'aimais le voir arriver, rompre la monotonie de mes journées, l'écouter me flatter. Blasée de n'avoir jamais rien à raconter à Marianne, j'avais donc inventé un intérêt réciproque.

— As-tu prévu de venir nous voir cet été ? reprit-elle d'une voix qui me laissa penser qu'elle travaillait en me parlant.

— Je n'ai pas encore posé mes dates.

— Eh bien bouge-toi ! J'ai plein de mecs à te présenter !

— Nous verrons.

— Que je déteste ce genre de réponse ! Peut-être… nous verrons… Je ne sais pas encore… Bouge-toi, Alice !

— Ne recommence pas, s'il te plaît, l'implorai-je.

— Mais tu me mets en colère avec ta voix de vaincue !

— Oui, excuse-moi, je ne me rends pas compte.

— Et cesse de t'excuser ! Je ne t'en veux pas ! Ce n'est pas à moi que tu fais du tort ! Tu croupis dans cette entreprise, tu te fais maltraiter par ton directeur, tu n'as quasiment pas d'amis, tu t'ennuies le week-end et tu parais ne rien vouloir faire pour changer ça !

— La description est violente… mais assez juste.

— Qu'est-ce qui te retient à Paris, dans cette boîte à la con ?

— La lâcheté.

La réponse la décontenança tout en m'affectant. Je venais de résumer spontanément la raison de mes échecs. Les larmes m'étaient montées aux yeux et ma voix, d'un coup, s'était enrouée.

— Oh, excuse-moi mon lapin… je m'emporte, dit-elle, percevant mon accès de désespoir.

— Tout va bien.

— Je m'énerve parce que tu vaux mieux que tout ça ! Tu es surdiplômée pour l'emploi que tu occupes. Tu es jolie comme un cœur mais ne te mets pas en valeur. Tu acceptes toutes les épreuves comme s'il te fallait faire pénitence d'un grave péché. Si seulement tu osais…

Oser. Le mot magique. Mais oser quoi ? Je lui posai la question.

— Sors ! Même seule ! Va boire un verre ! Tu te feras draguer, c'est sûr ! À condition que tu ne portes pas un de tes tailleurs tristes à mourir avec des escarpins trop sages sans talons, bien sûr.

Je jetai un regard désabusé sur la tenue que je portais et ne pus m'empêcher de rire, ce qui eut pour effet de détendre l'atmosphère (passer des larmes au rire aussi vite est souvent un signe annonciateur de dépression).

— S'il s'agissait seulement de mes vêtements. Je ne plais pas, Marianne ! Aucun homme ne me regarde. Et qui voudrait d'une fille boiteuse ?

— Bon, tu ne vas pas me refaire le numéro de la petite misérable ! Tu es très jolie mais tu ne sais pas te mettre en valeur ! Quant à ta claudication, il faut vraiment savoir que tu as eu un problème pour la déceler ! Alors arrête de te chercher des excuses !

— Ce soir je suis invitée chez Sandrine, murmurai-je, sans trop savoir si je voulais évoquer un semblant de sociabilité ou me plaindre de la pauvreté de mes loisirs.

— Celle qui utilise les mêmes expressions que nos parents ? Oh non ! Je « te fiche mon billet » que cette « cruche » a préparé un petit dîner « dont tu me diras des nouvelles ». Sérieusement, si c'est ça ta sortie, ça « craint du boudin », lança-t-elle sur un ton enjoué.

— Ben, « ça fait une paye » qu'on ne s'est pas vues, rétorquai-je, sur le même ton afin de lui faire croire que je restais positive. Ça « me botte pas des masses d'aller bâfrer chez elle », mais je l'aime bien. Quant à savoir ce que nous « dallerons », là c'est « mystère et boule de gomme ».

Son rire me fit du bien, même si je culpabilisais de m'être moquée de mon adorable amie.

Notre conversation m'ayant laissée plus dépitée que je ne l'étais déjà, je me rendis en salle de pause chercher un autre thé.

Les filles étaient déjà là (les amatrices de cafetière à capsules et fans de mon cousin). Bises, sourires polis, banalités. Elles occupaient les mêmes fonctions que moi mais pour des managers autrement plus agréables et dans des services beaucoup plus intéressants. Elles formaient une petite bande, déjeunant tous les jours ensemble, organisant parfois des sorties. Olga était la plus flamboyante. Grande, blonde, mince, à la démarche élégante, intelligente, elle était dotée d'une force de caractère sans égal. Tous les hommes étaient attirés par sa beauté mais malheur à celui qui s'aventurait à la draguer ou à lui manquer de respect. Son sens de la repartie était connu et redouté. De plus, assistante du directeur général, elle était crainte pour sa capacité à influer sur ses décisions. Les mauvaises langues racontaient qu'elle était sa maîtresse.

Candice, jolie assistante du directeur de la production, de taille moyenne, cheveux châtains éclairés de mèches blondes, corps aux formes sensuelles, avait Olga pour modèle. Mais son inconstance, son tempérament lunatique et son impudeur notoire lui étaient toute chance de bénéficier de la même aura.

Enfin, il y avait Dallia, l'assistante de la directrice de la création. Qui était la plus… particulière des trois. Sa naïveté confondante lui interdisait tout accès à l'humour second degré comme à toute autre forme de subtilité, et faisait d'elle une proie facile pour les mâles de l'entreprise les moins délicats. Elle se hissait sur de hauts talons aiguilles afin de compenser sa petite taille et portait des tenues qui étaient, pour les hommes, de véritables invitations à l'aborder pour lui proposer de boire un verre, s'ils étaient polis, ou une baise, quand ils l'étaient moins. Elle avait la réputation d'accepter les deux.

Occuper des fonctions semblables conduit à des regroupements, des sortes de confréries qui pourraient laisser penser que chaque membre trouve dans ces solidarités informelles l'occasion d'échanger des conseils ou de constituer une défense d'intérêts communs. En vérité, dans ces groupes, personne ne cherche à enrichir ses connaissances professionnelles ni à mettre en œuvre des stratégies corporatistes. La fonction est seulement un moyen de créer des affinités que les premiers contacts rendront électives ou pas. Dans mon cas, ils avaient été fatals. Elles m'avaient invitée à déjeuner avec elles quelques fois après mon arrivée, mais, pitoyable convive, me contentant de manger et sourire, j'avais rapidement été snobée (excepté lors du regain d'intérêt pour mon cousin). Ce qui, franchement, m'avait arrangée tant je me sentais mal à l'aise parmi elles (pourquoi feindre la sociabilité quand celle-ci vous renvoie à votre différence ?). De plus, je n'avais pas les moyens d'aller au restaurant tous les midis. Mes fins de mois étaient difficiles et je préférais dépenser mon budget loisirs pour quelques sorties culturelles.

Les rares fois où elles s'étaient ensuite intéressées à moi coïncidaient avec des soubresauts internes auxquels Fantin était mêlé. Elles avaient espéré me soutirer des infos, des anecdotes croustillantes, mais ma résistance à la délation et aux cancans avait aggravé mon impopularité. Je n'étais pas « digne » d'appartenir au clan.

Elles m'acceptaient donc bon gré mal gré durant les pauses-café, même si ma présence provoquait toujours un léger malaise. Leur entrain faiblissait, la conversation se tarissait et elles attendaient poliment que je me serve et disparaisse pour reprendre le cours de leurs échanges.

Dans ces cas-là, je m'imaginais avoir atteint le degré 4 de l'ESE, soit l'Échelle de Sociabilité en Entreprise, une mesure permettant d'évaluer l'intérêt que l'on représente pour ses collègues (n'allez pas la chercher sur Google, j'en suis la créatrice et la seule utilisatrice). L'ESE compte 10 degrés.

– Degré 1 : on vous dit bonjour (j'en étais là, ou presque, avec les filles de l'accueil).

– Degré 2 : on vous dit bonjour en utilisant votre prénom (parce qu'on le connaît).

– Degré 3 : on échange quelques banalités avec vous (Ça va ? Quoi de neuf ? Sale temps, hein ? Tu l'as achetée où ta robe ?) (on ne m'a jamais posé la dernière question) (et si ça avait été le cas, cela aurait été pour éviter la boutique).

– Degré 4 : on vous propose de partager un moment à la machine à café.

– Degré 5 : on vous demande votre opinion sur des sujets sérieux c'est-à-dire sur l'actualité, l'économie, les faits de société, etc., parce que votre avis est jugé pertinent (si c'est pour le boulot, ça ne compte pas).

– Degré 6 : on vous propose de déjeuner.

– Degré 7 : on partage avec vous des confidences.

– Degré 8 : on réclame votre numéro de portable pour échanger des messages.

– Degré 9 : on vous convie à une soirée entre collègues.

– Degré 10 : on vous propose des plans pour le week-end.

Si vous n'avez pas résisté à la tentation de vous positionner sur cet ESE et vous êtes retrouvée entre les degrés 1 et 5, pas de panique ! Dites-vous que le travail ne résume pas votre vie (argument stérile dans mon cas). Si vous êtes entre les degrés 6 et 10, essayez d'envisager sans complaisance la sincérité de ces relations. Avec un peu de lucidité, vous déchanterez sans doute (OK, je dis peut-être ça parce que je suis jalouse).

Donc, avec les filles, j'étais plutôt cantonnée au degré 3. Et ce matin-là, en attendant que mon gobelet se remplisse, j'écoutai leur conversation de manière détachée, afin qu'elles ne se sentent pas obligées de m'interpeller.

Elles s'adonnaient à leur habituel « concours du meilleur week-end », chacune tentant de passionner les autres en racontant les activités fantastiques qui l'avaient occupée. Mais comment faisaient-elles pour s'offrir tous ces loisirs ? Même si leurs salaires étaient plus élevés que le mien, ils ne pouvaient pas financer leurs beaux vêtements, leurs visites fréquentes chez le coiffeur, leurs maquillages, ces sorties ! La réponse était évidente : elles avaient un homme attentionné (ou plusieurs) et évoluaient dans des cercles fortunés.

Et puis, ce matin-là, Olga s'adressa à moi.

— Et toi, Alice, ton week-end ? (Question du degré 3.)

Elles se tournèrent vers moi, souriantes, intéressées, comme si elles s'attendaient à ce que, pour une fois, je les étonne. Je paniquai intérieurement mais fis bonne figure. Je faillis parler de l'expo et me retins : pour elles, se rendre à une expo était, au cœur d'une ville qui offrait tant d'occasions de s'amuser, une perte de temps honteuse. Un mensonge ? Non, je n'en étais pas capable.

— Rien de particulier.

— Mais quand même… insista Candice. À quoi as-tu occupé ton temps ?

J'avais lavé mon linge, entamé un roman, passé la soirée de vendredi à regarder la télé, repassé mon linge, continué mon roman, j'étais partie faire des longueurs à la piscine municipale, avais à nouveau regardé la télé le samedi soir, je m'étais rendue au marché dimanche matin, j'avais terminé le roman, puis pleuré avant de m'endormir en regardant encore la télé. Raconter ce fantastique programme ?

— J'ai lu et fait du sport.

— C'est bien ça, affirma Candice, désemparée face au vide de ma vie. Enfin, je veux dire que c'est vraiment bien de faire du sport, quoi.

— Oui, ça entretient, répondis-je.

Ce qui, au championnat du monde des banalités, m'aurait valu une première place.

— Moi je ne lis pas, fit remarquer Dallia, comme si la lecture constituait une activité à haut risque.

— On s'en doute ! rétorqua Candice.

— Enfin, si je lis… mais des magazines people, se reprit l'écervelée. Ça détend et… on apprend pas mal de choses, en fait.

— Alice ne parle pas de ce genre de lecture, lâcha Candice.

— Qu'est-ce que tu lis en ce moment ? demanda Olga.

Je pâlis.

— Mishima. Un auteur japonais.

Elles m'observèrent comme si je venais de leur annoncer que j'étais atteinte d'un cancer du sein.

— Tu parles japonais ? s'étonna Dallia, déjà admirative.

Les regards désabusés de Candice et Olga me quittèrent pour se poser sur leur copine.

— Quoi, j'ai dit une connerie ?

— Désolée, je vous laisse, annonçai-je, profitant de cette diversion. J'ai un dossier à terminer.

Une fois dans mon bureau, je sirotai mon thé en laissant mes yeux surfer sur les toits parisiens. J'aimais cette ville mais avec la ferme impression qu'elle ne me le rendait pas. Paris m'ignorait, me considérait inutile à sa mission d'éclairer le pays de son charme et de sa culture. Qu'est-ce qui n'allait pas chez moi ? Pourquoi étais-je incapable de mener une vie normale, d'avoir de nombreuses amies, de participer à des soirées, de trouver du plaisir dans la superficialité, de parler fort, de rire aux éclats même quand ce n'était pas drôle ? J'avais pourtant été une enfant charmante, enthousiaste, puis une collégienne, certes timide, mais appréciée ! Avant de passer le bac, j'avais plu aux garçons, étais même sortie avec le plus beau d'entre eux. L'accident dont j'avais été victime avait mis fin à cette séquence de bonheur. Réveil brutal. Édouard m'avait quittée pour poursuivre ses études aux États-Unis et ne m'avait plus jamais contactée. Affreusement triste, terriblement blessée, j'en avais voulu au monde entier. Je m'étais alors totalement consacrée aux études, jusqu'à obtenir un master de gestion des entreprises. Mais, sans m'en rendre compte, je m'étais progressivement éteinte, au point de devenir terne, maussade et, avouons-le, chiante. Ensuite les années s'étaient succédé sans jamais me surprendre. Édouard avait affiché sa nouvelle vie sur Facebook. Je lui avais envoyé un message quelques années plus tard, du genre « Hey, heureuse de te retrouver ! Comment vas-tu ? Que deviens-tu ? », style fille détachée, cool, bien dans sa peau. Il ne m'avait pas répondu. Qu'espérais-je ? Qu'il m'écrive « Oh, ton message m'a fait plaisir ! Il a réveillé en moi le sentiment amoureux que je n'ai éprouvé qu'avec toi. Je saute dans le premier avion et je viens te retrouver pour reprendre notre romance où nous l'avions laissée » ? Pas vraiment, mais au moins un mot qui laisserait penser que j'avais compté pour lui, qu'il était lui aussi nostalgique, que je n'avais pas rêvé notre histoire ! En vérité, je n'avais pas foiré ma vie à un moment précis, sur une décision fatale, et ne pouvais pas même imputer ce naufrage au chauffard qui m'avait renversée ni à cet amoureux versatile et amnésique. Non, je m'étais lentement diluée dans les jours faute d'avoir su choisir un chemin, un avenir. Comment savoir où aller quand on ne sait pas qui on est ?

*

À midi, j'avalai rapidement au bureau une salade achetée à la boulangerie du coin, puis j'allai me promener. Il faisait relativement beau, les rues grouillaient d'une population avide de se réchauffer aux derniers rayons de soleil d'un automne paresseux. Je m'installai à la terrasse du Petit Pierre pour boire un thé et me mis à guetter mon serveur préféré. Mais ne le vis pas. Avait-il pris sa journée ? Était-il malade ? J'espérai qu'il n'avait pas démissionné : Hugo faisait partie des repères dont j'aimais jalonner mes journées, histoire de me donner l'illusion d'appartenir à une communauté, d'être inscrite dans un quotidien dans lequel on m'attribuait une place ou tout au moins un strapontin. Oh, il n'y avait rien de particulier entre lui et moi : j'aimais juste voir son visage s'éclairer d'un large sourire quand j'apparaissais. À peine m'installais-je qu'il arrivait avec mon thé au jasmin (j'aimais varier les parfums mais, n'osant contrarier le plaisir qu'il avait d'anticiper ma demande depuis ma première commande, je ne buvais ici que du thé au jasmin) et me glissait un mot gentil ou une flatterie qui me réchauffait le cœur. Du genre « Comment va ma plus jolie cliente ? », « Je vous attendais impatiemment ! J'ai cru que vous ne viendriez pas aujourd'hui ! »... Je n'étais pas dupe : il était aussi affable et charmeur avec les autres femmes et était à l'affût des pourboires. Mais ce sourire, ces mots-là étaient les miens. Au moins me considérait-il comme les autres. Son absence m'apparut comme une nouvelle déception dans cette journée... désespérément placée sous de mauvais augures.

*

D'ailleurs, de retour au bureau, Fantin fondit sur moi. Rien n'allait : le rapport que j'avais mis en pages était mal structuré, les slides préparées pour sa réunion pas claires, les courriers qu'il attendait, pas terminés... J'encaissai sans rien dire, faisant mine de prendre des notes afin d'apporter les actions correctives nécessaires dans les plus brefs délais. Au moment où je retournai à mon bureau, la gorge serrée, il m'interpella.

— Alice !

— Oui ?

— Qu'est-ce qui ne va pas chez vous ? demanda-t-il, d'une voix soudain doucereuse.

Idiote, je crus que, pris de remords, il manifestait un brin d'empathie sur un registre paternaliste. Heureusement, je n'eus pas le temps de répondre (j'aurais été capable d'éclater en sanglots et de lui déballer tout mon mal-être).

— Je suis le seul directeur à s'être vu attribuer une assistante aussi empotée ! Je ne dis rien parce que je suis gentil mais faites attention, ma clémence a des limites.

Scénario idéal : relever le menton, lui rétorquer que j'avais eu la malchance de tomber sur le manager le plus con, le plus incompétent et, par conséquent, le plus détesté de l'entreprise, lui révéler que sans mes rapports parfaitement présentés, tout le monde se serait rendu compte qu'il était un Rastignac dont l'orgueil n'avait d'égal que la bêtise et que le poste auquel il prétendait ne lui serait jamais attribué. Mais, comme d'habitude, je me cantonnai au rôle que je connaissais le mieux : baisser la tête et m'en aller, vaincue.

*

En grimpant les escaliers de mon immeuble, ce soir-là, je n'avais qu'un souhait : m'abandonner à ma lassitude. Me noyer dans l'indolence d'une soirée vide de réflexion : prendre une douche, avaler un dîner riche en calories, regarder une émission suffisamment stupide pour anesthésier mes neurones afin qu'ils évitent de me servir un remake de mes déboires. Mais, sur le pas de la porte, Sandrine m'interpella.

— Louloute, tu viens dîner avec moi ?

Ma morosité se mua en agacement.

— Non, Sandrine. Je suis fatiguée.

— Ah ? Parce que j'avais acheté…

— Désolée, mais j'ai vraiment envie d'être seule ! l'interrompis-je, presque agressive.

Avez-vous remarqué l'injustice qui consiste à reporter sur les plus faibles la colère que l'on n'a pas eu le courage d'exprimer à ceux que nous craignons ? Sandrine venait d'en pâtir.

— Bon, bon, bon… murmura-t-elle. Te mets pas en rogne. Si tu as des soucis, on peut en parler.

— Ça va aller. Je suis juste crevée.

Et je claquai la porte de mon appartement.

Je me douchai et préparai un plateau-repas. En commençant à grignoter je me connectai à Facebook, preuve qu'il restait en moi un brin d'optimisme. Car je ne peux consulter mon profil sans être gagnée par le secret espoir de trouver un message inattendu, une heureuse et étonnante demande d'amitié… Espoir stupide puisque rien de tel ne m'était jamais arrivé. Et, forcément, je quittais toujours le réseau plus déprimée encore, après avoir survolé les statuts de tous ces gens clamant leur bonheur à la face du monde. Car tout le monde est heureux sur Facebook ! Pour des raisons diverses, parfois justifiées (« Départ pour le Mexique dans trois jours », « Mon fils a décidé de se marier », « J'ai enfin obtenu ma promotion ! »), souvent puériles (« J'ai réussi une super tarte aux pommes ! », « Petit resto entre copines ce soir ! », « Ma nouvelle coiffure ! »). Quel révélateur de narcissisme et… d'hypocrisie. Les narcissiques tentent de faire de leur vie un spectacle. Les hypocrites font mine d'en être les spectateurs. Les premiers racontent leur quotidien, postent des photos et attendent que les seconds manifestent leur enthousiasme. Mais bon, comme tout le monde, je passais pas mal de temps à lire les statuts et commentaires (quand on n'a pas de vie, celle des autres devient un sujet de curiosité). Les statuts anecdotiques suscitaient des « Génial ! », « Tu en as de la chance », « Trop fort ! ». Les portraits recueillaient des « Woaw ! », « Trop belle », « Superbe ta coupe de cheveux », même quand il s'agissait d'un physique que le mot ingrat n'aurait pas suffi à qualifier (suis-je moqueuse ou simplement lucide ?) (peut-être moqueuse car lucide). Bref, un magma de bêtises auquel, pour me rassurer, j'opposais ma sincérité. Une sincérité qui me dissuadait de poster quoi que ce soit sur ma page. Qu'aurais-je eu à montrer ? Il ne m'arrivait rien de suffisamment excitant, je sortais peu et n'allais chez le coiffeur que lorsque mes cheveux renonçaient à être dociles. Lucide, moqueuse… et jalouse, en fait.

Une petite bulle rouge signala une notification. Je l'ouvris et sentis soudainement la honte me submerger : Mark Zuckerberg m'annonçait que Sandrine fêtait aujourd'hui son cinquante-sixième anniversaire. D'où son invitation. Elle ne me l'avait pas révélé sans doute afin de me dispenser de lui faire un cadeau. Et moi je l'avais envoyée promener. Elle devait être seule avec son repas, sa bouteille de vin ou de champagne. Je consultai sa page : une seule personne, un neveu je crois, lui souhaitait un bon anniversaire sous cette forme impersonnelle qu'affectionnent les gamins : HB (pour Happy Birthday). Je sentis ma gorge se serrer et me levai, enfilai un jogging, saisis une bouteille de champagne et, juste avant de refermer la porte, eus l'idée de prendre le paquet envoyé par Marianne.

J'étais presque heureuse de pouvoir rattraper le coup. La journée s'était mal passée mais se terminerait sur une note positive puisque j'évitais la culpabilité qui m'aurait saisie dès le lendemain en réalisant mon erreur. Ce n'était déjà pas si mal.

Sandrine

Gourmandise aux lentilles et royal de foie gras, veau en mignon aux morilles et risotto au parmesan. De chez Lenôtre, très chers ! Et un millefeuille signé Daniel Cyril. Le tout arrosé d'un bordeaux, Domaine de la Gardette 2011, et suivi de quelques chocolats Bernachon. Royal au bar ! Mon principe : il n'y a pas de mal à se faire du bien ! Seule, d'accord, mais pas désespérée !

Bien entendu, j'étais déçue qu'Alice refuse, assez sèchement, de se joindre à moi mais je ne lui en voulais pas. Sans doute avait-elle un problème Ou un coup de blues. La petite chérie était si douce d'habitude.

J'abordais ma cinquante-septième année et n'étais pas prête à bouder mon plaisir. J'allais me régaler, m'en mettre plein la panse ! Et la part de ma voisine tiendrait jusqu'au lendemain. Ou pas.

Je m'installai donc sur la petite table de la salle à manger, fis mine de découvrir la charmante décoration que j'avais préparée deux heures avant, et me servis un petit verre. À dire vrai, je savais que la mélancolie succéderait au plaisir culinaire mais je m'en balançais. Et, si je réussissais à écluser la boutanche, j'aurais une chance de la noyer avant qu'elle me gagne. Mais ne pas penser à ça. Profiter de l'instant !

Je mis le lecteur DVD en marche et allai chercher l'entrée. Mais au moment de porter la première cuillère de ma verrine à la bouche, la sonnerie de l'entrée retentit.

Qui pouvait me rendre visite à cette heure-là ? Je me précipitai et la trouvai là, souriante, exhibant une bouteille de champagne et un paquet.

— Bon anniversaire ! lança-t-elle, joyeuse.

— Ah... tu savais ?

— Bien sûr !

— Alors... pourquoi as-tu...

— Tu m'as surprise au moment où j'entrais chez moi avec le cadeau. J'avais peur que tu le voies avant que je l'emballe. Et je voulais te faire une surprise. Ensuite, un coup de fil un peu long m'a retenue.

Elle tendit le cadeau.

— Oh ! C'est trop gentil.

Elle y avait pensé ! J'en étais touchée.

Elle entra et, allez savoir pourquoi, ma table si joliment dressée lui fit monter les larmes aux yeux. Une chochotte cette Alice. Trop émotive. Elle me prit dans ses bras, me serra fort. Quel amour !

Je lui servis un verre.

— Tiens, goûte-moi ce bordeaux. Il dégage un max !

Elle but une longue gorgée sans l'apprécier. Un pinard à vingt balluches !

— Bon, allez, j'ouvre le cadeau !

— Oh, tu peux attendre. Rien ne presse.

— Non, je suis trop impatiente !

Je déchirai le papier sous le regard anxieux d'Alice et découvris… une écharpe en laine tout à fait charmante, bleue avec des petits cœurs roses et des étoiles vertes. N'étant pas très au fait de la mode (disons-même que je m'en fiche complètement), je la trouvai de prime abord… étonnante, mais me dis qu'Alice l'avait choisie pour une bonne raison, pas immédiatement évidente il est vrai, mais à coup sûr mûrement justifiée. Peut-être voulait-elle exprimer quelque chose à travers ces symboles ? Le bleu pour l'espoir, les cœurs roses pour l'affection qu'elle me portait et les étoiles pour… eh bien… le ciel ? L'immensité ? L'avenir ? Que sais-je ! Quant aux couleurs criardes, elles m'aideraient à rompre avec la monotonie de mes tenues invariablement noires ou marron ? L'interroger l'aurait vexée. Elle-même fixait l'écharpe comme si… elle la découvrait. Ou plutôt, comme si elle regrettait son choix.

— Écoute, je me rends compte qu'elle ne rend pas du tout pareil que dans le magasin, balbutia-t-elle.

— Non, non, elle est jolie.

— Je vais la ramener et t'en prendre une autre, déclara-t-elle en tentant de la saisir.

Elle avait l'air si déterminée ! Je la connais ma petite Alice, toujours à douter ! Mais je tins bon.

— Arrête ton char, Balthazar ! Elle est très chouette ! Originale et tout ! Et c'est ton cadeau, donc elle m'est chère.

Elle éclata en sanglots. Là, elle exagérait !

— Je suis désolée. Je foire tout. Je ne suis pas à la hauteur de ton amitié.

Surprise et désemparée, je la pris dans mes bras.

— Mais enfin, ne te bile pas comme ça ! Je t'assure qu'elle me botte. Bon, elle est surprenante… mais elle me plaît ! C'est quoi ce gros chagrin ?

Je ne l'avais jamais vue ainsi. Elle s'était déjà montrée triste, déprimée, avait même essuyé quelques larmes au coin de ses jolis yeux en me racontant ses difficultés au boulot, mais jamais elle n'avait sangloté de la sorte. Je m'inquiétai. Pour elle mais, je dois l'avouer, aussi pour le plat qui attendait dans la cuisine et qui ne supporterait pas d'être réchauffé au micro-ondes si mon Alice continuait à dégouliner. Le veau réchauffé, ben ça craint du boudin.

Elle se ressaisit.

— Excuse-moi, c'est ton anniversaire et je pleure. Tu vois, je suis vraiment la reine des connes !

— Allez, bois une lampée et déguste cette magnifique entrée, pendant que je vais à la cuisine voir si le veau risque de retourner téter sa mère.

Au retour, je la trouvai triturant sa verrine du bout de la cuillère.

— Dis-moi ce qui ne va pas ? demandai-je en m'asseyant en face d'elle.

— Rien. Enfin… tout. Mais c'est ton anniversaire, alors essayons d'être gaies.

— Pas avant que tu m'aies confié tes problèmes.

Elle haussa les épaules.

— C'est le boulot. J'en ai marre qu'on me prenne pour une conne.

— Ton directeur t'ennuie encore ? Un jour je vais me pointer et lui arracher ce cœur qui ne lui sert à rien. En passant par son cul ! vitupérai-je, avant de me ressaisir. Qu'est-ce qu'il t'a fait aujourd'hui ?

— Comme d'habitude.

— Alors, pourquoi ça te touche plus ? Tu devrais être habituée.

— Est-ce qu'on s'habitue à l'humiliation ?

— Certes. Mais tu ne me dis pas tout. Qu'est-ce qui te rend si… fragile ?

— C'est que... l'hiver va arriver... Puis le printemps sera là. Et ensuite l'été...

— Oui, mais tu ne peux rien contre cette fatalité, ça se passe toujours dans cet ordre. Maintenant, avec le dérèglement climatique, tu peux espérer qu'à terme les saisons s'inversent… mais bon, je vois pas l'intérêt.

Elle eut un léger sourire.

— T'es bête. En fait, ce que je veux dire c'est que… le temps passe et je n'entrevois pas l'amorce d'un changement.

Je savais ce qu'elle n'osait exprimer clairement de peur de me froisser : le ras-le-bol d'être seule, de vivre sans amour. Mais elle se trompait car mon expérience de la solitude me permettait de la réconforter. Je connaissais cette impression de voir les années passer de plus en plus vite sans que jamais la vie ne nous surprenne.

Mais, pour ma part, je m'étais vite résignée car, s'il est une qualité que je m'octroie, c'est la clairvoyance. Je m'étais rapidement rendue à l'évidence : je n'étais pas jolie, pas coquette, pas particulièrement intéressante et, surtout, pas faite pour une vie à deux. Mais Alice, elle, était belle comme un cœur, intelligente et douce. Sa solitude tenait seulement à sa timidité, à ses complexes injustifiés, à de mauvais choix personnels et professionnels. Défauts qui, dans une ville comme Paris, deviennent des handicaps susceptibles de vous transformer en paria. La petite était faite pour vivre dans une ville du Sud, là où le soleil dissipe la noirceur des âmes et la pudeur s'évanouit au contact de la chaleur humaine. Alors que l'austérité des Parisiens force à la froideur, que la ville vous impose son rythme, le temps ses caprices. Paris n'est romantique que pour les touristes, si tant est qu'ils possèdent suffisamment de fric pour faire des lieux de prestige un écrin à leurs amours ou leurs espoirs. Comment espérer rencontrer l'homme de sa vie dans la ville qui compte le plus de femmes célibataires au mètre carré ? Et quand sur ce mètre carré, sur dix mecs (bon n'essayez pas d'imaginer dix hommes sur un mètre carré… c'est pour l'image) trois sont mariés, trois autres gays et trois postulent au titre de champion du monde des baiseurs ? Il n'en reste donc qu'un, et toutes les gonzesses sont dessus ! Alors, si vous êtes longue à la détente ou dénuée d'esprit de compétition, il ne vous reste plus qu'à vous résigner ou à tenter votre chance en écrivant aux candidats de « L'Amour est dans le pré ».

Je lui pris la paluche, me penchai sur la table.

— Écoute Alice, tu as toutes les qualités pour rencontrer un homme qui saura t'aimer.

Je temporisai…

— Enfin, presque toutes, ajoutai-je.

Elle mordit à l'hameçon et leva sur moi un beau regard dans lequel brillait, outre ses larmes, la curiosité d'enfin connaître la raison de ses échecs.

— C'est-à-dire ?

— Il te manque une qualité essentielle, une qualité dont j'étais également dépourvue mais qui, en vérité, ne m'aurait pas été utile compte tenu de mon manque total d'ambition. Et... de mon physique.

— Ben vas-y, balance !

— Le courage. Le courage d'oser. Oser relever la tête, oser regarder les hommes en face, oser t'exprimer, oser montrer qui tu es, ce que tu as en toi !

Alice approuva, déçue de n'entendre que ce qu'elle suspectait déjà.

— Tu as raison, je suis lâche.

— Ouais, tu peux le dire comme ça aussi, mais c'est plus dégradant. En fait, tu ne crois pas assez en tes chances. Et dès que tu te sens jugée, t'as les miquettes à zéro !

Elle porta le verre à ses lèvres, bu une longue rasade de ce nectar qui m'avait coûté la peau des fesses comme s'il s'agissait d'un Coca éventé.

— Hey ! Mollo sur la bibine !

— Bon, cessons de parler de moi. Et toi, comment vas-tu ?

— Je vais bien. J'ai cinquante-six ans, je suis en bonne santé, j'ai un boulot, certes pas super intéressant mais qui me laisse le temps de faire plein de choses... Et je fête mon anniversaire avec une amie ! Oui, vraiment, tout va bien.

Je compris qu'elle ne s'attendait pas à cette réponse. En fait, lui expliquai-je, personne ne s'attend à ce qu'une femme seule soit heureuse. Enfin... heureuse. Qui est vraiment heureux ? Notre société ayant trop longtemps vendu le bonheur en portion pour deux, être célibataire apparaît aux yeux de certains comme une défaillance, une déviance parfois. Et l'émergence des rayons « solo » dans les magasins ne tend pas à prouver que les choses aient changé, que le jugement des autres se soit attendri, ils sont juste l'expression de l'autre tendance majeure de notre cruel monde : s'adapter aux situations particulières, dès lors que ces particularités se multiplient et que leur agrégation permet de définir une cible marketing rentable. Pour les femmes, la solitude reste, de tous les maux, le plus injuste. Il fait de chacune une victime ou une coupable, pire, vous désigne coupable d'être victime ! Quelle tare vous a conduit à vous retrouver seule ? demandent silencieusement ceux qui ne vous connaissent pas. Êtes-vous trop laide pour séduire ? Trop égoïste pour partager ? Trop prétentieuse pour vous ouvrir aux autres ? Pour ma part, j'avais décidé d'être volontaire et pas victime, responsable et pas coupable.

Ma tirade impressionna Alice qui resta un instant silencieuse avant de me poser la question que j'attendais.

— Mais… Et l'amour ?

— De quoi parles-tu exactement ? De l'amour vendu dans les romans et les films ou de cette supercherie qui consiste à accepter la présence d'un homme à la maison, qui laissera ses poils dans la douche, pissera sans relever la cuvette et imposera des soirées foot à longueur de semaine en échange de quoi il daignera, de temps en temps, lâcher un mot doux ou nous faire l'honneur de sa virilité ? Je sais, c'est caricatural, mais c'est comme ça que je vois les choses. Question d'expérience !

— Tu en as fait l'expérience ?

— Oui, il y a longtemps.

Elle me regarda comme si je venais de lui annoncer que j'étais candidate à la prochaine élection de Miss France.

— Tu ne m'en as jamais parlé.

— Tu ne m'as jamais posé la question.

— Qui ? Quand ? Où ? s'excita-t-elle.

— Benoît Guibert. Il y a quinze ans. À Paris.

— Mais encore ?

— Un homme rencontré au travail. Bon, pas le super beau mec, tu t'en doutes, vu mon physique de mannequin Fleury Michon. Mais un garçon gentil, prévenant et assez cultivé.

— Continue !

— Oh, je n'ai pas grand-chose à dire. Nous sommes sortis ensemble, nous nous sommes déclarés amoureux et avons décidé d'habiter sous le même toit. Nous avons tenu six mois puis nous sommes séparés.

— Tu vas trop vite ! Que s'est-il passé entre les deux dernières phases ?

— Bon, l'abattant des chiottes, le foot, bien sûr… Mais tout ça reste anecdotique tant qu'on se croit épris. Tu ne peux pas savoir à quel point une femme devient conne quand elle est amoureuse ! Les poils abandonnés dans la douche paraissent insignifiants, voire attendrissants, quand tu les regardes avec les yeux de l'amour.

Mon amie éclata de rire. Objectif atteint !

— Le problème, continuai-je, est que nous avons très rapidement fini par sombrer dans la monotonie d'une vie à deux. Le processus qui, d'habitude, conduit les couples à se lasser l'un de l'autre dans un délai de trois à dix ans s'est produit en accéléré pour nous. Moins d'attention, moins d'échanges, moins de parties de jambes en l'air. Et là, chaque détail prend une autre importance. Le regard change. Il devient inquisiteur ! Et j'ai décidé d'un commun accord qu'il fallait que nous nous séparions. Oui, je dis d'un commun accord car depuis que monsieur croyait l'affaire entendue, il ne pensait plus. C'est une caractéristique propre aux hommes : ils sont incapables de faire travailler leur cerveau et leur sexe en même temps. Dès qu'ils ont fini de séduire et te comptent parmi leurs possessions, ils mettent en veille leur intelligence pour laisser toute l'énergie à Popaul. Ce qui, je l'avoue, n'est pas désagréable. Et, une fois les galipettes passées, ils veillent à ce qu'il leur reste tout juste assez de force pour mouvoir un bras.

— Un bras ?

— Celui qui porte la bière à leur bouche.

Son nouvel éclat de rire me fit du bien.

— Tu l'as viré ?

— En deux temps trois mouvements !

— Et tu ne l'as plus jamais revu ?

— Si, je le vois encore de temps en temps. Un resto, une partie de jambes en l'air et hop, merci Bernard ! Enfin… Benoît, en l'occurrence.

Alice écarquilla les yeux. Bien évidemment, elle me découvrait sous un nouveau jour. Je trompe mon monde, je le sais.

— Il est toujours célibataire ?

— Non, il s'est marié depuis.

— Mais… !

— Eh bien, son officielle débouche la baignoire, récure les toilettes, commande les pizzas, sert les bières et me laisse les soirées intéressantes. Je le vois demain, d'ailleurs.

Ma douce voisine applaudit comme une petite fille et je fus heureuse de la voir retrouver sa bonne humeur, même si je savais que le vin contribuait à son hilarité. Elle est tellement jolie quand elle s'abandonne. Quelle idiote de toujours faire cette tête de Calimero !

— Bon, OK. Et il y a eu d'autres hommes ?

— Hé ! Regarde-moi encore une fois et dis-moi si j'ai les atouts suffisants pour attirer de nombreux mâles en quête d'aventures extraconjugales ! Bon, quelques flirts, parfois poussés, mais tu pourrais les compter sur les doigts d'une main. Celle de Mickey.

Alice porta sa fourchette à la bouche et avala un morceau de veau avec le même intérêt que s'il s'agissait d'une nouille au beurre. S'il l'avait vue, le cuisinier de Lenôtre se serait soudainement mis à douter de l'intérêt de son métier.

— Mais… tu n'as jamais eu envie d'avoir des enfants ?

— Si… au début. Mais ça m'a vite passé. Je ne saurais pas être une bonne mère.

Son regard devint tendre.

— Je te découvre, en fait, avoua-t-elle.

Je pris sa main et la serrai entre mes doigts potelés.

— Écoute ma poulette, je ne suis ni à plaindre ni à envier. Avant d'être bien dans ma vie, il a fallu que j'apprenne à me connaître, que je sache faire la part des choses entre ce dont j'avais réellement envie et ce qui m'était imposé par la société. Maintenant, je sais qui je suis, ce que je veux, les rêves que je poursuis et ce que je suis prête à faire pour ça. Et j'avance. Tu devrais te poser les mêmes questions et, une fois les réponses obtenues, enfin oser foncer !

Elle devint songeuse, me caressa les mains.

— Et quels sont les rêves que tu poursuis ? demanda-t-elle.

— Je préfère parler de désirs. Le rêve se passe dans la tête. Le désir descend jusqu'au cœur, au ventre et peut mener à agir pour le satisfaire.

— OK, donc quels sont tes désirs ?

— Je vais t'en citer trois. Le premier, tu le connais : continuer à suffisamment bien gagner ma vie pour m'offrir des petits plaisirs culinaires. Oui, bon, je sais ça peut paraître trivial mais, entre la bouffe et moi, c'est une grande histoire d'amour. Ensuite, acheter un petit appartement dans le sud de la France et partir y passer ma retraite. Tu vois, c'est assez nul, très cliché mais je sais que j'y arriverai. Tant qu'à m'empiffrer jusqu'à me faire péter le ventre, autant que ce soit au soleil.

— Et le troisième ?

— Là tu vas me trouver carrément tarte ! Eh bien, j'aimerais rencontrer mon écrivain préféré, passer un moment avec lui, lui poser toutes les questions que la lecture de ses romans a suscitées. Ou tout simplement le regarder.

— Et qui est ce romancier que tu admires tant ?

— Marc Levy.

Elle sourit. Aux yeux d'une petite intello comme Alice, sans doute exclusivement portée sur les romans d'auteurs décédés ou en passe de se suicider, ce vœu paraissait vraisemblablement futile. Il est vrai que je ne suis pas aussi intelligente qu'elle. Les écrivains dépressifs me barbent. Je n'apprécie que les romans capables de me transporter ailleurs, de présenter de beaux personnages qui deviendront des amis le temps de la lecture et me feront vivre de fantastiques histoires. Je sais, je suis contradictoire : je dénonce les travers de la société de consommation, fustige les faiseurs d'illusions qui enferment les plus fragiles dans des rêves impossibles, et je me comporte comme une midinette face aux romanciers qui entretiennent ces fantasmes. Mais, premièrement, les écrivains sont, pour moi, les compagnons des femmes seules. Ils nous font voyager au-delà de nos murs pour moins cher qu'un billet d'avion et sans risque de mourir dans un crash ou bouffées par une maladie exotique. Et tant pis pour les nunuches qui confondent le rêve et la réalité ! Deuxièmement, par leur humanité, le regard tendre que beaucoup d'entre eux posent sur le monde, ils me réconcilient avec les hommes. Troisièmement, je n'ai pas un tempérament de révolutionnaire et, si certains travers de la société m'horripilent, je sais aussi profiter pleinement des délices qu'elle propose.

En fait, je suis une épicurienne lucide. Ou une ascète transgressive. Comme vous préférez.

— Je suis sûre que tu y parviendras, murmura-t-elle.

— Concernant le déménagement, je n'en doute pas. Je mets du fric de côté et, une fois mon studio parisien vendu, j'aurai sans doute les moyens de m'offrir un T2 au soleil. Pour Marc Levy… c'est moins évident.

— C'est ton anniversaire ! Tu as donc le droit de prononcer ce vœu ! dit-elle en levant son verre avant de l'avaler d'une traite.

— Je vais te donner deux conseils, ma chérie, susceptibles de te sauver la vie, murmurai-je.

— Oui ?

— Le premier est de ne pas t'enfermer dans de fausses certitudes. Montre-toi curieuse, entreprenante. C'est la seule manière d'approcher de la vérité. Tu vois, ce soir, en me faisant parler, tu as découvert une part de moi-même que tu étais loin de suspecter.

— C'est vrai. Et le second conseil vital ?

— Ne t'avise plus jamais de boire un si bon bordeaux comme s'il s'agissait d'une piquette si tu ne veux pas que je t'étripe !

Nous partîmes dans un grand éclat de rire.

— Je suis désolée. Désolée pour tout ! Allez, ouvrons le champagne, et nous porterons un toast à tes désirs !

— Allons-y Alonzo !

J'allai chercher la bouteille et deux coupes et, à mon retour, compris qu'elle travaillait sérieusement du ciboulot pour tenter d'extraire de mes confidences une vérité qui l'aiderait. Je sais être convaincante, je crois. Surtout lorsque je suis aidée par un bon millésime.

Mais j'étais loin de me douter qu'elle prendrait bientôt mes recommandations à la lettre et ferait toutes ces conneries !

Alice

J'AVAIS ÉTÉ PITOYABLE. Comment avais-je pu oublier l'anniversaire de Sandrine ? Et osé lui infliger mes états d'âme, pleurer comme une enfant ? De plus, j'avais menti ! Quelle horreur cette écharpe ! Il fallait absolument la dissuader de la porter.

Découvrir le soin avec lequel elle avait décoré sa table m'avait permis de réaliser sa gentillesse autant que mon égoïsme. Je ne méritais pas son amitié. Oui, Sandrine était une amie. Seule une amie a de telles attentions, accepte que vous bousilliez son anniversaire, que vous avaliez son vin sans l'apprécier et tente, malgré tout, de vous consoler.

Je réalisai ne jamais m'être réellement intéressée à elle. Je m'étais tenue à distance et l'avais installée dans un rôle censé m'avertir des conséquences de ma propre solitude. Une vision tronquée, liée à la projection de mes propres angoisses. À la faveur de cette soirée, j'avais découvert une autre femme, sûre d'elle, amusante, affirmant des opinions, revendiquant son célibat. Elle avait raison : je vivais à travers le prisme de mes peurs, m'enfermais dans des raisonnements abscons (j'aime bien faire des phrases comme ça, ça me donne l'impression d'avoir défini le sujet) (et je me sens plus intelligente).

Le lendemain, ces pensées occupaient encore mon esprit tandis que je me préparais. Et, quand j'ouvris la porte et découvris sur mon palier une rose, posée délicatement en travers de mon tapis d'entrée, je n'eus aucun doute sur l'origine de ce cadeau : ma merveilleuse voisine. Une manière de m'inviter à porter un regard positif sur cette journée, à l'entreprendre différemment. Je m'emplis les poumons du parfum de la fleur. Étais-je capable de changer ? Parviendrais-je un jour à oser ? Je ne devais pas me leurrer : il ne suffisait pas de décider une véritable mutation, il convenait d'agir concrètement. La bande-son du jour me vint à l'esprit.

« Il est temps à nouveau, temps à nouveau
De prendre le souffle nouveau
Il est temps à nouveau, temps à nouveau
De nous jeter à l'eau. »

J'avais lu dans un bouquin que tout changement nécessitait de fixer des étapes réalistes afin de se donner les moyens d'avancer de réussite en réussite. Mais quel pouvait être le premier pas ? Quelle serait la première respiration de ce souffle nouveau ?

Les conseils que Jean-Louis Aubert murmurait me galvanisèrent. Oui, il était temps que ma vie prenne un nouveau tour. L'idée du premier objectif me vint. Me redresser, poser mon regard sur la vie alentour. Ça n'a l'air de rien pour le commun des mortels, mais pour moi qui n'osais jamais avancer autrement que tête baissée, c'était un véritable défi. Une fois dans la rue, il me fallut lutter contre ma timidité afin de ne pas détourner mes yeux lorsqu'ils croisaient ceux d'un homme. Premier effet positif, je découvris mon trajet sous un nouveau jour (je n'en connaissais pour ainsi dire que les trottoirs) (je savais même les lieux où les chiens semaient leurs pièges). Brusquement, les visages des passants me révélèrent des personnalités, des préoccupations variées. Des enfants me sourirent. Les boutiques me parurent attrayantes. Première victoire !

Dans le métro j'envoyai un SMS à Sandrine pour m'excuser de mon comportement de la veille et la remercier de la soirée et de la rose déposée sur mon palier.

*

Arrivée dans l'entrée de l'entreprise, je jetai un coup d'œil sur les hôtesses et décidai cette fois de les ignorer. Je dépassai leur comptoir et me dirigeai vers les ascenseurs, bien droite même si mon assurance relevait d'un incroyable effort.

— Bonjour Alice ! lança alors l'une d'elles.

Étonnée, je me retournai et découvris sur son visage l'amabilité qu'elle réservait d'ordinaire aux dirigeants, clients ou copines.

— Jolie rose, remarqua celle qui m'avait interpellée. Cadeau de votre amoureux ?

Était-ce la fleur qui me valait d'être remarquée ou mon changement d'attitude ? Cette politesse inhabituelle dissimulait-elle cette curiosité de commère sur laquelle elles fondaient leur pouvoir ? Questionner, découvrir, savoir pour ensuite raconter ? Je fus tentée de dire la vérité mais m'en abstins, me contentant d'afficher un sourire énigmatique (n'étant pas entraînée, il dut plutôt exprimer une forme de niaiserie) (mais la niaiserie peut être énigmatique, n'est-ce pas ?).

Arrivée à mon bureau, je préparai le café du tyran puis déposai la rose dans un petit vase.

— Hey ! Il y a de la romance dans l'air !

Candice était plantée devant moi, les yeux posés sur la fleur. Devais-je lui laisser croire que j'étais courtisée ? Non, plus de mensonge.

— Eh bien, en fait…

Le vibreur de mon portable m'interrompit. Je jetai un rapide coup d'œil. Sandrine répondait à mon message.

Quelle Rose ? De quoi parles-tu ?
Pour la soirée, merci à toi. C'était cool (un peu tendu au début quand même 😌)
Bonne journée ma poulette

Le SMS me coupa la respiration. Si ce n'était pas elle qui m'avait fait ce cadeau… qui était-ce ?

— Tu disais ? relança Candice.

— Oui… que… Eh bien en fait, j'ai trouvé cette rose sur mon palier ce matin. Et… j'ignore qui l'a déposée. Sûrement une erreur.

J'avais formulé la phrase pour résumer la situation et tenter d'en appréhender la réalité mais le regrettai aussitôt. Dans une vie antérieure, Candice avait dû être concierge, journaliste dans un magazine people ou mégaphone, et il était évident qu'avant midi tout le monde connaîtrait l'anecdote (avec des variations importantes : la rose deviendrait bouquet, l'inconnu serait un client, un collègue, voire une célébrité, et les plus méchantes émettraient l'hypothèse d'une mise en scène orchestrée par moi pour attirer l'attention) (ne me demandez pas quelle version m'effrayait le plus).

— Mais c'est génial ! Romantique à fond ! s'excita-t-elle.

N'étant pas habituée à susciter un tel intérêt, j'en fus stupéfaite autant qu'embarrassée.

Était-ce si génial ? J'étais incapable de le savoir tant l'événement me paraissait improbable. Car, pour moi, cette déclaration romantique s'adressait sûrement à une voisine et avait échoué par erreur sur mon palier. Peut-être même était-elle destinée à Sandrine. Son amant sans doute. Oui, c'était ça ! Avec un jour de retard ? S'il était capable de se tromper d'étage il pouvait également se tromper de date !

À l'heure du déjeuner, je compris que mes craintes concernant Candice étaient avérées. Olga vint dans mon bureau m'inviter à déjeuner.

— C'est gentil mais j'ai prévu d'aller faire quelques courses, répondis-je, étonnée.

— Oh allez, tu les feras une autre fois !

Olga possède une autorité naturelle, une manière de placer sa voix et de vous envelopper d'un regard affable qui vous empêche de lui refuser quoi que ce soit (je dis « vous » afin de créer une règle qui m'absoudra d'être si vulnérable, car si ça se trouve, je suis la fille la plus influençable de l'entreprise) (et ça se trouve).

« *Il est temps à nouveau, temps à nouveau…* »

Second objectif : travailler à une meilleure intégration dans l'entreprise, me faire des copines, me forcer à avoir une vie sociale. Ne me proposait-on pas de passer directement du degré 3 au 6 de l'ESE ! J'acceptai donc.

À l'heure du repas, je les rejoignis au Resto ou tard (il faudra un jour qu'un chercheur se penche sur les noms des commerces pour comprendre les véritables motivations des propriétaires lors du choix d'une enseigne. Pensaient-ils faire réellement preuve d'humour et/ou d'originalité ? S'étaient-ils félicités de leur trouvaille ? Cette créativité potache était-elle l'expression tardive des brimades subies à l'école ou à la maison ?).

À peine attablées, elles ne tentèrent aucune diversion susceptible de dissimuler la véritable motivation de leur invitation et m'interrogèrent immédiatement.

— Alors, cette rose… Tu sais de qui il s'agit ?

— Je pense… que c'est une erreur.

Ma réponse les déçut.

— Réaction compréhensible, consentit Olga. De la part d'une pessimiste comme toi, du moins. Mais essaye d'envisager une seconde que la fleur t'était bien adressée et dis-nous : à ton avis, dans ton entourage, qui est capable de ça ?

— Personne, justement.

— Comment ça, personne ? s'étonna Candice. Il y a bien un voisin, un copain, une connaissance, un collègue qui t'a un jour manifesté de l'intérêt !

Le visage de monsieur Gaillard m'apparut mais je le chassai aussitôt.

— Alors qui ?

Apparemment, elles ne suspectaient pas que ma vie fût à ce point désolante.

— Sincèrement, je ne vois personne.

— Posons la question différemment, proposa Candice. Quel est le premier visage d'homme qui t'est apparu ? Genre tu t'es dit : « Ah si seulement ça pouvait être lui ! » Allez, sois sincère ! Et ne répond pas un truc style « Brad Pitt » ou « Jean Dujardin » hein !

Si j'avais eu de l'humour, c'est ce que j'aurais répliqué, mais j'en étais dépourvue (socialement du moins car, dans ma tête, je réussissais souvent à me faire sourire).

— Vraiment… non… personne.

N'obtenant que des réponses décevantes, elles se mirent à imaginer des scénarios puis en vinrent à raconter leurs souvenirs de dragues romantiques. Et je me rendis compte que la vie d'une femme ouverte sur le monde pouvait se révéler pleine de rebondissements. Du coup, la mienne me parut plus pitoyable encore.

Sans doute s'en aperçurent-elles car la discussion dévia et elles avouèrent que la plupart de ces histoires s'étaient soldées par des fiascos. Consolation.

Olga raconta avoir un jour reçu un billet d'avion d'un homme qu'elle côtoyait dans un cercle amical, assorti d'un petit mot : « Ouvrons une parenthèse magique dans notre vie. » Elle avait trouvé la démarche originale mais décliné l'invitation.

— Pour que la parenthèse soit magique, il aurait fallu que la destination et le programme le soient aussi. En fait, ce mec me conviait à l'accompagner à un séminaire d'entreprise à Saint-Étienne !

— Moi, j'ai un jour reçu un lien vers une vidéo YouTube, raconta Candice. Il s'agissait d'un clip réalisé à partir de mes photos, sans doute piquées sur Facebook et montées sur la chanson de James Blunt, « You're beautiful ». C'était un technicien rencontré sur un tournage. J'ai craqué. On a passé quelques jours ensemble. Puis, en fouillant sur son ordinateur, je me suis rendu compte que ce con avait une vingtaine de clips similaires et autant de conquêtes.

— Pour ma part, je n'ai jamais été déçue, déclara Dallia.

— Normal. Encore faut-il avoir suffisamment de discernement pour l'être, ironisa Candice.

— C'est-à-dire ? demanda Dallia en enroulant une mèche de cheveux autour de ses doigts.

— Non, rien. Tiens, raconte à Alice l'histoire du petit cadeau laissé par ton inconnu, proposa la perfide collègue.

Dallia se redressa, enthousiaste.

— Ah oui ! Ben, un jour j'ai rencontré un homme en boîte. On s'est regardés… le coup de foudre ! Il m'a fait un signe de la tête pour me demander de le suivre et… je sais pas ce qui m'a pris, parce que hein, c'est pas mon genre mais… je l'ai suivi. Il m'attendait dans sa voiture et m'a demandé si on allait chez moi ou chez lui. Je trouvais ça fou. Il était si direct ! Je lui ai proposé mon appartement.

Arrivés chez moi, il m'a sauté dessus, m'a fait l'amour comme une bête ! Au réveil, il était parti. J'ai d'abord été déçue mais j'ai trouvé un petit mot, « Merci ». Et, à côté, un cadeau. Enfin, comme il n'avait pas eu le temps de m'acheter un cadeau, il avait laissé un billet de 100 euros ! C'est trop mignon, hein ? Et mystérieux.

— Trop ! s'exclamèrent Olga et Candice avant de couler vers moi des regards entendus.

Pendant qu'elles rivalisaient d'anecdotes, je réfléchissais à la situation. Et si la rose m'avait été réellement adressée ? Était-il possible que je sois l'objet du désir d'un homme romantique ? Mais je réfutai aussitôt l'éventualité. Si j'avais suscité un tel intérêt, je m'en serais rendu compte ! Vraiment ? Après tout, jusqu'à ce matin, je marchais les yeux baissés.

*

Nous repartîmes au bureau, elles totalement excitées, moi interloquée et tout de même perturbée d'avoir frauduleusement bénéficié de leur attention.

Sitôt arrivée, Fantin me convoqua.

Renfrogné, il m'observa pendant que je m'asseyais face à lui, bloc de papier et stylo à la main.

— Vous me décevez, Alice, déclara-t-il en préambule.

Son attaque ne m'étonna pas, n'ayant jamais récolté autre chose de sa part que des reproches. L'unique suspense consistait à deviner la raison pour laquelle je l'avais à nouveau déçu.

Je posai les yeux sur mon bloc-notes, attendant qu'il finisse de savourer le malaise que je ne réussissais jamais à dissimuler, ridicule de me sentir redevenir une petite fille soumise dans l'attente d'une réprimande. Puis, songeant à ma nouvelle résolution, je me redressai. Toutefois, mes yeux n'osèrent pas le fixer et se perdirent sur la surface lustrée de son crâne dégarni. Ce qui constituait déjà une petite victoire.

— Le rapport que vous m'avez préparé pour ma réunion de direction était navrant. Il était incomplet et mal structuré.

J'aurais pu répondre avoir tenté de faire au mieux compte tenu du peu d'informations qu'il m'avait confiées sur le sujet mais, comme d'habitude, je retins la remarque. À quoi bon ? Je finirais, de toute façon, par avoir tort.

Il se leva et commença à arpenter le bureau de son pas incertain, fléchissant les genoux comme un cavalier s'assouplissant les jambes après être descendu de monture. J'allais avoir droit à la grande tirade.

— Vous êtes une épine dans mon pied, Alice (d'où ce pas d'échassier ?). Votre incompétence chronique m'empêche de valoriser mes mérites.

J'étais donc la cause de sa stagnation hiérarchique. Ce que je savais, il avait déjà utilisé l'argument.

— Vous êtes incapable d'anticiper mes attentes, de les comprendre et les traduire en termes clairs. Ce qui est pourtant le propre d'une bonne assistante.

Pour cela, il aurait fallu que je sois dotée de pouvoirs surnaturels ou, tout au moins, que je réussisse à appréhender la mégalomanie du bonhomme. Et, surtout, que j'éprouve une once de respect pour lui.

— Je vous informe avoir demandé une nouvelle assistante aux Ressources humaines, annonça-t-il en campant sur ses longues jambes qui, trop maigres et comme désarticulées, ne lui offraient pas l'assurance qu'il aurait aimé afficher.

Je reçus l'information comme une gifle. J'allais être virée ! Des images et des questions surgirent aussitôt dans mon esprit, comme brutalement réveillées par la sirène de mes peurs, s'entrechoquèrent et obstruèrent toute ma capacité de raisonnement. Que ferai-je sans emploi alors que la crise offrait si peu d'opportunités d'embauche ? Comment payer mon loyer ? Combien de temps tiendrai-je avec mes maigres économies ? Et une question me vrilla l'esprit plus que les autres : pourquoi la vie se montrait-elle si cruelle, si machiavélique, et m'enfonçait-elle la tête sous l'eau après m'avoir laissé entrevoir un début d'horizon ? Je n'avais pas mérité cela ! J'étais compétente, volontaire et… docile ! J'acceptais tous les abus d'autorité de cet abruti, amortissais les conséquences de ses erreurs d'appréciation, accomplissais un travail qui n'était pas de mon ressort. Et je n'étais qu'assistante, euphémisme du terme secrétaire, compte tenu de mon salaire et mes prérogatives.

— Vous… allez me licencier ?

Ma voix s'étrangla et mes yeux se remplirent de larmes. Je m'en voulus aussitôt de me montrer pitoyable, de lui offrir une image qui conforterait son opinion et lui ferait croire à sa toute-puissance.

— Ça, c'est l'affaire des RH. S'ils peuvent vous recaser, ils le feront. Mais ici, les postes à pourvoir sont rares et je ne veux pas vous donner de faux espoirs.

Il s'approcha, s'assit sur le coin du bureau, tapota son genou du bout de ses doigts.

— Croyez bien que je suis désolé, Alice. Je ne suis pas un mauvais bougre. Je vous ai même supportée sans trop me plaindre. Voire couverte à de multiples occasions sans vous en faire part. Mais, bien que sensible et compréhensif, je ne peux me montrer faible au moment où la boîte réclame à chacun des efforts.

Était-il convaincu de ce qu'il balançait ou réécrivait-il l'histoire afin de préparer la version officielle qui servirait à le dédouaner ?

— Oh, et puis ne prenez pas cet air misérable ! dit-il agacé. Il faut savoir affronter ses erreurs ! Vous voyez, nous sommes au cœur du problème... De votre problème : vous ne savez pas faire face à la réalité ! Vous êtes rêveuse, introvertie, incapable de relever les enjeux auxquels nous sommes confrontés. Vous courbez l'échine et renoncez dès que la situation vous dépasse. Et elle vous dépasse souvent. J'ai besoin d'une battante à mes côtés ! De quelqu'un de fort, d'avisé, de compétent et de volontaire, pas d'une pleureuse !

L'humiliation que je ressentis faillit m'étourdir plus encore. Ce qu'il venait de dire était sans doute vrai. En partie du moins. J'étais bel et bien l'être inconsistant qu'il prenait un malin plaisir à décrire. En revanche, je faisais correctement mon travail, répondais parfaitement à ses attentes sans savoir, hélas, le valoriser, m'en vanter.

Prise d'un sursaut de fierté, je me levai. J'allais lui dire le fond de ma pensée, argumenter, me défendre, lui montrer qui j'étais vraiment, mais les mots se bousculèrent, ne parvinrent pas à organiser des phrases suffisamment cohérentes pour être lancées en repartie cinglante. Un nouvel échec qui me vrilla l'estomac. Des larmes coulèrent sur mes joues.

— Bon, laissez-moi travailler maintenant. Allez vous moucher et essuyer vos yeux, ordonna-t-il.

Ce que je fis. Le souffle nouveau espéré s'était transformé en tornade destructrice, et un pan de ma vie s'effondrait.

Jean-Louis Aubert, versatile, me proposa une nouvelle chanson.

« *Voilà, c'est fini…* »

Georges Fantin

Voyez-vous, je suis un homme sensible, compréhensif, attentionné. Dans ma vie privée. Mais au travail, un véritable manager ne peut laisser ses sentiments prendre le pas sur la raison. Diriger réclame une approche froide de chaque situation : recueil de l'information – analyse – jugement – décision. « No faiblesse in the business ! » La formule est de votre serviteur.

La mode dans les affaires consiste actuellement à travestir les véritables objectifs des entreprises en les habillant de mots ronflants : valeurs, considérations humanistes, ADN culturel, responsabilité sociale... Certaines revendiquent même une éthique ! Admettons qu'en matière de communication cela ait un sens, ne serait-ce que pour duper les consommateurs épris d'idéaux... Mais nous ne devons pas perdre de vue nos réelles motivations : battre les concurrents, accroître le chiffre d'affaires, augmenter les dividendes.

Vous me trouverez peut-être machiavélique mais je ne suis pas le genre d'homme à me cacher derrière des justifications tronquées.

Il faut comprendre une chose : un dirigeant est perçu et évalué en fonction de ses compétences mais, également, à travers celles des salariés qu'il manage. Mes compétences sont avérées. Elles ont toujours été reconnues par l'ensemble de mes confrères et supérieurs. Pas à leur juste valeur, me semble-t-il, mais tout de même.

Le poste que j'occupais n'était pas à la mesure de mes capacités mais je m'en satisfaisais. Avec le temps, l'entreprise me récompenserait de mes efforts, me disais-je. Pour cela, il fallait parfaire mon image, affûter mon équipe.

Or, Alice était une entrave à cette évolution. Je l'avais recrutée car son CV attestait de compétences utiles. Bien évidemment, durant son entretien d'embauché, sa timidité, son introversion même, n'avaient pas échappé à ma sagacité. Mais elle répondait avec justesse aux questions, paraissait maîtriser le sujet. J'avais donc estimé que sa discrétion exprimait une forme de modestie, un trait de caractère que j'apprécie car j'en suis également doté. Mais, à être trop humain on en devient laxiste, et je m'étais fait avoir sur toute la ligne !

D'abord, elle ne s'était pas montrée à la hauteur des compétences qu'elle prétendait avoir. J'attendais d'elle de l'esprit d'initiative, une préparation de mes dossiers plus méthodique. Une assistante doit se substituer à son directeur, anticiper ses attentes, être une véritable aide, un faire-valoir même ! Mais ce qui m'embarrassait le plus, c'était son comportement, cette impression de ne jamais être à sa place. Sa voix, à peine audible, ses tenues trop sages, sa façon de ne jamais regarder ses interlocuteurs et de rougir quand elle devait s'exprimer. Moi j'avais besoin d'être entouré de winners, de personnes épanouies, conquérantes ! Dans une entreprise centrée sur l'image, il fallait se montrer à la hauteur et savoir se vêtir correctement. Comme les autres assistantes de direction, même si, à vrai dire, je trouvais certaines parfois trop… provocantes.

Mais qu'attendre d'une fille qui, selon ce que l'on racontait, vivait seule, avait peu d'amies, pas d'amoureux et passait son temps à lire ou à courir les expos ?

Il y a deux catégories de personnes dans la vie : les acteurs et les spectateurs. Alice était une contemplative, la victime consentante de la dureté de notre époque.

Je m'étais donc montré indéniablement compréhensif, patient à l'excès ! Et c'était mon erreur ! Quand un membre est pourri il faut l'amputer avant que la gangrène gagne le reste du corps ! Voilà ma disposition d'esprit à ce moment-là de l'histoire.

Vous comprendrez que je fus ensuite très… surpris par ce qu'Alice allait nous dévoiler de sa personnalité.

Et je ne pense pas mériter d'être cité parmi les coupables !

Alice

JE RENTRAI ABATTUE. Oubliées, la rose et ces idées folles qui m'avaient, un moment, étourdie. La journée débutée prometteuse avait tourné au cauchemar. J'allais être virée, me retrouver au chômage. Le film de cette déchéance annoncée défilait dans mon esprit. Des scènes de plus en plus dramatiques dans lesquelles, incapable de payer le loyer, je me retrouvais errant dans les rues, sans argent pour me nourrir (je sais, c'est exagéré, mais avouez que la nature humaine se complaît dans le fantasme du pire pour exorciser la peur).

Je revivais sans cesse l'entretien avec Fantin. Enfin, pouvait-on parler d'entretien alors que je n'avais su opposer à ses arguments qu'une mine défaite et des larmes de gamine ? J'avais été minable, comme d'habitude.

Je me laissai tomber sur le canapé, allumai la télé et priai pour qu'une émission suffisamment stupide dilue mes pensées et me transforme en légume.

C'est Sandrine qui me sortit de cet état de torpeur en venant cogner à la porte.

— Tatata ! lança-t-elle en écartant les bras.

Son jingle sonore, accompagné d'un visage enthousiaste, annonçait un événement : elle portait l'horrible écharpe.

— Mes collègues l'ont adorée ! clama-t-elle en entrant.

— Elles ne doivent pas beaucoup t'estimer, répondis-je.

Sandrine éclata de rire. J'étais contente de la voir, de sentir son amitié, sa chaleur humaine, de ne plus être seule. Je l'invitai à entrer, servis deux verres de Martini et quelques biscuits apéritifs.

— Alors ? C'est quoi cette affaire de rose ?

Je n'avais pas envie d'en parler tant l'histoire me paraissait désormais futile, mais ne souhaitais pas non plus aborder mon licenciement avant d'avoir ingurgité un peu d'alcool. Je répondis donc à sa question, en espérant qu'un retour à cette phase de la journée dissiperait mon anxiété.

— J'ai trouvé une rose sur mon palier ce matin, annonçai-je en haussant les épaules. En fait, je pense qu'elle t'était destinée. Pour ton anniversaire.

— Impossible ! Personne dans mon entourage n'est capable d'un tel geste.

— Et Benoît ?

— Non, il n'est pas du genre romantique. S'il m'avait offert un cadeau, ç'aurait été un sex toy.

— En tout cas, ce n'était pas pour moi. La personne a dû se tromper d'étage.

— Ah ? Mais qui attiserait le désir d'un homme romantique dans l'immeuble à part toi ? La moitié des locataires a plus de quatre-vingts ans et nous sommes les seules célibataires.

— Il y a également le petit jeune du cinquième.

— Tu crois que les homos s'offrent des roses ?

— Ben… pourquoi pas ?

— Oui, tu as raison.

On but sans trinquer.

— En tout cas, je trouve le geste terriblement mystérieux ! s'exclama-t-elle. Peut-être que, sans le savoir, tu as suscité l'émoi d'un homme, que celui-ci t'a suivie et a déposé une rose devant ta porte. Possible, non ?

— Non.

— T'es pas positive pour un rond, toi !

— Je suis réaliste. Mais répète ce scénario dans quatre ou cinq verres et j'y accorderai un peu d'intérêt.

— Mais qu'est-ce que tu as ? s'inquiéta Sandrine. T'es toute tristounette.

Je haussai les épaules.

— Mais encore ? relança-t-elle.

Je n'eus d'autre choix que de me confier.

— Je vais vraisemblablement être virée.

La nouvelle la cueillit et son verre resta suspendu à quelques centimètres de ses lèvres.

— Tu déconnes ?

— Non. Fantin a demandé ma mutation ou mon licenciement. Et vu qu'il n'y a pas de postes à pourvoir…

— Pour quelles raisons ?

— Il me trouve incompétente.

— L'enfoiré ! Et que lui as-tu répondu ?

Elle se pencha en avant, se réjouissant déjà de ma repartie.

— Sandrine… C'est moi, Alice ! Que crois-tu que j'aie dit ? Rien ! J'ai juste pleuré.

Je vis la déception et une forme de résignation s'inscrire sur le visage de ma voisine. Sans doute eut-elle envie de me gifler mais elle se retint et opta pour la compassion.

— Écoute… rien n'est encore fait. Et tu as des droits ! Je connais un très bon avocat !

L'idée d'un combat juridique me plongea dans un désarroi total.

— Tu veux que je reste avec toi ce soir ? demanda-t-elle.

— Non, merci. Ça va aller.

— Bon, je n'insiste pas car Benoît est censé passer. Il vient me souhaiter mon anniversaire. Enfin, me faire ma fête, dit-elle en allumant son regard d'un feu sensuel. Ne t'inquiète pas, tout va s'arranger, j'en suis sûre. Et même si tu dois quitter cette boîte… Ben, comme on dit, quand une porte se ferme c'est pour qu'une autre puisse s'ouvrir.

Elle réalisa la vanité de son propos et s'approcha pour me prendre dans ses bras.

— Tu sais quoi ? Je vais renvoyer l'autre vicelard auprès de sa femme et te tenir compagnie.

— Non, surtout pas. Profite de ta soirée. Et j'ai besoin de me reposer.

Elle recula pour tenter de jauger mon degré de sincérité.

— Bon, d'accord… Mais sache qu'il ne peut pas te virer comme ça. Il lui faudra et prouver cette prétendue insuffisance professionnelle et prouver qu'il t'a donné les moyens de bien faire ton boulot. Des lois protègent les salariés contre ce genre de despote.

— D'accord. Mais cette situation est tellement… humiliante.

— S'offusque-t-on d'un chien stupide qui aboie sans raison à notre passage ? Non ! À la limite, on est surprise, effrayée mais on ne se sent pas idiote par contagion ! Ton directeur est un parfait cònnard qui aboie et tente de mordre. Dois-tu te sentir atteinte par sa perversité ? Tu n'es pas en cause. Il aurait agi de la même manière avec n'importe quelle autre fille.

— Non, n'importe quelle autre fille lui aurait répondu, aurait montré les crocs et l'aurait obligé à fuir, la queue entre les jambes. Moi, je me suis lamentablement aplatie.

— Oui, mais c'est ta nature ! Tu es timide et trop gentille.

— Je veux changer ! J'en ai marre d'être l'idiote transparente qu'on remarque uniquement pour la maltraiter.

— Tu es une princesse dans un monde de sauvages. Il faut que tu changes car le monde, lui, ne changera pas. Mais c'est un processus lent qui réclame de vrais efforts.

Elle essuya mes larmes du dos de sa main.

— Merci d'être là, Sandrine, murmurai-je.

— De rien. Bon, on reparle de tout ça demain, OK ?

M'être confiée m'avait fait du bien.

J'avais commencé mon travail de mutation le matin même, j'avais cru en moi, relevé la tête, et le sort m'avait immédiatement opposé un obstacle de taille. Il ne fallait pas que je renonce. J'allais changer.

*

Je dormis mal et, au réveil, le visage de Fantin m'agressa aussitôt. S'il n'était déjà pas évident d'activer en moi le ressort nécessaire pour me lever et me rendre à mon travail, l'événement de la veille faillit me clouer au lit. Je réfléchis aux excuses à invoquer pour ne pas aller au bureau. Mais j'étais incapable de mentir. De plus, Fantin comprendrait la ruse et serait encore plus infâme à mon retour (c'était possible, cet homme avait des ressources). Enfin, l'inactivité n'était pas recommandée en cas de déprime.

Je m'extirpai de mon lit l'âme en peine.

À mon arrivée, Tic et Tac m'accueillirent avec un sourire affable qui m'inquiéta. Manifestaient-elles une forme de complicité liée à « l'affaire de la rose » ou était-ce l'expression de leur solidarité après avoir appris mon possible licenciement ? Car, je ne me leurrai pas, la nouvelle concernant mon éventuelle éviction avait déjà dû faire le tour des bureaux. Si elle n'avait pas dû affecter la grande majorité des employés, la plupart ne me connaissant pas (« Alice qui ? », « Ah, la timide aux tenues ringardes ? »), l'information avait forcément été commentée par les rares qui m'identifiaient. Mais le sourire faisant partie de l'uniforme d'une hôtesse, difficile de le qualifier.

Je compris ce qui le motivait en pénétrant dans mon bureau.

Un magnifique bouquet de roses m'attendait dans un emballage en cellophane artistiquement arrangé.

Après quelques secondes de stupeur, je me mis en quête d'un mot qui aurait révélé l'identité de l'expéditeur mais n'en trouvai pas. J'inspirai profondément pour calmer mes émotions et analysai la situation.

1/ Ce bouquet venait confirmer l'hypothèse des collègues : la première rose ne m'avait pas été adressée par erreur.

2/ L'expéditeur avait choisi une approche romantique, fleurs + anonymat, censée susciter mon intérêt.

3/ Il passait à la vitesse supérieure en appliquant un coefficient de générosité tel que, s'il continuait à ce rythme, dans une semaine il m'enverrait le titre de propriété d'un hangar de roses de Rungis.

4/ Cela ne changeait rien à mon point de vue : j'appréciais qu'un événement positif vienne bousculer mon quotidien mais la démarche me paraissait à la fois invasive et quelque peu désuète.

Bref, je n'étais pas plus avancée que la veille et sans doute plus perturbée.

Le trio déboula dans mon bureau, hystérique.

— Les filles de l'accueil nous ont dit que tu avais reçu… Woaw, mais c'est vrai ! Regardez ce bouquet ! s'écria Candice.

Elles s'extasièrent, commentèrent, me bombardèrent de questions. Je restai muette, tentant de prendre appui sur leur enthousiasme pour toucher une réalité rassurante.

— Et toi, que penses-tu de ça ? demanda Olga que mon absence de réaction paraissait agacer.

— Rien. Tout ce qui m'arrive ces derniers jours est étrange.

— Étrangement positif !

— Pas vraiment.

Je lus une réelle déception sur leurs visages.

— Je veux dire que… oui, c'est mignon, mais tout arrive si brutalement en ce moment. Je ne sais pas gérer tout ça ! C'est trop pour moi.

— Trop de fleurs ? demanda Dallia. Je peux te prêter un vase.

— J'aurais peut-être réagi d'une autre manière si cela m'était arrivé à un autre moment. Mais là… je ne suis pas dans les meilleures dispositions, vous comprenez.

— Non, on ne comprend rien ! grogna Olga.

— Oui, prends des mots qui signifient quelque chose et construis-nous une phrase cohérente, Alice ! ironisa Candice.

— Je pensais que vous étiez au courant…

— Au courant de quoi ? Tu es… malade ? s'inquiéta-t-elle. Quelque chose de grave ?

— Tu sais, on guérit beaucoup de cancers aujourd'hui, dit Dallia sur un ton plein de sollicitude. J'ai une amie qui a eu…

— Ferme-la ! l'interrompit Candice.

— Non, c'est au sujet de Fantin, enchaînai-je. Il n'est pas content de mon travail et, hier, il m'a convoquée pour me le dire, de manière assez brutale.

— Ah, ce n'est que ça ? s'exclama Olga, rassurée. Tout le monde sait que ce mec est nul et que la seule qualité qu'il possède est de t'avoir comme assistante.

Ces paroles me touchèrent. Mes compétences étaient donc reconnues dans l'entreprise.

— Ouais, il ne doit sa place qu'aux relations privilégiées qu'il possède au ministère des Finances, ajouta Candice.

Olga fronça les sourcils pour indiquer qu'elle allait trop loin dans la confidence.

— Oh, bon, ça va ! Tout le monde sait que son beau-frère est le chef de cabinet du ministre. Et tout le monde sait aussi que le boulot qu'il affiche fièrement lors des réunions est le tien. Même Blanchet !

— Ah bon, c'est vrai ? réussis-je à articuler, la gorge serrée.

— Mais qu'est-ce qu'il y a, ma chérie ? me demanda Candice. Pourquoi tu te mets à pleurer ?

— Ce que vous dites concernant mon travail... Je ne savais pas... Je croyais que tout le monde me prenait pour une nulle.

Elle leva les yeux au ciel.

— Bon, là tu m'agaces ! s'exclama-t-elle. Si t'entendre dire que tu es compétente te met dans un tel état, il est temps que tu consultes un psychanalyste pour chercher dans ton enfance le moment où quelqu'un a piétiné ton amour-propre.

— Lui m'a tenu le discours inverse, hier. Et il veut... me licencier.

La nouvelle les stupéfia.

— Te licencier ? Mais... comment ça ? demandèrent-elles de concert en échangeant des regards consternés.

Je résumai la situation.

— On ne le laissera pas faire ! clama Olga en balayant de la main la mèche blonde que j'avais si souvent admirée tant elle semblait avoir été sculptée pour souligner son beau regard.

— Oui, ne t'inquiète pas, nous sommes solidaires ! confirma Candice.

— Ça c'est sûr ! On va lui faire mordre la poussière ! surenchérit Dallia.

Je ne doutais pas qu'Olga, compte tenu de sa position d'assistante du directeur général, de son pouvoir de conviction et de son charme, puisse agir en ma faveur. Candice, elle aussi, avait établi un petit réseau de relations dans l'entreprise. Mais j'étais beaucoup plus réservée quant au pouvoir de Dallia... Leur solidarité m'émut et des larmes envahirent de nouveau mes yeux.

— Allez, ne te mets pas dans cet état, on est là, murmura Candice en me caressant le dos.

Leur sollicitude tenait à notre connivence, née de mon début de romance, pensai-je. Oui, après tout, c'était peut-être ça le secret de cette complicité qui Hait des collègues, en faisait des copines : la confidence, le partage, la solidarité dans l'épreuve.

Peut-être étais-je chanceuse, après tout ?

Olga

FANTIN DÉMONTRAIT une nouvelle fois son insondable imbécillité. Il pensait qu'en virant Alice il réussirait à lui imputer une part de son échec. Se refaire une image sur le dos d'une fille aussi docile et compétente… sa lâcheté n'avait d'égal que son orgueil.

C'est vrai, Alice n'était pas l'assistante la plus éclatante de cette boîte. Sa timidité, sa réserve, ses tenues has been, sa démarche bizarre et son incapacité à participer à la vie sociale de l'entreprise n'en faisaient pas une personne dont on aspire spontanément à devenir l'amie. Mais doit-on s'arrêter aux apparences ? Professionnellement, elle était sans doute l'assistante la plus compétente et la plus consciencieuse. Et, d'un point de vue humain, elle était… touchante. OK, un peu trop effacée, voire chiante, mais j'étais persuadée que cette introversion dissimulait des blessures. J'avais parfois tenté de la faire parler afin de percer sa carapace. En vain. Elle ne racontait rien de sa vie, se limitait à ses hobbies : la lecture, les séries télé, les musées. Elle se cachait, se fondait dans la masse, masquait sa claudication, évitait les relations avec les autres.

Mais une chose était sûre : elle était malheureuse. Malheureuse parce que seule. Mal dans sa peau car consciente de son incapacité à engager des relations sociales normales.

Bref, le souffre-douleur idéal pour des hommes sans cœur comme Fantin.

Mais nous allions nous liguer pour faire échec à la stratégie de ce pleutre ! Pas question de le laisser abuser du petit pouvoir que ses fonctions lui octroyaient au détriment de notre copine.

Enfin, je dis copine, mais j'entends plutôt collègue. Car Alice n'avait jamais réellement intégré le cercle que nous avions formé. Elle se montrait si embarrassée lorsque nous nous rencontrions au coin café le matin que nous avions rarement été tentées de l'inviter à déjeuner. Encore moins à participer à nos sorties entre filles. Je sais, ce n'est pas très gentil, mais ces moments sont dédiés à la légèreté, à l'humour, aux confidences sentimentales et sexuelles. Or, Alice était grave, triste et ne possédait aucune vie affective. Notre seule incursion dans sa vie privée avait consisté à passer une soirée chez elle pour l'un de ses anniversaires. Nous lui avions un peu forcé la main du fait de la présence de son cousin, un play-boy qui alimentait nos fantasmes. Enfin, surtout ceux de Candice et Dallia. Mais Alice s'était montrée si effarouchée que nous n'avions plus été tentées de renouveler l'expérience.

La récente romance la révélait. Elle paraissait vouloir s'ouvrir, changer. Nous avions donc raison de croire en elle.

Et étions résolues à ne pas laisser Fantin gâcher tout ça !

Deuxième partie

L'HISTOIRE D'ANTOINE

Antoine

La crise de la quarantaine tardive ou celle, précoce, de la cinquantaine : voilà comment mon entourage qualifiait ma dérive.

Personne n'ose d'emblée prononcer le mot dépression. Il évoque une affection pernicieuse, tapie dans les tréfonds de l'âme, dont on redoute l'imprévisibilité et les conséquences. Une crise de l'âge est plus rassurante car supposée passagère, superficielle, presque triviale, et nécessite seulement, prétendument, un paramétrage pour se dissiper : un nouvel amour, un régime alimentaire, une activité physique ou un break dans un lieu de détente. En fait, c'est le propre de l'époque : vouloir tout nommer sur le mode de l'atténuation afin de masquer les cruautés de la réalité. Les gens n'ont plus le courage d'affronter les maladies, les guerres, les séismes mentaux ou tectoniques, les drames familiaux. Un cancer devient « une longue maladie », une guerre sanglante « un trouble frontalier », un divorce houleux « une séparation », un adultère scabreux « une aventure », un terroriste sanguinaire « un déséquilibré »...

J'avais moi-même, dans un premier temps, sacrifié au syndrome de la dérobade et utilisé des expressions telles que « ras-le-bol général », « pétage de plomb », pour qualifier la lassitude qui, lentement, m'éloignait de tout et de tous. Je préférais imputer cet état aux difficultés du moment. Sans doute parce que j'espérais encore me réinscrire au cœur de mes journées et me réjouir de la légèreté de l'existence.

Le temps et les tentatives de diversion n'ayant eu aucun effet, j'avais dû admettre combien le mal était profond. Je réalisais avoir entamé un processus lent et peut-être irréversible d'abandon des repères autour desquels je m'étais jusqu'alors construit. J'étais cet homme tombé dans un puits, s'accrochant aux aspérités de ses doigts meurtris. J'allais bientôt lâcher, je le sentais et n'en éprouvais aucune frayeur. Ma dépression était une fatalité, l'aboutissement d'un parcours qui m'avait éloigné de celui que j'étais jusqu'à devenir étranger à moi-même.

Je crois qu'il y a plusieurs phases dans l'existence : on tente d'abord de trouver sa voie, puis, une fois sur les bons rails, on aspire à aller plus vite que les autres, plus loin aussi ; la réussite nous attire, nous croyons distinguer l'éclat de sa beauté, les paillettes d'une fête promise et courons vers l'insaisissable horizon. Puis nous nous essoufflons, doutons de l'utilité de tant d'efforts, de la pertinence de nos aspirations. Alors, nous finissons par réaliser la vanité de nos rêves, comprenons que les paillettes ne sont que les scintillements des habits d'or de ceux qui nous pilotent, que nous n'appartiendrons jamais à leur monde et, quand bien même y parviendrions-nous, le bonheur ne nous serait pas garanti.

Ceux qui ont su gérer leur vie n'ont pas tout sacrifié à l'illusoire prospérité, se recentrent sur ce qui leur reste : l'essentiel. Ils redécouvrent les vertus de la famille, la chaleur du rire de leurs amis.

Moi, il ne me restait rien. Léa, mon épouse, m'avait quitté quelques années plus tôt, fatiguée de mes assauts vers de nouveaux enjeux professionnels, excédée de passer ses soirées seules, lasse de m'entendre lui conseiller de remettre son désir de maternité à des lendemains plus sereins. Un an après son départ, elle était tombée enceinte de son nouvel amour. En avais-je souffert ? Pas vraiment. Je n'en avais ni le temps ni l'envie. La douleur sentimentale n'est pas compatible avec l'orgueil. Ni avec l'abnégation que réclame la recherche du second souffle nécessaire pour rivaliser avec les jeunes et vigoureux prétendants à la gloire qui, par vagues successives, piétinent de leurs pas vigoureux vos propres châteaux de sable. Le doute ne malmène que les humbles, les timides et les vrais idéalistes. Je n'étais qu'un con arrogant, narcissique et insensible. Je n'avais pas le temps d'être faible.

Et puis un jour, on me vira et mon monde s'effondra. Le patron m'expliqua la pression concurrentielle, la mondialisation, la baisse des prix, la nécessité de devoir réduire ses effectifs, fussent-ils performants, celle aussi de miser sur de nouveaux talents. Étais-je si endoctriné ou tout simplement sonné pour répondre que je comprenais avant de serrer sa main tendue et de me retirer ? K-O debout, j'avais quitté ce qui avait constitué mon univers durant tant d'années. Et tout s'était subitement arrêté. Je n'avais plus rien à faire, aucun objectif à poursuivre. Tel un marathonien passant la ligne d'arrivée le dernier, je m'étais effondré. Personne n'était là pour me soutenir. Le décor avait été enlevé, les spectateurs étaient partis.

Après des semaines passées à naviguer entre abattement et incrédulité, j'avais retrouvé quelques réflexes et forces et m'étais progressivement relevé. Je voulais encore croire en moi et en un avenir à la dimension de mes ambitions et énergie. Et j'avais créé ma propre société. J'allais courir, mais moins vite, et pour moi. Dans quelle direction ? Je l'ignorais encore. Aller de l'avant, voilà ce qui importait. Concilier harmonieusement vie personnelle et professionnelle, atteindre ce point d'équilibre entre plaisirs futiles et sens profond.

Résultat : cinq ans plus tard je vivotais. Ce que je gagnais servait à payer le salaire d'une assistante délurée, des agents de sécurité que j'employais et à me fournir un revenu dont la modestie aurait suffi à limiter mes plaisirs si j'en avais encore eu. Pas de quoi pavoiser mais, au moins, j'étais debout et j'avançais, certes en vacillant et sans but précis, redoutant la chute.

Mes journées ressemblaient souvent à des paysages désertiques que je traversais sans éprouver d'intérêt pour quiconque ou quoi que ce soit. Je jouais le rôle que je m'étais attribué, sans talent. Des gestes, des comportements, des propos pour entretenir un niveau minimal de sociabilité, tout juste suffisant dans le cadre professionnel, insupportable sur un plan relationnel, amical ou affectif.

Petit à petit, mes proches m'avaient fui.

Chaque soir, à la faveur de l'obscurité et du silence de ma chambre, des éclats de lucidité me foudroyaient, et je me voyais un peu plus épuisé, un peu plus pitoyable de ne plus avoir d'aspirations ni de projets, de marcher à côté de cette normalité qui permet de s'oublier.

J'avais compris qu'il me serait impossible de me réinventer.

Je me complaisais dans la dépression.

Je détestais mon travail.

Je détestais ma vie.

Je me détestais.

Voilà où j'en étais lorsque le destin s'apprêta à me surprendre.

Léa

L'HOMME QUE J'AVAIS QUITTÉ n'était plus celui dont j'étais tombée amoureuse quinze ans auparavant. À vingt-cinq ans, Antoine était, pour toute femme sensée, le parti idéal. Beau, élégant, charmant, il était animé d'un enthousiasme communicatif et d'une frénésie intellectuelle qui lui conféraient une aura indéniable auprès de ceux qui l'approchaient. Il faisait partie de cette jeunesse dont les idées de combat s'étaient émancipées des dogmes politiques, et qui pensait que seules les actions concrètes pouvaient changer le monde. Ses idéaux étaient, en outre, portés par un optimisme forcené. Il avait le talent de se projeter dans un futur meilleur, de vous expliquer comment il travaillerait à l'édification de cet avenir radieux avec des mots si convaincants que vous souhaitiez d'emblée agir à ses côtés et le suivre aveuglément. Il agissait de même en matière de séduction et j'avais succombé à ses avances, fière d'être celle qu'il avait jugée digne d'occuper le rôle de compagne. J'étais un peu comme ces femmes d'hommes politiques qui, au-delà de l'amour qu'elles portent à leur conjoint, sont émoustillées à l'idée d'avoir épousé un potentiel futur ministre, ou président, et se rangent dans leur ombre dans l'attente du grand jour.

Mais l'idéalisme social et politique d'Antoine avait peu à peu cédé la place au mercantilisme de l'époque, à cette mode appelée pragmatisme qui avait transformé tous les hommes de bon sens en businessmen et fait de l'entreprise le vaisseau de combat d'idéaux censés travestir leur avidité de pouvoir et de fric. Résultat : il avait investi son dynamisme dans une société qui, sous couvert d'une éthique de pacotille, annonçait vouloir changer les relations humaines dans l'entreprise et encourager les initiatives solidaires en créant une fondation. Il avait gaspillé son temps et son intelligence à atteindre les objectifs qui lui étaient assignés, dans l'espoir de devenir un jour l'un des principaux dirigeants. Mais, au fil du temps, l'importance qu'il accordait à ses ambitions humanistes s'était révélée inversement proportionnelle à celle dédiée à son avancement et à son compte bancaire.

Il courait les déjeuners, les cocktails, persuadé que « le maillage d'un réseau » était primordial dans sa course à la réussite. J'avais un temps été grisée par notre trépidante vie. Mais je finis par réaliser la vanité de ces rencontres éphémères, de ces rêves de richesse, de ces activités prétendument altruistes, dispensés avec la mansuétude qui caractérise les repus quand ils se penchent sur la misère du monde.

En matière de destin, je crois que les femmes ont un sens de l'orientation plus développé car elles sont elles-mêmes des navires prêts à accueillir les passagers pour, au terme de neuf mois de traversée, parvenir là où elles s'épanouiront pleinement. Mais avoir des enfants ne faisait pas partie des plans d'Antoine. Il les envisageait comme des freins à son ascension. Je restais donc à l'attendre, docile, soumise même, espérant qu'il accosterait bientôt et me proposerait de créer cette famille que j'espérais. Puis, je m'étais lassée de le voir se gâcher, de me voir m'assécher. Alors, j'étais partie. Trop occupé à gagner ses combats, prenant mon départ pour une trahison, il n'avait pas cherché à me retenir. Je ne lui en avais pas voulu. J'étais aussi coupable que lui. On ne peut incriminer l'autre de n'avoir pas pris les décisions qui nous incombent.

Je suis maintenant pleinement femme et mère. J'ai pris du recul sur ces années et compris une chose : Antoine était moins en quête de réussite que d'amour et de reconnaissance. L'état du monde lui importait peu. L'entreprise était devenue le seul terrain sur lequel il comptait faire grandir son charisme. Magnétiser ses équipes, gagner l'estime de ses pairs et la reconnaissance de ses dirigeants, voilà ce qui le motivait. Sans doute en avait-il été de même à mon sujet. Son intérêt pour moi avait duré tant que je lui avais renvoyé cette image d'une épouse éperdue d'amour, admirative et fervente supportrice. Il ne m'avait pas aimée. Il lui était impossible d'éprouver de l'amour pour les autres sans s'aimer lui-même.

C'est la raison pour laquelle il s'était effondré après son licenciement. C'est également la raison pour laquelle il s'est lancé dans cette folle aventure.

Alice était sa dernière chance de parvenir à aimer. À vivre, même.

Antoine

J'AVAIS FINI par consulter un psy. Pas de ma propre initiative car j'ai toujours pensé qu'aller déballer sa vie devant une personne dont la seule prouesse est d'avoir passé quelques années sur les bancs d'une université à jouer les apprentis sorciers sur des cas d'école constituait l'une des principales supercheries de l'époque. C'est Eddy qui en avait eu l'idée et qui m'avait forcé la main. Eddy, mon seul véritable ami.

Nous nous étions connus au lycée, nous étions perdus de vue quelques années, retrouvés par hasard alors que j'étais encore en couple. Il avait assisté à ma descente aux enfers, m'avait donné de précieux conseils, que je n'avais pas suivis, et, depuis quelque temps, me couvait d'une attention inquiète. Je m'étais résolu à voir le psy qu'il conseillait après qu'il eut asséné un argument incontournable : les principes et idéaux que j'avais tenus pour essentiels et défendus en toutes circonstances ne m'avaient pas préservé de l'échec, bien au contraire.

— C'est une question de mécanique : quand tu ne parviens pas à avancer avec les paramètres définis, tu en changes un, puis un autre, jusqu'à trouver la bonne équation.

— Et si je ne la trouve pas ?

— Eh bien, tu ne pourras pas te reprocher d'être resté immobile et tu auras fait quelques expériences intéressantes.

— Le raisonnement tient la route.

— C'est également le tien. Quand tu te croyais invincible et destiné à un avenir brillant, tu raillais ceux qui, en situation d'échec, incriminaient les autres, l'époque ou le sort, pour se poser comme victimes et éviter de se remettre en question.

— OK, donc je dois aller contre mon opinion sur les psys car celle-ci participe à me maintenir dans cet état dépressif… C'est ça ?

— À peu près. Tu dois remettre en question tes principes de vie afin de définir le paramétrage qui te permettra de sortir de ta déprime.

J'envisageai la perspective avec intérêt.

— Et tu penses sincèrement qu'aller raconter mes déboires à un psy m'aidera à mettre de l'ordre dans mes idées, à dénicher les traumatismes qui me pourrissent la vie ? Trouver les erreurs de programmation pour que le système fonctionne mieux…

— C'est pas exactement ça. Et c'est pas exactement un psy. C'est un thérapeute qui s'inspire des connaissances de l'âme humaine puisées dans les doctrines bouddhistes, hindouistes et dans la Torah, des principes d'éveil de l'âme, de réconciliation de l'être avec son environnement.

— Je vois le genre… dis-je, ironique.

— Non, tu ne vois rien. Ne sois pas si arrogant ! Tu comprendras quand tu l'auras rencontré. Vas-y au moins par curiosité !

— OK, mais juste une séance, pour me faire un avis.

— Non, cinq séances. Une séance n'est pas suffisante pour appréhender l'homme et créer une relation. Ensuite, si tu n'es toujours pas convaincu, tu pourras laisser tomber.

*

Je m'étais donc retrouvé devant ce thérapeute dont le look ne m'avait pas déplu. Il paraissait vivre en dehors des clichés de l'époque : mal habillé, pas coiffé, peu soucieux de se montrer sympathique, il m'avait accueilli avec un détachement que j'avais d'abord pris pour du manque d'intérêt ou pour la réserve qu'affichent les psys afin de définir un terrain d'échange sans affects. Mais, dès que j'avais commencé à exposer mes problèmes, j'avais perçu sa concentration, ressenti sa volonté de pénétrer mon discours, de comprendre le plus finement possible ce que je confiais. Je percevais l'énergie qu'il dirigeait vers moi, pas le moi que je lui montrais mais celui qui, de l'intérieur, choisissait ses mots, forgeait ses phrases. Bref, je l'avais trouvé crédible.

— Vous êtes en colère, m'avait-il dit durant la troisième séance. Et cette colère est devenue trop importante pour que vous puissiez la contenir.

— Je ne me sens pas vraiment en colère. Quand on est en colère, on a envie de hurler, de cogner, de se rebeller. J'ai seulement envie qu'on m'oublie. En fait, je me fous de tout.

— Êtes-vous indifférent ou lassé ?

— Indifférent parce que lassé.

— Lassé par ?

— Les autres.

— Les autres ?

— Les gens ! Je veux dire cette masse qui élit des responsables politiques nuls à des postes majeurs, érige des inconnus sans talent au rang de stars, suit des modes grotesques... Son unanimisme est aussi stupide qu'écrasant. On nous force à adorer tel chanteur, cinéaste ou homme politique, à bannir tels autres.

— Rien ne vous oblige à aller dans le sens de la majorité.

— En effet, mais elle est là, inquisitrice, accusatrice. Elle étouffe mes aspirations, noie mes espoirs, nie mes différences, nous entraîne lentement dans une dangereuse torpeur.

— Et elle vous met en colère.

— Non. J'ai fini par m'en foutre.

— Vous mettez en veille vos centres émotionnels car cette colère vous effraie.

— Peut-être, avais-je convenu. Et que dois-je faire ?

— D'abord reconnaître votre colère, ensuite, la sourcer afin de la désamorcer.

— Reconnaître ma colère ?

— Vous dites être devenu indifférent aux autres, ne plus ressentir d'animosité envers eux. Mais je pense que votre colère se manifeste tous les jours dans certaines situations, sous des formes différentes : un agacement, une impatience, une contrariété, une amertume qui vous met en rogne.

Il avait raison, j'éprouvais souvent des irritations, des exaspérations, qui m'amenaient à pester intérieurement et, au bout du compte, me vidaient du peu d'énergie qui m'animait.

— C'est vrai, je m'énerve souvent, confiai-je. Mais c'est anecdotique. De toute façon, je m'emporte rarement.

— Citez-moi quelques exemples.

— Mais c'est des conneries ! Des moments sans importance.

— Allez-y.

Je n'eus pas à réfléchir longtemps.

— En venant ici, il y avait ce mec planté au milieu de l'escalator, empêchant les autres de passer… puis cette famille qui occupait tout le trottoir en déambulant lentement, les uns à côté des autres… Je sais, c'est con, mais ça m'a exaspéré.

— Pour quelles raisons ?

— Parce que ces gens-là donnent l'impression d'être seuls au monde.

— Je vois… Qui d'autre ?

Je pris quelques secondes pour pister d'autres causes.

— Par exemple, ces femmes qui profitent d'avoir un petit public dans les transports en commun pour jouer le rôle de la maman parfaite en livrant à haute voix à leurs enfants des explications qu'ils ne demandaient pas ou en s'extasiant de leurs propos. Il y a aussi les ahuris qui postent sur Facebook ou ailleurs des semblants de pensées qu'ils croient profondes… Ils sont si fiers d'eux qu'ils vous proposent de partager ces sentences. Il y en a plein d'autres ! Les crados qui vous imposent leur odeur corporelle nauséabonde, ceux qui parlent trop fort au restaurant, ceux qui rient de leurs propres plaisanteries, ceux, plus proches, qui vous pincent la joue ou vous caressent la nuque en signe d'affection de leurs mains à la propreté incertaine, les invasifs qui vous parlent trop près, vous imposent leurs confessions en même temps que leur haleine et leurs postillons… Et tant d'autres.

— Quelle est votre réaction face à chaque situation ? Ce que vous ressentez, ce que vous avez envie de faire ?

— Je peste intérieurement. J'ai envie de les bousculer, de leur faire la leçon.

— Mais vous ne le faites pas.

— Non.

— Pourquoi ?

— Parce qu'ils ne comprendraient pas. Je passerais pour un fou. Et ça ne servirait à rien. Les gens ne changent pas.

Il laissa s'égrener quelques secondes avant de reprendre.

— Et les guerres, le racisme, l'homophobie ?

— Pardon ?

— Les vraies injustices ne suscitent pas votre colère ?

Sa question me déconcerta. Je pris quelques secondes pour l'appréhender et chercher une réponse plausible.

— Pas vraiment. Enfin… plus. Avant, j'étais attentif à ces causes. Je voulais agir, trouver des solutions. Maintenant… je ne m'y intéresse plus.

— Pour quelles raisons, selon vous ?

— Je ne sais pas. Peut-être parce que les enjeux me dépassent. Ou parce que je me sens impuissant. Enfin, non… je crois plutôt que c'est parce que je m'y suis habitué.

— Je vous propose de réfléchir à cette question. Et nous en reparlerons à la prochaine séance.

*

Une fois dehors, je me sentis con. Ces débuts dans l'introspection de ma colère avaient été timides et ridicules. Plus jeune, je voulais changer le monde, et chaque injustice me concernait. En entrant sur le marché du travail, j'avais appris à restreindre le champ de mes indignations, à manœuvrer sur de courtes distances, à n'envisager les choses qu'à travers les seules problématiques liées à mes compétences, mes ambitions et aux objectifs assignés par la direction. Le terrain de mes préoccupations s'était confiné à ma géographie physique et sociale. Bref, j'étais devenu égoïste, égocentrique. Je jugeais les autres en fonction des critères qui comptaient alors pour moi : leurs aptitudes, leur volonté, leur potentiel de réussite, leur capacité à avancer dans la même direction que la mienne. Ils devaient penser et agir comme moi, servir mon ascension. Dans le cas contraire, ils m'indifféraient voire m'insupportaient.

J'avais, depuis, quitté le monde de l'entreprise, mais ne m'étais pas défait de cette étroitesse d'esprit. Au contraire, la dépression m'amenait à m'enfermer plus encore, à n'accorder à mes contemporains qu'un regard critique. À me focaliser sur ces anonymes aux comportements déplaisant. Mes colères étaient vaines, puériles et stupides. J'étais devenu un être amer, frustré et cynique.

Le thérapeute

Pour des raisons éthiques, je ne peux pas vous parler d'Antoine. Je m'en tiendrai donc à des considérations générales qui vous éclaireront sur le travail que j'effectue avec mes patients.

La colère naît et se développe souvent chez ceux qui ne parviennent plus à avancer sur le chemin de la vie. Faute de savoir qui ils sont, ils ne savent pas ce qu'ils veulent, ni où aller. La plupart des individus s'en sortent en se créant des buts à court ou moyen terme : acheter une voiture, une maison, partir en voyage..., ce genre de choses, et mettent toute leur énergie dans l'atteinte de ces satisfactions matérielles. Mais combler ces besoins ne permet pas d'avancer vers le bonheur, aucun bien n'aide à atteindre la plénitude intérieure. Alors, quand ils comprennent que ces plaisirs n'étaient que des palliatifs à leur mal-être, quand ils pressentent que la solution se trouve dans une remise en question des fondements sur lesquels ils se sont construits mais n'ont pas le courage ou la volonté d'une remise en question, ils piétinent, s'agacent, dépriment. Faute de s'attaquer aux vrais problèmes, certains prennent des résolutions radicales : quitter son conjoint, qui les connaît trop bien, pour quelqu'un auquel ils tenteront de vendre une nouvelle personnalité ; faire ses valises pour aller se trouver ou se perdre sous d'autres deux. Des fuites en avant bien souvent vaines puisqu'ils emportent avec eux le mal-être qui les ronge.

J'essaie d'amener mes patients à comprendre que le sentiment de manque ne peut être comblé par des objets ni par des jeux de rôle tant il est l'expression du vide qui s'est créé en eux. Vide d'eux-mêmes, de ce qu'ils sont. J'essaie de les amener à se reconstruire sur un idéal à la mesure de leurs véritables valeurs : apprendre à se connaître en allant vers les autres, en se mettant à leur service ou en engageant un processus d'introspection. Mais, pour cela, il leur faut libérer leurs âmes des couches de sédiments laissées par leurs vaines expériences.

Qu'est-ce que la colère, sinon le symptôme de cet état d'insatisfaction qui saisit les individus ne trouvant pas leur voie ? Un érudit en Torah m'a dit un jour que l'on ne s'énerve que contre ceux qui nous ressemblent, ceux qui nous renvoient l'image de ce que nous sommes, avons été ou pourrions être. Vérité difficile à admettre. Il faut du temps, de la sagesse, pour accepter l'idée que les défauts d'une personne que nous n'aimons pas sont les mêmes que les nôtres. Que ce que nous nommons « étroitesse d'esprit » ou « stupidité » chez les autres est l'expression d'un mal de vivre qui fait écho au nôtre. Un professeur de philosophie s'emportera seulement face aux idées contraires d'un de ses respectés confrères et sera clément devant les inepties d'un étudiant. Et quand un automobiliste s'énerve contre vous, ne vous laisse pas la priorité, vous fait une queue-de-poisson ou vous insulte, vous avez deux possibilités : vous comporter comme lui, auquel cas vous confirmez que vous lui ressemblez, ou le laisser passer, ne pas répondre. Parce que vous comprenez que s'il se met dans cet état pour si peu c'est qu'il est malheureux, frustré, que si vous dépasser est si important, c'est que sa vie est bien triste.

Mes patients arrivent chez moi avec ces colères mal dirigées. Mon but est de leur permettre de réaliser que ce sont eux qu'ils incriminent. Mais, pour cela, ils doivent apprendre à se connaître. Mon travail est de les amener à trouver le chemin sur lequel ils se rencontreront.

Avec Antoine ce fut assez facile. Son intelligence ne pouvait plus supporter les mensonges derrière lesquels il l'avait enfermée.

Ce qu'il a fait concernant Alice était une manière de passer de l'ombre à la lumière, du mensonge à la vérité.

Antoine

J'ÉTAIS FURIEUX ! Je venais de raccrocher avec la directrice sécurité d'une conserverie de poisson de l'ouest de la France dont l'attitude m'avait excédé. Elle m'avait appelé deux mois auparavant, se disant intéressée par mes services, avait proposé que nous nous rencontrions rapidement afin de m'exposer sa problématique. J'avais bousculé mon emploi du temps et, lors de notre rencontre, lui avais proposé une stratégie capable de répondre à ses attentes. Séduite, elle avait réclamé une offre commerciale que je lui avais fait parvenir dans les délais imposés. Et j'avais ensuite attendu son appel. En vain. Je l'avais relancée par mail et par téléphone mais elle ne m'avait pas répondu ou, quand elle décrochait, disait être en réunion. J'avais enfin réussi à la joindre ce matin pour l'entendre me dire… « ne plus exactement se souvenir qui j'étais ».

— Je ne comprends pas ! m'étais-je exclamé. Pour répondre à votre demande, je me suis tapé des heures de route, une nuit dans un hôtel lugubre, un repas minable dans le seul restaurant ouvert après vingt heures dans votre ville triste à mourir, je vous ai fait parvenir une proposition dans les délais que vous m'aviez fixés et vous prétendez ne plus savoir qui je suis ?

— Je rencontre de très nombreux prestataires ! s'était-elle défendue.

— Et alors ? Cela vous dédouane d'être correcte avec eux ?

— Mais enfin, de quel droit me parlez-vous sur ce ton ? s'était-elle offusquée. Je ne vous permets pas !

— Mais vous n'avez rien à me permettre ! Je suis calme et poli avec ceux qui possèdent un minimum de savoir-vivre ! Et vous en êtes dépourvue ! Ne vous étonnez pas si les salariés de votre entreprise ne respectent pas vos consignes de sécurité ! Les personnes de bon sens perçoivent la sincérité de leurs managers ! Si vous n'avez aucun respect pour les autres, ils n'en auront pas pour vous, connasse !

Et j'avais raccroché rageusement.

Je n'aimais pas m'emporter de la sorte. Perdre le contrôle constituait un aveu de faiblesse. Mais j'étais devenu faible car trop fatigué. Désabusé.

Je la haïssais comme je haïssais tous ses semblables, hommes et femmes dopés par le petit pouvoir qui leur était conféré, arrogants, parfois méprisants, prêts à vous écraser mais soucieux d'habiller leur infamie d'un sourire aimable et d'un discours ronflant. En fait, je les méprisais parce qu'ils me renvoyaient l'image de ce que j'avais été. Comme eux, j'avais cru en l'entreprise, à ses valeurs, et je m'étais battu pour la faire triompher, heureux des parts de marché gagnées, hargneux envers la concurrence. Comme eux, j'avais avancé la tête haute, persuadé de jouer un rôle essentiel, d'être indispensable en restant sourd aux plaintes des fournisseurs étranglés, aveugle face au sort des salariés exploités.

L'entreprise est devenue l'un des nouveaux bastions de la coercition. Une dictature où les pires comportements ont libre cours dès lors qu'ils se déroulent dans un cadre conventionnel et où les pires choses peuvent être dites à la condition que les phrases qui les portent aient l'accent de la politesse.

Ceux qui souhaitent s'élever se voient contraints d'abandonner leur sens critique, leurs états d'âme, pour servir la politique définie par des instances désincarnées que seule la rentabilité stimule. C'était mon avis, celui d'un ancien prisonnier du système. D'un homme amer ? Peut-être. Mais plus lucide aussi et désormais effaré par le machiavélisme ou l'aveuglement des dirigeants d'entreprise. J'avais acquis la conviction que la situation ne pourrait perdurer, qu'il n'était pas possible de continuer à berner les hommes, à leur vendre du rêve tout en leur faisant vivre des cauchemars.

C'est peut-être la raison pour laquelle, après mon licenciement, je n'avais pas tenté d'entrer au service d'un concurrent mais préféré créer ma propre société. Afin de ne plus être dépendant d'un comité de direction, de ne plus mettre mon devenir entre les mains de personnes pour lesquelles je n'existais pas, de ne plus avoir à subir les humiliations capables de saper les fondements de mon identité. Je voulais décider, agir à ma guise, faire des choix en fonction de principes et valeurs qui m'échappaient dès lors que je croyais les saisir.

Et je m’étais leurré. Car si j’avais changé de terrain de jeu, les règles et les rôles restaient les mêmes. J’étais dépendant des mêmes personnes, de leur pouvoir de décision. J’avais seulement acquis la liberté de les envoyer se faire foutre sans risque de me le voir reprocher. Mais la liberté est un concept multiforme et, dans mon cas, elle se heurtait au pragmatisme de ma situation financière et réclamait à ma fierté de se soumettre. Or, je n’avais plus que ma fierté pour résister à la dépression qui me rongeait.

Dorine avait passé la tête dans l’encadrement de la porte.

— Vous vous êtes cassé un ongle ?

Visage fermé, j’essayais de lui faire comprendre que son humour était malvenu. Mais Dorine ne s’avouait jamais vaincue.

— Je vois... Je ne vous propose pas un petit massage relaxant, hein ? Ouais... non, c’est pas une bonne idée.

Je l’avais recrutée pour ses compétences mais également pour son magnifique sourire, orné de deux fossettes, ainsi que pour son enthousiasme et ce naturel qui l’amenaient à dire tout ce qu’elle pensait. Des qualités essentielles pour contrebalancer l’effet négatif de mon sombre caractère auprès des clients et agents. Et, de fait, tout le monde l’adorait.

Elle entra dans mon bureau avec une tasse de café et un dossier dans les mains.

— Je ne vous ai pas demandé de café.

— Je sais, il est pour moi, annonça-t-elle en s’asseyant.

Elle s'amusa de mon étonnement, avala une gorgée.

— Vous pouvez peut-être aller le boire dans votre bureau ? Je regarderai ça plus tard, dis-je en désignant les papiers d'un mouvement du menton.

— Non. Faut qu'on parle.

— De ?

— De vous. De cette tête que vous tirez tous les jours depuis quelques mois. Enfin, ça veut pas dire que je vous ai connu gai et déconneur, mais ce qui est sûr c'est que je ne vous ai jamais vu aussi triste. Alors, c'est vrai, au début, je trouvais que ça vous donnait un certain charme, genre homme mûr revenu de tout, blasé, qui attend qu'une femme exceptionnelle, genre moi, lui redonne le goût de vivre. Mais bon, à force, ça commence grave à me soûler.

Je français les sourcils. Le problème avec les personnes comme Dorine c'est que vous pouvez facilement être amené à les haïr pour les mêmes raisons que celles pour lesquelles vous les avez appréciées.

— Ce n'est pas votre affaire.

— Si, ça l'est. Premièrement parce qu'il est désagréable de bosser avec un croque-mort, deuxièmement parce que votre comportement nuit à l'entreprise et risque de finir par nous couler.

— C'est tout ?

— Ouais, y a pas de troisièmement.

— OK, alors merci pour cette analyse. Et maintenant, merci de me laisser.

Elle amorça un mouvement pour se lever, se ravisa.

— Vous ne voudriez pas qu'on se fasse une soirée cool vous et moi ?

Elle repassait à l'attaque. Elle m'avait à plusieurs reprises manifesté son intérêt avec une franchise déconcertante. Je m'étais contenté d'ignorer ses avances mais là, afin d'en finir, il me fallait répondre avec la même sincérité.

— Quel genre de soirée ?

— Bah pas le plan resto patron-salarié avec question à la con, style « Dorine, comment voyez-vous votre avenir dans l'entreprise dans cinq ans ? ». Plutôt le type de sortie où je vous ferai ingurgiter tellement de cocktails et de shots qu'à la fin vous serez suffisamment détendu pour me proposer un plan cul.

Elle avait dit ça sur le ton qu'elle aurait utilisé si nous avions évoqué la préparation d'une réunion. Je fus tenté de sourire. Elle seule pouvait encore me divertir. Mais j'étais également effaré par son manque de retenue. Était-ce propre à sa génération de s'affranchir de toute considération morale pour envisager le sexe comme un passe-temps ordinaire ? Les libertines que j'avais rencontrées jusqu'alors avaient suivi un parcours d'émancipation, mais de nombreuses jeunes femmes, à peine sorties de la post-adolescence, paraissaient, elles, affranchies naturellement de toute pudeur et aussi expérimentées. Je pris un air fâché, posai mes bras sur le bureau et inspirai profondément.

— Dorine… Vous savez que je n'apprécie pas ce genre de propos.

— Je ne le crois pas, justement. Être le fantasme d'une fille jeune et jolie satisfait votre ego. De plus, vous appréciez ma franchise.

— J'apprécie votre franchise dans le cadre professionnel et je me fous d'être, soi-disant, un fantasme pour vous. Et d'ailleurs, je n'ai pas à entrer dans ce genre de considération ! Enlevez-vous ces idées de la tête.

— Ce genre d'idées se manifeste plus bas.

— Très fin… Vous êtes mon employée et je suis votre patron.

— Oui je sais, no zob in job mais…

— Dorine ! m'emportai-je. Même si nous n'avions pas cette relation de subordination, je ne serais pas intéressé par ce genre de… plan. Parce que vous êtes une gamine ! Et que je ne couche pas avec des gamines ! De plus… vous ne me plaisez pas ! Est-ce clair maintenant ?

C'était faux. J'avais déjà rencontré des filles de son âge et je la trouvais éminemment jolie et sexy. Mais il n'était pas question de courir le risque de saboter mon entreprise en engageant une relation avec mon assistante.

Je craignis d'avoir été trop dur, de l'avoir vexée mais elle ne sembla pas du tout affectée.

— Gamine… Je suis plus jeune que vous, c'est vrai. Mais quoi ? Juste vingt ans de moins ? Oui, un peu plus. Et qu'est-ce que vingt-cinq ans en regard d'une vie ? Un tiers, un quart si vous adoptez le régime chypriote ? OK, argument nul. Je ne fantasme pas sur vous parce que vous êtes mon patron et ne suis pas tentée par un délire de soumission patron-assistante. Je vous trouve craquant, c'est tout. Et je sais que je vous plais. De toute façon, je plais à tous les hommes.

Elle avait dit ça d'un ton neutre, comme si elle présentait une analyse de marché dont elle était sûre de maîtriser toutes les données.

— Sortez.

— OK. Je m'en vais mais… repensez à tout ça. Quand vous vous déciderez, n'hésitez pas.

— Dehors ! hurlai-je.

Elle eut une mimique moqueuse, se leva et se dirigea vers la porte.

— Je sais que vous aimez mon corps, lança-t-elle. Je vous ai déjà vu mater mes fesses.

Elle referma précipitamment la porte pour ne pas me laisser le temps de lui répondre.

Je souris. En fait, les jeunes filles m'intimidaient. Elles assumaient une sexualité débridée et paraissaient vouloir faire toutes les expériences possibles, comme si le sexe était un jeu vidéo comportant différents niveaux. Niveau 1 : perdre sa virginité. Niveau 2 : tout essayer avec un garçon de leur âge. Niveau 3 : essayer une fille. Niveau 4 : plan à trois, etc. Coucher avec un « vieux » devait être un des paliers les plus élevés. Elles m'effaraient. Que leur resterait-il à découvrir une fois le jeu terminé ? Et comment pouvaient-elles encore se dire romantiques et espérer un jour rencontrer le grand amour ? Questions de vieux sans doute. D'autant que je n'avais aucune leçon à donner en matière de morale. Mais il me semblait que la liberté sexuelle ne devait appartenir qu'à ceux qui, ayant atteint une certaine maturité, pouvaient la vivre pleinement sans sombrer dans la perversion. Réponse de vieux, j'en conviens.

*

Le téléphone sonna.

— Avec tout ça, j'ai oublié de vous dire que votre rendez-vous est arrivé, déclara Dorine. Le dossier du candidat est sur votre bureau.

Lorsqu'il entra, Samir affichait l'air crâne propre aux jeunes ayant grandi dans un quartier difficile. Dans la sécurité, parmi les prétendants aux postes d'agents, nombreux étaient ceux issus des banlieues. Le métier ne requérait pas de qualification autre que celle que nous dispensions durant quelques journées de formation. Mon rôle était d'évaluer la capacité de chaque postulant à se contenir, à maîtriser les situations difficiles auxquelles il pourrait être confronté et à respecter les règlements propres à la profession.

Grand, mince, plutôt beau garçon, Samir avait trente ans. Il me tendit la main, serra fort la mienne, puis balaya du regard le bureau. Je relus son curriculum vitæ : il ne comportait que des petits jobs dont la plupart devaient être inventés.

— On vous a expliqué en quoi consistait le travail ?

— Oui.

— Vous vous en sentez capable ?

— Faudrait être débile pour ne pas savoir se tenir à une porte ou scruter des caméras de contrôle.

— Ce n'est pas aussi simple. Ces postes requièrent certaines qualités.

— Vous inquiétez pas, je saurai faire.

Je feuilletai son dossier.

— Je ne vois pas votre extrait de casier judiciaire.

Il haussa les épaules.

— Nous en avons besoin, insistai-je. La plupart des clients exigent qu'il soit vierge.

Il planta son regard dans le mien.

— Le vôtre ne l'est pas, n'est-ce pas ? relançai-je.

— Bon, OK, laissez tomber, lança-t-il en se levant, j'ai compris.

Au moment de sortir, il se retourna. Ses yeux brillaient d'une flamme particulière.

— Vous me faites tous rire ! Vous parlez de réinsertion, de seconde chance, mais vous exigez un casier judiciaire vierge ! J'ai fait des conneries plus jeune mais, depuis, je me suis rangé. Je suis marié, j'ai un petit garçon ! Alors OK, ça veut pas dire que je suis devenu gentil, mais vous pourriez au moins me poser des questions pour connaître ma personnalité. Avec un peu de bon sens vous auriez compris que je suis clean ! Que je veux juste un boulot pour sortir de la galère ! Mais non, il vous faut un casier judiciaire vierge ! Qu'est-ce que cela prouve ? Les ministres et députés qui se sont fait choper pour avoir détourné du fric ou pour avoir harcelé leurs assistantes avaient tous des casiers judiciaires vierges. Si je n'avais pas fait le con autrefois, je ne serais pas là à mendier un boulot. J'aurais suivi des études, appris un métier...

Il s'était exprimé en contenant sa colère et ses mots m'avaient touché.

— Qui a dit que je ne voulais pas de vous ?

— Allez, je vous connais ! Vous êtes tous les mêmes.

— Rasseyez-vous !

Il hésita, surpris par le ton autoritaire, puis obtempéra.

— Vous voyez, ce n'est pas votre passé qui me fait douter de vous mais plutôt la manière dont vous vous êtes emporté. On a besoin de personnes capables de se maîtriser !

— OK, un point pour vous. Mais… C'est humiliant de se voir traiter comme ça.

— Traité comment ? Qu'ai-je fait d'autre que de vous poser une question et de vous indiquer les exigences de certains clients ? Le reste, c'est vous qui l'avez imaginé tout seul !

— Deux.

— Deux quoi ?

— Deux points pour vous. Alors, vous avez un boulot pour moi ou pas ?

— Pas pour l'instant. Mais je vous ferai signe dès que j'aurai quelque chose.

Il planta ses yeux dans les miens, y chercha de la sincérité, la trouva.

— Ça marche.

L'approche et la personnalité de ce jeune homme m'ayant plu, j'avais la volonté de lui trouver un poste. Parce que ce combat valait la peine d'être mené. Je voulais donner un sens à mon action, être utile. Et j'interprétai cette nouvelle motivation comme l'expression du désir de m'en sortir.

Je n'ai jamais cru au destin. Pourtant, en regard des événements survenus, l'arrivée de Samir à cet instant précis de ma vie et le rôle qu'il allait jouer dans l'histoire peuvent paraître comme des signes, il pouvait exister une force capable d'orchestrer les éléments dans le sens d'une insaisissable providence.

Dorine

Ce mec était grave craquant ! J'aimais son intelligence vive, sa façon de marcher, de poser un regard désabusé sur les autres. J'aimais aussi son visage d'homme, son menton carré, la ligne droite de ses sourcils, sa carrure de rugbyman, la manière dont son corps donnait vie à ses costumes pourtant pas très frais. Bref, je rêvais de me le faire !

C'était pas le trip genre « je veux me faire un vieux pour voir », ayant déjà expérimenté le concept une ou deux fois. OK, trois fois. Et j'avais apprécié. Quand on en a marre de jouer la figurante docile d'un remake raté de film porno avec des petits cons qui ont tout appris sur YouPorn et calquent leurs pratiques sur un enchaînement de séquences préformatées, on apprécie l'approche d'un homme qui a déjà soufflé ses quarante bougies depuis quelque temps déjà : il te caresse comme s'il découvrait le corps d'une femme pour la première fois, plonge son regard dans le tien afin d'y lire tes désirs, sait prendre son temps pour les révéler et… Pardon, je m'égare.

Bon, je caricature peut-être, et tous les vieux ne sont pas comme ça. Mais je crois qu'ils apprécient de faire l'amour à une femme plus jeune. Ça doit leur rappeler leur passé, les plonger dans un état de mélancolie et les amener à lui vouer une reconnaissance infinie pour ce voyage dans le temps. Ça les rassure qu'une jeune fille puisse éprouver du désir pour eux et calme sûrement leurs angoisses existentielles. Bref, j'sais pas au juste ce qui se passe dans leur tête mais la manière dont l'exprime leur corps c'est… *que du bonheur*, comme disent les abrutis des émissions de télé-réalité.

J'avoue que le fait qu'il soit mon patron ajoutait à mon fantasme. Mais là n'était pas l'essentiel : non, l'aspect le plus séduisant de sa personnalité, c'était sa tristesse, son détachement. J'ai toujours craqué devant les mecs virils qui affichent leurs faiblesses. Ne me demandez pas pourquoi, c'est comme ça, c'est tout.

Mais rien à faire. J'avais beau mettre mes tenues les plus sexy, dévoiler mes charmes dans les limites admises par le cadre d'une relation de travail, prendre mes airs de petite fille fragile en quête de réconfort ou, au contraire, oser des avances franches… il m'ignorait ou me remballait sèchement. Ce qui piquait ma fierté et augmentait mes fantasmes. Comment pouvait-il me résister ?

En définitive, il a fallu que surviennent les événements à propos desquels vous m'interrogez pour comprendre ce qui me faisait fondre chez mon boss, en plus des trucs déjà cités : sa force intérieure. Quand j'ai vu ce qu'il avait fait par amour, je me suis dit : « Voilà pourquoi je kiffe ce mec. » Toutes les femmes rêvent de voir un homme se dépasser, sacrifier ce qu'il a pour les sauver.

Ouais, je sais, ça ne me ressemble pas de dire des trucs comme ça. Mais je suis également romantique.

Antoine

VINT LE JOUR où je rencontrai Alice. J'étais en train de relancer quelques prospects quand Eddy téléphona et me proposa de déjeuner avec lui.

— Non, j'ai du boulot, répondis-je.

— Ne me prends pas pour un imbécile. Je suis ton ami, je connais ta situation et je sais pertinemment que tu n'es pas débordé. Sois prêt dans dix minutes.

Il ne me laissa pas le temps de répondre, raccrocha.

Au restaurant, répondant à la question « Alors, quoi de neuf ? », censée ne recueillir qu'un « Ben, écoute… ça va » ou, au pire, « Que du vieux », Eddy me fit une description détaillée de son actualité familiale : son fils passait le bac de français et stressait, sa fille revendiquait le droit de porter un soutien-gorge alors qu'elle n'était pas encore formée, sa femme parlait de se relancer dans une vie professionnelle après s'être consacrée quinze ans durant à l'éducation de ses enfants, ce qui l'amenait à douter de disposer encore des compétences requises pour exercer son métier d'architecte, et ses affaires, si elles avaient subi la crise, se maintenaient à un niveau plutôt satisfaisant. Le tableau du bonheur en somme. Le tout asséné avec bonhomie à la face d'un homme dont la vie était le parfait négatif de cette idyllique somme de clichés. En véritable ami, il lut dans mes pensées.

— Je ne raconte pas tout ça pour te dire que ma vie est géniale, Tony, ni t'indiquer que la tienne est merdique, puisque nous savons tous les deux qu'elle l'est. Je veux juste t'expliquer que le bonheur existe et qu'il peut prendre plusieurs formes. Dans mon cas, c'est une épouse aimante et chiante, des enfants géniaux et tout aussi chiants, un boulot qui réclame un engagement total mais me rapporte suffisamment de fric pour satisfaire les désirs de mon trio d'emmerdeurs.

— Malgré l'affection que je porte à ta tribu, il te faudra d'autres ressorts pour m'inciter à tendre vers ce… disons, modèle d'accomplissement.

— Je veux juste te montrer que tu peux aussi créer ta voie. Mais si tu te contentes de t'asseoir au bord du chemin et d'attendre que ta chance passe, il n'arrivera pas grand-chose.

— Je n'attends rien.

— Je ne te crois pas.

— Et pourtant. D'ailleurs, qu'appelles-tu la chance ? Une superbe affaire qui me renflouerait ? Une femme dont je tomberais subitement amoureux ?

— Je parle de ce moment incroyable où la vie te propose l'aventure humaine qui te révélera. Ça peut être une opportunité professionnelle qui te mènera sur un chemin où tes compétences pourront pleinement s'exprimer, ou bien, en effet, une rencontre qui te conduira à imaginer une vie à deux, à fonder une famille.

Je compris ce qu'il voulait dire et souhaitait provoquer en moi, mais ses propos m'exaspérèrent. La chance n'existait pas. Le hasard et le destin, non plus. Il s'agissait de concepts inventés pour que nous acceptions le joug d'un système qui avait besoin de notre force de travail et, contre notre docilité et notre abnégation, nous offrait l'illusion de pouvoir un jour faire partie de ceux qui tenaient les commandes de la machine infernale. Quant à l'amour…

Le serveur interrompit notre conversation pour déposer les plats sur la table avant de s'en aller.

— Tu as quarante-cinq ans, Tony. Si tu ne réagis pas, dans quelques années tu te retrouveras seul, aigri, malheureux, et ta seule satisfaction sera de bénéficier de la carte « Senior » de la SNCF. Mais tu n'auras plus nulle part où aller.

— Tu as toujours su trouver les mots capables de me remonter le moral.

— Je suis ton ami et, à ce titre, je me dois d'être sincère et de t'amener à réagir. Souviens-toi de la fougue qui t'animait quand nous étions jeunes ! Tu avais des projets, de l'ambition.

— Et tu vois où ça m'a mené ?

— Putain, arrête de te lamenter ! Tu as simplement fait les mauvais choix. Mais tu as conservé tes qualités. Au lieu de ressasser ces échecs, tourne-toi vers l'avenir et prends les bonnes décisions.

— L'avenir ? Je croyais que nous étions presque vieux…

— *Tu* es presque vieux ! On est vieux quand on remplit sa vie de nostalgie, de regrets, de remords. Pour ma part, je nourris chacune de mes journées de désirs, de projets, de rêves. Et, ainsi, je reste jeune !

— De nous deux, tu es le seul à avoir les cheveux grisonnants.

— Je sais… Une injustice génétique contre laquelle je ne peux m'élever.

— Tu pourrais te les teindre, lançai-je, ironique.

— J'y ai pensé. Mais ma femme dit que ça me va bien.

— Ah oui et, comme la plupart des femmes, elle prétend que ce gris te donne du charme.

— Heu… oui.

— Et elle argumente en citant Richard Gere ou George Clooney, ces deux modèles de mâles matures dont la pigmentation capillaire dégénérescente ajoute à leur charme, n'est-ce pas ?

— C'est vrai… elle a cité Clooney… et Gere, balbutia-t-il. Comment le sais-tu ?

— Parce que toutes les femmes qui savent que le temps s'acharne sur la gent féminine avec plus de cruauté qu'elle ne s'attaque aux hommes, toutes celles qui craignent de voir leurs conjoints s'enfuir un jour avec une prédatrice plus jeune envisagent la surcharge pondérale, la calvitie et/ou le blanchiment de la chevelure de leurs conjoints comme des freins à leur éventuelle trahison. Mais personne ne ressemble à Clooney ou Gere ! Rares sont les mecs qui ont leur physique ou leur aura ! La vérité c'est que les cheveux gris trahissent la vieillesse mais que, notre époque étant celle des mensonges, des faux-semblants, des mystifications, on fait croire n'importe quoi à n'importe qui !

Il m'observa avec curiosité.

— Voilà qui est révélateur de ton problème, asséna-t-il. Durant notre jeunesse, tu avais déjà le défaut de tout intellectualiser, mais au moins c'était sur un mode positif. Aujourd'hui, tu gaspilles ton intelligence à tout anecdotiser, qui plus est, de manière négative. Résultat, tu n'es jamais dans l'instant, dans le plaisir. Juste dans l'anticipation pessimiste, l'extrapolation cynique, le défaitisme, même. En fait, tu as toujours eu tendance à te prendre pour Dieu. Autrefois, tu étais le Dieu bon et créateur, celui qui aspirait à un monde meilleur. Désormais, tu es le Dieu sévère, celui qui juge et punit. Tu as totalement largué tes valeurs pour leur préférer de pseudo-principes grotesques que tu ériges en lois rigoureuses. Que tu ne respectes même pas, d'ailleurs.

— C'est à peu près ce que m'a dit le psy... de manière moins violente, répondis-je d'un ton badin censé dissimuler combien ses mots m'avaient froissé.

— Lui se fait payer pour te supporter.

— Si je paye l'addition, tu seras plus clément ?

— Qu'a-t-il conseillé pour t'aider à descendre de ton trône céleste ?

— De porter un regard neuf sur les personnes qui m'entourent, celles que je croise. De tenter de les comprendre, de deviner leurs vies, leurs histoires, leurs soucis. Et d'essayer d'identifier celles susceptibles de m'émouvoir et de réveiller mes sentiments les plus nobles.

— Et tu y parviens ? demanda-t-il en avalant une gorgée de vin.

— Pas vraiment. Enfin, pas encore. J'oublie de pratiquer.

— Eh bien, profitons d'avoir un peu de temps et d'être entourés d'inconnus. Pose tes yeux sur les clients du resto et essaye de décrire ce que tu perçois.

— Laisse tomber, râlai-je en me concentrant sur mon assiette.

— Allez, te défile pas.

Je soupirai et laissai mes yeux dériver sur les visages des clients avant de se poser sur des jeunes femmes qui déjeunaient dans un coin isolé du restaurant. Sur l'une d'entre elles plus particulièrement.

— Tu vois la fille aux longs cheveux châtains ? murmurai-je. Celle qui déjeune avec ses deux copines et fait de grands gestes en parlant ?

— T'as pas choisi la plus moche, ironisa Eddy. Alors, que vois-tu en elle ?

— Une femme fière de sa beauté.

— Oui ça… le contraire serait stupide.

— À mon avis, elle travaille dans la communication. Elle est ambitieuse, prête à tout pour réussir. Elle est célibataire et, en femme libérée et séductrice, s'envoie les mecs qui lui plaisent sans faire de manières.

— Je te rappelle que tu es censé porter un regard positif sur elle.

— Il n'y a rien de négatif dans mes propos. Je suis même sûr d'être son genre.

— Quel prétentieux !

J'éclatai de rire.

— Je te charrie… En fait, je la connais, avouai-je.

— Une ex ?

— Oui. Aventure d'un soir.

— Tu t'emmerdes pas, dit mon ami en la détaillant. Pourquoi seulement un soir ? Elle s'est ensuite rendu compte que t'étais un parfait connard ?

— Par principe. On a passé une soirée plutôt sympa et une nuit assez agitée. Mais je ne l'ai jamais rappelée afin de ne pas la laisser imaginer que je lui portais un intérêt particulier.

— C'est stupide !

Je lui expliquai alors ma théorie.

Les rares fois où j'avais enfreint la règle de la soirée unique, mes partenaires avaient déployé des efforts grotesques pour m'offrir une autre image que celle que nos étreintes étaient supposées m'avoir laissée. La première fois, elles étaient allées au bout de leurs fantasmes, sans pudeur car peu soucieuses de l'opinion laissée à l'inconnu de passage. Mais quand j'avais éveillé un intérêt autre que sexuel, lors du second rendez-vous, l'espoir d'avoir une nouvelle occasion de faire une bonne impression les avait conduites à tenter de me vendre une autre personnalité, plus sage, plus raisonnable, conforme à ce qu'un homme est censé attendre d'une relation sentimentale sérieuse. Finis, les sextos, les débordements fantasmes, place aux messages sérieux, aux considérations sur le sens de la vie, aux conseils littéraires ou cinématographiques. Et lorsque, perfide, j'évoquais nos ébats, elles souriaient, haussaient les épaules et balayaient l'air de la main comme s'il s'agissait d'une erreur de parcours mise sur le compte d'une déprime passagère, des effets de l'alcool. Je les écoutais, amusé et agacé de les voir renier ce qui m'avait séduit chez elles pour me fourguer une personnalité qui ne m'intéressait pas du tout.

— Mais quelle arrogance ! s'exclama Eddy, atterré. Tu es pétri de principes stupides. Tes a priori sont cyniques et tout à fait déplacés.

— Peut-être. Mais je n'ai rien trouvé de mieux pour me préserver d'histoires encombrantes.

— En fait… tu es lâche. Tu crées des catégories, tu segmentes, tu classes afin de ne surtout pas avoir à affronter la réalité.

— Ce n'est pas de la lâcheté mais de la prévoyance.

— Mais enfin, qui te dit que cette fille ne souhaite pas seulement passer encore quelques bons moments avec toi ? Pour qui te prends-tu pour imaginer qu'elle te jouera forcément le grand numéro de séduction censé te piéger ? C'est d'une prétention !

— Tu as raison. Mais dans le doute… je m'abstiens.

L'une des interlocutrices de mon ex comprit que nous parlions d'une des personnes à sa table et, se méprenant sur nos intentions, nous lança un regard froid censé décourager la moindre initiative. Elle chuchota quelques mots à ses amies et celles-ci se tournèrent vers nous. Mon aventure d'un soir me reconnut aussitôt et m'adressa un signe de la main. Je répondis mollement et la vis se pencher sur la table vraisemblablement pour expliquer qui j'étais.

— Allez, trêve de conneries, va la voir ! ricana Eddy. Une partie de jambes en l'air avec un canon te rendra peut-être plus aimable.

Pourquoi voyaient-ils tous le sexe comme la solution à ma dépression ? Lui attribuaient-ils des vertus curatives ? Si c'était le cas, j'aurais compté parmi les hommes les plus en forme du monde à l'époque où je jouais au prédateur insatiable.

Quand ma femme était partie, peut-être pour me prouver que mon pouvoir d'attraction – désormais vain dans le domaine professionnel – parvenait encore à opérer sur la gent féminine, je m'étais un temps montré excessif, multipliant les rencontres éphémères, prenant du plaisir à ces soirées commencées dans l'hésitante sensualité qui enveloppe deux êtres se découvrant, sacrifiant au rituel du dévoilement progressif de leurs désirs. J'avais aimé ces moments avec des inconnues, la tension qui les précédait. Se rendre dans un bar ou un restaurant, rassurer par de bonnes manières, engager une conversation sérieuse sensée masquer nos réelles motivations, définir en termes voilés le cadre de nos désirs respectifs puis, une fois à l'hôtel ou dans un appartement, laisser libre cours à nos fantasmes.

Cédant à mes réflexes professionnels, j'avais marqueté mon approche et établi un mapping sur lequel j'avais positionné les différentes catégories de cibles – traduire de femmes – selon deux axes : intérêt et emmerdes. Méthodologie aussi machiste qu'empirique, qui m'aurait valu les foudres des féministes – et celles d'Eddy, si je la lui avais révélée – mais qui me permettait de gagner du temps tout en évitant les ennuis.

Parmi celles classées dans la catégorie « forte propension à me créer des emmerdes », je rangeais : les romantiques, les femmes à la recherche d'un procréateur, dont le regard évaluait le potentiel génétique des mâles encore sur le marché, voire leur potentiel financier ; mais aussi les divorcées après trahison, qui voyaient dans leurs conquêtes une réplique de leur mari et, sur le mode « tous des salauds », tentaient de régler les comptes restés en suspens ; et, enfin, les désespérées, prêtes à tout pour ne pas finir seules.

Mes cibles privilégiées étaient les jeunes femmes, les épouses et les libertines. Les premières ne se projetaient pas dans l'avenir avec un homme plus âgé et m'envisageaient juste comme une expérience. Les deuxièmes, lassées par la routine, cherchaient à vérifier si les années avaient entamé leur potentiel de sensualité ou répondaient aux fantasmes suscités par la lecture de *Cinquante nuances de Grey* et de ses avatars, donc en quête d'aventures sans lendemain et sans risque pour leur vie de famille. Celles qui se revendiquaient libertines, mes préférées, ne présentaient aucun danger. Leur conception de la sexualité donnait l'impression qu'elles maîtrisaient leur vie, leurs désirs, leur rapport aux hommes. Elles réclamaient moins de démonstrations affectives, de sentimentalisme, n'imposaient aucune règle. À quoi bon perdre du temps à jouer à de tels jeux de dupes quand nous savions que nous finirions par baiser sans pudeur pour ensuite ne plus nous revoir ? Or, à l'époque, je ne voulais plus faire l'amour mais baiser, m'oublier dans la mécanique du plaisir. J'étais donc progressivement passé des sites de rencontres traditionnels à ceux dédiés au libertinage.

Mais ce temps était révolu et le sexe ne constituait plus un palliatif à ma solitude, si tant est qu'il l'ait un jour été. Car j'avais rapidement compris que la séduction n'était qu'un artefact de l'amour et le plaisir sexuel son déclin autant que son apogée. En fait, une fois le plaisir atteint, je me retrouvais chaque fois dans un état d'abattement total. La réalité reprenait ses droits et je ne voyais plus que deux êtres feignant l'assurance et la désinvolture mais désorientés devant la vanité de la situation, parfois même embarrassés de s'être impudiquement livrés l'un à l'autre. Je partais à mes rendez-vous avec un semblant d'enthousiasme et en revenais toujours plus désespéré.

Nous nous levâmes de table en même temps que Candice et ses convives.

— Antoine ! Quel plaisir de te revoir ! me lança celle-ci avec assurance avant de m'étreindre. Je te présente mes amies : Olga et Dallia. Nous travaillons ensemble.

Je serrai leurs mains et leur présentai Eddy.

— Alors, que deviens-tu ? me demanda Candice.

— Je dois vous quitter, déclara Eddy. Je vous laisse apprécier vos retrouvailles. Je suis en retard.

La dénommée Olga comprit la tactique.

— On file aussi ! Nous avons une réunion.

— Ah bon ? s'étonna la plus petite. Quelle réunion ?

— J'ai une réunion, et j'ai besoin de ton aide, répondit sèchement sa collègue en la prenant par le bras.

Candice et moi nous retrouvâmes sur le trottoir, marchant côte à côte, ne sachant pas de quoi parler. Je ne me souvenais de rien, ou presque, à son sujet, excepté du fait qu'elle travaillait dans l'audiovisuel.

— Alors, toujours à concevoir des programmes pour occuper les cerveaux vides des ménagères ? lançai-je.

— Oui. Un nouveau programme nous occupe beaucoup en ce moment. Si ça marche, c'est la fortune ! Enfin, pour nos dirigeants. Et toi ?

— Toujours ma petite société de sécurité.

— Ça marche ?

— C'est difficile mais on s'accroche.

— Je pourrais peut-être te faire entrer chez nous ? Nous utilisons des agents de sécurité pour les tournages.

En temps normal, je déclinai ce genre de propositions. Après la création de l'entreprise, j'avais un temps sollicité mon réseau, multiplié les démarches commerciales, les déjeuners d'affaires. Mes interlocuteurs me savaient là pour leur vendre mes prestations mais prenaient un malin plaisir à me voir patauger pour les intéresser. Certains, au courant de mes difficultés, me manifestaient leur compassion… mais me quittaient sans me proposer quoi que ce soit. Les plus vicieux me faisaient des promesses pour mieux m'assujettir. Combien de fois m'avait-on certifié vouloir m'aider, me faire travailler, me présenter des personnes intéressantes ? J'avais compris que la plupart s'en foutaient, n'avaient pas le pouvoir qu'ils prétendaient ou souhaitaient juste exister dans l'instant, heureux de nourrir leur ego de l'éphémère sentiment de dépendance créé par la situation, d'apprécier leur propre réussite à l'aune de mes difficultés. Seul Eddy se pliait en quatre pour moi sans rien attendre en retour, sinon mon amitié. Mais, repensant au jeune Samir, je fus tenté d'exploiter la piste. Dans les médias, on était moins regardant sur les CV des recrues que dans les entreprises abritant des secrets de fabrication.

— Paroles en l'air pour jouer les importantes ? demandai-je afin de piquer sa fierté et de l'inciter à agir.

— Pas du tout ! s'offusqua-t-elle. Donne-moi ta carte, je la ferai passer à la personne concernée.

Je lui tendis le petit bout de carton au moment où nous arrivions devant le bâtiment qui abritait son entreprise.

C'est alors qu'apparut une femme étrange.

Elle était habillée de manière assez désuète et paraissait perdue. Une démarche hésitante, presque craintive, comme si elle redoutait de faire une mauvaise rencontre ou se pensait observée, la tête baissée, un air triste ou plutôt... résigné : sa personnalité me troubla, sans que je sache pourquoi. Et la scène qui suivit m'émut. Elle voulut atteindre l'entrée mais un groupe d'hommes en train de fumer l'en empêcha. Elle piétina pour les contourner d'un côté, puis de l'autre, s'excusa, mais ils ne l'entendirent pas, pire, ne la virent pas. L'inconnue se résolut à faire un détour pour accéder à l'entrée. Je me surpris à éprouver un étrange sentiment de tendresse pour elle. Au moment où elle passa devant moi, je ressentis même un léger frisson qui m'étonna. Je la suivis du regard, touché, amusé, médusé et… étonné de me trouver gagné par des émotions difficiles à définir et impossibles à comprendre.

Je n'étais pas du genre à craquer pour une inconnue. D'ailleurs, je n'avais pas craqué pour elle. J'avais juste… été agréablement attiré par son style, son apparence, ce que j'avais entrevu de sa personnalité. Je n'avais pas fait l'effort réclamé par mon psy pour ressentir ces émotions. L'inconnue les avait involontairement et naturellement provoquées.

Il me fallait cerner les raisons de mon trouble, comme il me l'avait recommandé. Était-il dû à sa fragilité ? Au fait qu'elle affichait une mélancolie inhabituelle à son âge, une différence qui défiait l'époque, une singularité qui l'excluait de la communauté des hommes et des femmes au milieu desquels elle évoluait ? Parce qu'elle me donnait l'impression de ne pas jouer, de ne pas se dissimuler derrière de faux-semblants, de ne mimer ni l'indifférence rebelle ni le bonheur ? De subir sa vie, de ne pas trouver sa place ?

Évidemment, à ce moment de l'histoire je ne me posais pas ces questions de manière aussi claires. Mais les émotions qui me traversaient m'amenèrent à comprendre que la jeune femme m'intéressait, m'émouvait même. De plus, elle était jolie. D'une manière toute particulière, certes. J'étais même certain d'être le seul à pouvoir percevoir sa beauté tant elle dissimulait ses atouts. Elle ne se maquillait pas, se coiffait mal, sa tenue ne la valorisait pas du tout. Elle donnait l'impression de vouloir se fondre dans le décor. Confiée à la relookeuse qui faisait les beaux jours d'une chaîne de télé, celle-ci aurait révélé ce genre de présence tapageuse qui amène les hommes à se retourner ou les conduit à gonfler les pectoraux, rentrer le ventre et prendre des airs de gentlemen charmeurs. En fait, j'étais comme un amateur d'art désabusé qui, dans une braderie, tombe sur un tableau de maître à un prix dérisoire. Et j'étais excité d'être le seul à avoir fait cette incroyable trouvaille.

Elle vit Candice, lui adressa un petit signe, hésita à se diriger vers elle, me vit et y renonça. Je l'observai jusqu'à ce qu'elle entre dans l'ascenseur. Candice le remarqua.

— Laisse tomber, ce n'est pas du tout ton genre ! ironisa-t-elle.

Que savait-elle de « mon genre » ? Croyait-elle que le moment passé avec moi lui permettait de se définir comme mon type de femme ? Avait-elle oublié que je ne l'avais pas rappelée ?

— En effet, pas le genre avec lequel je passerais une soirée.

Elle ne saisit pas la duplicité du propos.

— C'est une fille coincée, timide, mal dans sa peau. Et elle boite un peu, tu as remarqué ? Elle est assez bizarre en fait.

C'était précisément ce qui m'avait plu chez elle : elle ne ressemblait à aucune autre femme et son mal-être faisait écho au mien, elle paraissait aussi inadaptée que je l'étais devenu, elle n'était pas à sa place, le savait, et redoutait que les autres s'en aperçoivent.

— On se revoit bientôt ? proposa Candice.

— OK, répondis-je. Je viendrai prendre un café avec toi ces prochains jours.

Si la proposition la déçut, elle n'en laissa rien paraître.

— Bonne idée ! s'exclama-t-elle.

Elle tendit sa carte de visite, déposa deux bises sur mes joues et me quitta.

Je rejoignis le bureau en pensant à la scène qui continuait à m'agiter.

Alice était entrée dans ma vie sans s'en rendre compte.

Eddy

TONY TOURNAIT À VIDE. Après avoir perdu vingt ans à alimenter sa machine à rêves en calquant ses ambitions sur celles de ses patrons, il se retrouvait seul, sans but, sans foi, accablant ses contemporains du mépris qu'il se destinait.

Son énergie, à défaut d'enflammer de nouvelles illusions, le consumait doucement. Tony était un corps fatigué et rempli de cendres.

Je sais, c'est un peu ampoulé pour un témoignage mais je ne peux résister au désir de choisir des mots justes, des formules imagées pour décrire mon ami, celui qu'il était avant les événements. Une sorte d'hommage à cet Antoine aujourd'hui disparu.

Si je devais utiliser des mots plus simples pour le décrire, je dirais que Tony… était un con. Aux yeux de ceux qui le connaissaient peu, il passait pour un insupportable imbécile, un type qui se vautrait dans la souffrance et accusait le monde de ses propres travers. Il jetait sur les autres un regard cynique, celui de ces hommes convaincus de détenir la vérité, d'avoir tout compris du système, et aux yeux desquels rien ni personne ne trouve grâce. Un système auquel il avait aimé appartenir, bien sûr, et dont il dépendait encore puisque patron d'une petite société. C'est parce que cette entreprise était son dernier lien avec la société que je l'ai soutenu. Par amitié également. Je lui ai prêté du fric, l'ai recommandé auprès de mon réseau. Mais il commençait à lâcher prise, manquait des rendez-vous et traitait parfois ses prospects avec arrogance.

En fait, il était devenu infréquentable. Quand il daignait participer à une soirée, il plombait l'ambiance. Il affichait un air narquois quand quelqu'un pérorait sur un sujet sérieux, plongeait un regard dédaigneux dans les yeux de celui ou celle qui avait l'outrecuidance de prononcer une banalité, tournait la tête quand tout le monde riait et, inévitablement, créait un vrai malaise. Tous ses proches avaient donc fini par fuir.

Tout le monde sait que le système est pourri, que nous vivons sur une poudrière, que les plaisirs sont superficiels et les relations humaines avant tout affaire d'intérêt, mais que faire ? D'ailleurs, que faisait-il ? Avait-il adhéré à un parti prêt à déclencher la révolution, à une association à vocation humanitaire ? Non, il ne parlait plus d'engagement, se retranchait derrière son insupportable posture de spectateur critique et aigri.

Je suis resté son ami car j'ai des principes. Mais c'était compliqué, je vous assure. Ma femme ne voulait plus le recevoir et mes enfants ne l'appréciaient pas. Mais je tenais bon car j'avais peur qu'il fasse une connerie. Je veux dire… enfin vous avez compris.

Antoine

C'EST AU RESTAURANT que je revis Alice. Et à cette occasion que je compris qu'il était essentiel de faire sa connaissance.

Candice avait proposé de prendre un café après un déjeuner. J'avais accepté, espérant avoir l'opportunité de revoir l'inconnue.

À ce moment, je ne connaissais pas son prénom, ne savais rien d'elle. J'essayais juste de comprendre pourquoi elle avait exercé un tel attrait sur moi.

En fait, j'avais l'impression que la jeune femme et moi étions destinés à nous rencontrer. Il ne s'agissait pas de désir ni de curiosité mais du pressentiment que j'avais tout à gagner à me rapprocher d'elle.

Étrange, n'est-ce pas ?

Je peux aujourd'hui dire qu'en apparaissant dans ma vie elle avait involontairement réveillé la part la plus noble de cette âme que je croyais éteinte en y faisant naître une aspiration humaine, et peut-être machiste : la protéger. Contre qui, contre quoi ? Je n'aurais su le dire. Bref, je voulais la découvrir, l'écouter, lui parler.

Mais comment entrer en contact avec une femme craintive, introvertie et sûrement suspicieuse ? Les techniques d'approche traditionnelles se révéleraient ineptes, voire contre-productives. Je devais être prudent et offensif, deux notions de prime abord peu compatibles.

Je ne savais pas encore quelle stratégie déployer pour amener Candice à me parler d'Alice. J'allais donc improviser sur place.

Quand j'arrivai, ma tapageuse ex était attablée avec ses deux amies et… Alice. Le hasard m'était favorable. Le destin ?

M'apercevant, Candice se leva pour me rejoindre mais je fus plus rapide qu'elle et me présentai à leur table. Ses amies me saluèrent avec ce regard intéressé et dubitatif que les femmes portent sur les conquêtes de leurs proches. Seule Alice parut indifférente. Elle me dit bonjour rapidement et détourna les yeux.

Je ne l'intéressais pas. Il ne s'agissait pas du faux détachement d'un jeu de séduction, ni d'une réserve polie envers celui qu'elle considérait peut-être comme « le mec de sa copine ». Elle avait accueilli mon arrivée avec l'embarras empreint de politesse qu'ont certains usagers du métro quand un SDF apparaît et risque de les solliciter et d'attirer l'attention sur eux.

Je profitai de mes échanges avec ses amies pour l'observer. Quelle étrange personne. Des cernes amoindrissaient l'éclat de ses yeux noisette, ses lèvres étaient fines et parfaitement dessinées, son nez un peu trop long mais on ne peut plus charmant. Ses cheveux ressemblaient à une armée matée par un coiffeur d'un autre temps, dénué d'imagination et de sensibilité féminine. Ces constats confirmèrent mes premières impressions : Alice avait amoindri ou effacé tous les atouts de son physique. Consciemment ? Je me pris à l'imaginer. Mais il pouvait également s'agir d'un manque de confiance ou d'une méconnaissance de son potentiel de séduction, ce qui, somme toute, la rendait tout aussi touchante.

Je ne suis pas au fait de l'esthétique ou de la mode, mais, quand je faisais partie des prétentieux persuadés de posséder tous les codes de la réussite, j'aimais observer les femmes, repérer le talent de celles qui savaient dissimuler un défaut ou l'absence d'imagination des autres qui les accentuaient : un rouge trop foncé sur des lèvres inexistantes, un fard à joues révélant l'absence de pommettes, des cheveux trop courts sur un visage rond, une ligne de sourcils dont le dessin accentuait la dureté d'un visage… Je ne parle pas de celles qui assumaient leurs défauts ou se foutaient de plaire mais des victimes des magazines et des tutos de beauté qui, désirant s'embellir, par manque de discernement, appliquaient des recettes qui ne leur étaient en rien destinées.

Devant certaines erreurs flagrantes, j'avais parfois eu envie de prodiguer aux inconscientes des conseils censés les mettre en valeur : « Mais pourquoi portez-vous ces vêtements ? Pour quelles raisons ce maquillage raté ? Et cette coupe de cheveux cache celle que vous êtes réellement ! Vous devriez plutôt opter pour un rouge moins prononcé, rehausser vos pommettes, adopter une coiffure plus longue... » Fallait-il que je sois imbu de ma personne pour m'ériger en juge ! Mais, à l'époque, j'étais moi-même victime d'une autre forme de dictature, celle des dogmes en vigueur. Puis la dépression m'avait éloigné de ces préoccupations. Jusqu'à ce jour. Alice avait réanimé mon esprit critique, mais mon jugement était cette fois-ci à décharge. Car si elle ne savait pas comment se mettre en valeur selon les pseudo-canons de la beauté, elle n'avait en vérité besoin d'aucun conseil. Elle était belle aux yeux de ceux qui savaient la regarder. Et je faisais partie de ceux-là. D'ailleurs, étions-nous plusieurs ? J'en doutais. Les hommes ont eux aussi perdu leur libre arbitre. Par manque de temps ou de lucidité, ils préfèrent se fier aux critères édictés par le marché de l'esthétique et sacrifient au conformisme. Attirés par les « modèles de série », ils ignorent les vraies personnalités.

Alice, elle, était singulière. Et cette singularité, sans qu'elle ait rien fait ou dit, avait ressuscité la partie de mon être, que je croyais morte, où réside la propension à s'émouvoir, à s'intéresser à l'autre.

Candice m'entraîna vers une autre table, apparemment ravie de m'avoir exhibé à ses collègues. Elle prit place face à la salle, me contraignant à tourner le dos à Alice. Mais grâce à un jeu de miroirs, j'apercevais une partie de son profil.

— Ce sont tes amies ou juste des collègues ?

— Des collègues devenues amies. Olga est une fille fantastique. Intelligente et sûre d'elle. Le boss ne prend aucune décision sans la consulter.

Dallia est... marrante. Pas très futée, mais nous l'apprécions pour ses autres qualités.

Elle arrêta sa présentation.

— Et la troisième.

— Oh, Alice ? C'est juste une collègue.

— Pas une amie, donc ? relançai-je.

— Elle n'a pas d'amie. Alice ne fréquente personne, ne sort jamais, n'a pas d'amoureux. Alors... on essaye de la prendre en main, de la coacher, de l'amener à se révéler, quoi.

Cette description lapidaire censée la dévaloriser eut l'effet inverse. Mais l'idée que ces trois filles tentent de la transformer en clone de ce qu'elles étaient me déplut, même si, sans savoir pourquoi, j'étais persuadé qu'elles n'y parviendraient jamais. Je jetai un coup d'œil au miroir. Alice écoutait ses collègues, tête légèrement penchée. Et moi je regrettai de n'avoir d'elle qu'une vision partielle, de ne pouvoir observer ses yeux pour y lire d'autres aspects de sa personnalité.

— C'est gentil de votre part.

Elle haussa les épaules.

— Mais bon, on n'est pas là pour parler d'elle, n'est-ce pas ?

— En effet, répondis-je, amusé.

— Alors, que peux-tu me raconter à ton sujet ?

— Que veux-tu savoir ?

— Tu as quelqu'un dans ta vie ?

— Non. Je suis seul et compte le rester.

Ma réponse, brutale, fit apparaître un sourire qui se voulait enjoué mais dont je perçus l'amertume à l'inflexion de la commissure de ses lèvres.

— Tu te contentes de conquêtes rapides ?

— En effet.

Ses yeux allèrent se perdre dans le fond de la salle, le temps de lui laisser évaluer le rôle que ce propos pouvait encore lui laisser espérer jouer. Ne trouvant aucune réponse, elle changea de sujet.

— Au fait, j'ai passé ta carte à notre responsable de la sécurité. Je pense qu'il t'appellera.

— C'est très gentil, dis-je, à mon tour désarçonné.

— Je t'en prie. Si je peux t'aider…

Nous naviguions dans le formalisme d'une conversation qui se cherchait.

— Et toi ? Tu as l'air d'aimer ce que tu fais.

Je ramenais la discussion sur le sujet qui l'intéressait le plus : elle. Et Candice se ranima.

— J'adore ! s'exclama-t-elle en se redressant et balayant ses cheveux d'un geste conventionnellement élégant. En plus, je viens d'intégrer l'équipe de création.

— Une promotion ?

— En quelque sorte. Je participe aux réunions durant lesquelles on élabore des idées de programmes ou d'adaptation de ceux qui marchent à l'étranger.

— Ça doit être très intéressant.

— Tu as sûrement dû voir certains programmes que nous produisons : « Hôtels Challenge », « Le concours des campings », « Bienvenue dans mon restaurant ».

— Oui, bien sûr.

— Et « Le mariage de l'année » ?

— Aussi.

— Tu les regardes ? s'étonna-t-elle.

— Il m'est arrivé de tomber dessus. Ils font fréquemment parler d'eux.

— Notre objectif est de créer des concepts suffisamment forts pour déborder le cadre de la télévision et investir les réseaux sociaux.

— Je vois… En créant le buzz.

— En effet. La télévision ne peut plus vivre seule. Les jeunes passent de plus en plus de temps devant leurs écrans, sur leurs tablettes, leurs smartphones, et ils fréquentent les réseaux sociaux, ne regardent quasiment plus la télévision. En créant le buzz, nous établissons des ponts entre les différents médias et les générations.

Un discours logique, construit, qui présentait un tableau enthousiaste d'une situation qui me faisait horreur. Les émissions qu'elle citait constituaient, à mes yeux, des objets médiatiques abjects. Elles mettaient en scène la bassesse des hommes, pire, la légitimaient. Le principe était toujours le même : créer un concours dans lequel les participants devaient donner leur avis sur le mariage, le restaurant, l'hôtel, le camping de leurs concurrents. Être juge et partie les amenait à révéler leur mesquinerie, leur méchanceté, leur jalousie afin de se placer en meilleure position de gagner. Finies, les primes au mérite, au travail, au professionnalisme ! Vive l'hypocrisie, le calcul, le dénigrement ! Et c'est cette vilenie qui faisait le buzz. On développait chez les téléspectateurs un voyeurisme fondé sur la moquerie, le plaisir de détester. Les réseaux sociaux servaient de caisse de résonance aux haters. Je ne pus m'empêcher de lui confier ce sentiment.

Elle accueillit mes remarques avec contrariété, se renfrogna.

— Ah, tu fais partie des donneurs de leçons qui critiquent la télé dès qu'elle tente d'innover ?

— Je trouve irresponsable de légitimer des comportements honteux. Et, pour moi, ces émissions sont caractéristiques d'une époque devenue folle, en partie parce qu'on valorise ceux qui n'ont aucun talent, aucune compétence, voire des valeurs et principes avilissants.

— Je vois… Le genre « c'était mieux avant », qui s'érige en gardien de la morale.

— Je ne crois pas. En fait, que ce monde parte en vrille, je m'en fous royalement. Mais de là à devenir le spectateur ravi d'une telle dégénérescence…

— Nous montrons juste le monde tel qu'il est ! s'emporta-t-elle. Il y a des cons, des connes, et la connerie est à la mode. Elle intéresse, provoque des réactions.

— Mais ce n'est que de la haine, Candice ! De la haine déguisée, mise en scène, éclairée par les lumières insatiables des médias.

— T'es peut-être trop vieux pour comprendre, lança-t-elle, amère.

— Sans doute. Ou trop lucide.

Nous étions parvenus à un point de rupture. L'importance qu'elle se donnait, ses airs de « maîtresse du monde », heureuse d'être à l'avant-poste de la société, de participer à son évolution, d'en exploiter les richesses, quel que soit le prix, ses justifications, tout ça m'exaspérait. En temps normal, je me serais levé et l'aurais plantée là. Mais l'image incertaine d'Alice dans le miroir me retint.

— Bon, en même temps, tu n'as pas tout à fait tort, convint-elle. Ces émissions perdent de l'audience et, avec notre boss, nous travaillons sur des concepts plus… profonds.

— Comme par exemple ?

— Je ne peux pas en parler, il s'agit encore de projets.

Les secrets forment le pouvoir et elle se sentait privilégiée d'en posséder.

— Je comprends.

Nous continuâmes d'échanger quelques banalités afin de détendre l'atmosphère.

— Je dois y aller, annonça-t-elle bientôt en voyant ses amies se lever. Nous avons une réunion.

— Je te raccompagne.

Ses amies l'attendaient à l'extérieur du restaurant. Dallia lui lança un regard trop appuyé qui l'embarrassa. Olga me dévisagea d'un air soupçonneux, comme si elle hésitait encore sur l'opinion qu'elle devait se faire de moi. Quant à Alice, elle m'évita et se rangea derrière le groupe lorsqu'il se mit en marche. Candice tenta de me saisir le bras mais je fis mine de chercher mon téléphone pour me dégager. Puis, profitant d'un échange qui ne me concernait pas, je marquai un léger temps d'arrêt pour me retrouver près d'Alice. Nos regards se croisèrent et elle esquissa un sourire craintif qui me donna d'emblée envie de la prendre dans mes bras.

— Alors, vous travaillez vous aussi à la production de programmes ?

Surprise que je m'adresse à elle, elle rougit.

— Oui. Enfin, non. La société réalise des programmes, mais moi… je suis assistante du directeur financier.

— Sûrement quelqu'un de pas très drôle.

Ses yeux se plissèrent de manière tout à fait charmante.

— En effet.

Nous nous retrouvâmes devant l'immeuble avec les autres filles.

— Nous voici devant le temple de la débauche, lança Candice en écartant les bras de manière théâtrale.

Puis, s'adressant à ses amies que la remarque avait étonnées, elle précisa :

— Je dis ça pour Antoine qui trouve nos productions licencieuses, lança Candice en riant.

— Licen… quoi ? demanda Dallia.

— Je n'ai pas dit ça, répondis-je.

— Ah bon ? s'étonna mon ex, pensant que je faisais machine arrière.

— J'ai dit que je n'aimais pas vos programmes.

Alors que j'étais prêt à adoucir mon propos pour ne pas paraître insultant, son petit air provocateur m'irrita.

— Je les trouve même nuls et vides de sens, ajoutai-je.

La remarque produisit l'effet escompté. Candice regretta aussitôt de m'avoir entraîné sur ce terrain-là.

— Charmant, lâcha Olga qui venait de se forger un avis définitif sur ma personne.

L'embarras saisit le groupe. Seule Alice parut s'amuser de ma remarque. Elle baissa la tête pour ne rien laisser paraître mais j'eus le temps de voir ses yeux se plisser à nouveau.

— Bon, on se rappelle, dit Candice en m'embrassant rapidement.

Olga pénétra dans l'immeuble sans me saluer. Dallia, qui ne paraissait pas comprendre ce qui venait de se passer, me fit un petit signe de la main. Alice, elle, murmura un discret au revoir avant de s'engouffrer dans le sillage de ses collègues.

Je repartis, animé d'un nouveau feu. J'en étais désormais persuadé : il me fallait la connaître, l'entendre me parler, la voir poser ses yeux sur moi. Il n'y avait toujours rien de rationnel dans cet attrait. Et c'était précisément pourquoi j'étais aspiré vers cette aventure : si, des années durant, le pragmatisme avait orienté mes choix, j'étais excité à l'idée d'explorer une voie ouverte par mon intuition.

Il restait un écueil important avant de parvenir à entrer dans son monde : à ses yeux j'étais et resterais l'ex de Candice, celui que son amie convoitait encore, si toutefois notre conversation n'avait pas mis un terme à son envie. Et Alice devait être pétrie de principes donc incapable de froisser sa collègue en acceptant le moindre contact privé avec moi. Ainsi, il me faudrait avancer masqué. Si l'approche ne me plaisait pas, elle était nécessaire pour entrer en relation avec elle et mieux la connaître.

Troisième partie

L'HISTOIRE D'ALICE

Alice

Le week-end allait commencer et j'avais décidé de laisser retomber toutes ces émotions. Ne plus penser à Fantin ni au mystérieux expéditeur de fleurs. Me reposer, me divertir, prendre soin de moi afin d'aborder la semaine suivante dans les meilleures dispositions. Je repoussai les questions qui me harcelaient et me préparai une soirée détente. Un bain relaxant puis un petit dîner face à une émission d'aventure, voilà ce qu'il me fallait.

Je commandai des sushis et fis couler un bain. Je m'allongeai dans l'eau mousseuse et tentai de laisser voguer mes pensées en me focalisant sur le bien-être qui me gagnait. Et je m'endormis. C'est la sonnerie de l'entrée qui me réveilla. L'eau était presque froide. Combien de temps avais-je somnolé ? Je me dépêchai d'aller ouvrir. Sandrine se tenait devant ma porte avec le sac de sushis.

— Je montais quand j'ai vu ce sac sur ton palier. Tu ne réponds pas quand le livreur débarque ?

— Je n'ai pas dû l'entendre. J'étais dans la salle de bains.

Je l'invitai à entrer.

— Tu veux partager mon repas ? proposai-je.

Elle considéra le contenu de ma commande en faisant la moue.

— Du poisson cru avec du riz collant… très peu pour moi. En revanche, si tu veux, on peut aller se taper un plat en sauce dans une gargote pas dégueue à deux pas d'ici.

— C'est que… J'avais prévu… et je pensais…

— Alice, arrête de travailler du chapeau. Apprends à ne pas prévoir, à ne pas penser et à foncer dès qu'on te propose un plan. Allez, enfile un jean, un survêt, ce que tu veux, et sois prête dans dix minutes. Et t'avise pas de mettre tes sushis au frigo pour les manger demain : le poisson pas cuit ne se conserve pas. File-le à un matou.

*

Il s'agissait bien d'une gargote à la cuisine, en effet, délicieuse. Je m'étais fiée aux goûts sûrs de mon amie et l'avais laissée commander. Je lui avais raconté le bouquet de roses et mes collègues décidées à empêcher Fantin de me licencier.

— Eh ben, c'est super ! s'était-elle réjouie. Tu vois, la roue tourne ! Bon, j'espère que ces pétasses tiendront leurs promesses. Quant à ton amoureux, moi je sens bien le gentil cinglé qui cherche à faire impression. Une espèce que je n'ai pas eu le loisir de connaître mais qui alimente les plus beaux romans d'amour.

— Je ne sais pas quoi en penser, Sandrine. Il s'amuse avec mes émotions, ne donne pas son nom. J'avoue trouver tout ça très mignon… mais qui sait si derrière ne se cache pas un complexé, un taré ou même un psychopathe ?

— Et voilà, elle a la carafe en surchauffe ! s'exclama mon amie en gobant une bouchée de rognon.

— C'est quand même inquiétant de savoir qu'un inconnu pense à moi, m'envoie des fleurs, cherche à me plaire et, surtout, sait où je travaille et je vis. Cela signifie qu'il m'a suivie et peut-être même épiée.

— Pas faux, marmonna-t-elle la bouche pleine. T'inquiète, je ne laisserai personne te faire du mal. Et le gars Gaillard est également prêt à intervenir en cas de grabuge, plaisanta-t-elle.

Nous en restâmes à ces considérations, bûmes trop et mal, et rentrâmes en riant comme des idiotes.

Je ne pris pas la peine de me déshabiller, m'allongeai sur mon lit et, à la faveur de mon ébriété, m'excusai auprès de la vie de l'avoir si mal jugée, avant de sombrer dans un sommeil sans rêves.

*

Quand on sonna le lendemain, malgré l'heure tardive, je mis du temps à me lever. J'ouvris et me trouvai face à un personnage si étrange que je fis deux pas en arrière et m'apprêtai à fermer la porte avant de l'avoir laissé parler. Vêtu d'un pantalon et d'un gilet noir, d'une chemise avec cravate, les cheveux gominés, se tenant droit et arborant un air sérieux, il m'observa deux secondes avant de s'adresser à moi.

— Mademoiselle Alice Lacourt ?

— Oui.

Il se pencha pour saisir une épaisse mallette.

— Permettez-vous que j'entre ?

— C'est à quel sujet ? demandai-je, craintive.

— Une livraison.

— Il doit s'agit d'une erreur, je n'ai rien commandé.

Et s'il s'agissait d'un faux livreur ? Il allait entrer, me tuer, me dépecer et me ranger dans cette épaisse caisse pour me faire disparaître ! Les images de mon assassinat vinrent électriser mes neurones et je fis un pas en arrière.

— La commande a été passée par une personne souhaitant vous faire une surprise, répondit-il.

À ce moment-là, monsieur Gaillard, qui avait dû suivre la scène derrière son judas, apparut.

— Un problème, mademoiselle Aline ?

Le livreur ne parut pas s'inquiéter de l'intervention. Il reposa sa lourde charge et tendit une carte sur laquelle je pus lire son prénom, son nom et celui de sa société.

— Non, tout va bien, murmurai-je.

— Parce que si c'est un colporteur, je le vire tout de suite ! affirma-t-il en élevant la voix.

— Non, ça va aller. C'est une livraison.

Je fis entrer l'étrange coursier afin d'éviter que les locataires des appartements voisins n'apparaissent.

L'homme parut chercher quelque chose, avisa la table basse de mon salon et, d'un léger mouvement de sourcils, demanda l'autorisation de l'utiliser. Il prit mon silence pour un consentement.

— Qui vous envoie ?

Il ne me répondit pas mais s'activa, enchaînant les gestes avec calme et élégance. Il ouvrit la malle, en sortit un plateau qu'il déposa sur la table. Puis il enfila une paire de gants blancs, souleva le couvercle du plateau et commença à le garnir. Une assiette de mini-viennoiseries apparut, suivie de petites mignardises, de tranches de pains spéciaux, d'une salade de fruits. Il posa avec délicatesse une série de petits pots de confiture, des miniplaquettes de beurre, et enroula des couverts dans une serviette en papier. Il se donnait des airs importants, s'arrêtait parfois pour observer son travail, comme un peintre évaluerait la qualité de son œuvre, corrigeait la disposition d'une viennoiserie et reprenait avec le même sérieux son rituel.

— Jus d'orange ? Pamplemousse ? Fraise ? demanda-t-il, comme si nous étions à la terrasse d'un café.

— Heu… Or… Fraise, balbutiai-je.

Il s'exécuta, fit apparaître un verre, le remplit de liquide rose. Hypnotisée par ce ballet muet (et encore sous l'effet de ma gueule de bois), je le laissai faire. Puis je repris mes esprits et la situation me parut soudain incongrue.

— Attendez… C'est très gentil mais je ne peux accepter tout cela sans connaître le nom de la personne qui a passé commande.

Il parut ne pas m'entendre, saisit un Thermos dans lequel il fit couler de l'eau chaude et posa sur le rebord de la tasse un sachet de thé.

— Monsieur, si vous ne me dites pas qui vous envoie, je vous demanderai de tout remballer ! assenai-je sur un ton que je voulais autoritaire mais que mon état transforma en injonction faiblarde et peu compréhensible.

Nullement impressionné, le serveur me toisa avec l'air suffisant qu'ont les maîtres d'hôtel quand ils veulent donner l'impression que toute remarque constitue une atteinte à leur intégrité professionnelle. Et finit par disposer un vase dans lequel il glissa une rose dont il rectifia la position d'un geste aussi prétentieux qu'inutile.

— Je suis désolé, mademoiselle, mais je n'ai pas la possibilité de répondre à vos questions. Cependant, j'ai un petit message pour vous, ajouta-t-il d'un ton précieux en tendant une feuille pliée.

Je lus le mot pendant qu'il s'en allait après avoir rapidement fermé sa malle et s'être légèrement incliné pour me saluer.

« Bon week-end Alice,

J'espère avoir un jour le plaisir de partager de nombreux petits déjeuners avec vous.

R. »

*

Mes doutes se confirmaient : il s'agissait du même expéditeur. Un frisson gagna mon dos puis parcourut mon corps. Peur ou plaisir ? Je n'aurais su le dire.

Qu'est-ce que ça signifiait ? La rose, le bouquet, ce petit déjeuner… cela n'avait aucun sens ! Si j'étais vraiment la cible d'un homme amoureux, pourquoi agissait-il ainsi ?

Il souhaitait se montrer romantique, original et démonstratif ? Mais je commençais à le trouver lourd et envahissant. Jusqu'où irait-il ? M'enverrait-il une coiffeuse, une masseuse et une esthéticienne ? Un couturier pour refaire ma garde-robe ? Un bijoutier de la place Vendôme pour livrer une rivière de diamants ? Avant de se faire déposer par un hélicoptère sur le toit de la SCAD le jour où il penserait devoir faire son entrée dans ma vie ? N'était-ce pas plutôt l'œuvre d'un déséquilibré ? Moi qui appréciais la discrétion, j'étais la proie d'un exhibitionniste des sentiments.

Que faire de ces victuailles ? Pas question de les manger. Parce que j'étais contrariée et, que, après tout, s'il s'agissait d'un fou, elles étaient peut-être gorgées de GHB, la drogue du violeur qui vous prive de volonté et permet à un psychopathe d'abuser de vous.

On tapa à la porte. Le livreur avait-il oublié le rince-doigts ?

Sandrine se trouvait là, dans un pyjama dont les motifs m'ôtèrent tout sentiment de culpabilité au sujet de l'écharpe.

— C'était quoi, ce boucan ?

— Gaillard qui apostrophait un livreur.

— C'est ce qu'il m'avait semblé comprendre. Tu vois, je suis à l'affût.

— T'es un amour.

— Tu me sers un café ? demanda-t-elle.

Elle entra dans l'appartement en traînant ses chaussons-lapins et se dirigea vers la cuisine après avoir jeté un rapide coup d'œil en direction du salon. Puis, réalisant ce qu'elle avait entrevu, elle revint en arrière et écarquilla les yeux en découvrant les victuailles.

— Je vois que tu prends les recommandations de l'OMS sur l'importance du petit déjeuner sacrement au sérieux ! s'exclama-t-elle.

— Non, en fait…

— Oui, je comprends, l'angoisse te rend boulimique.

— C'est pas moi… C'est…

— Comment ça, c'est pas toi ?

Incapable d'aligner une phrase, je tendis le mot. Elle le lut et fronça les sourcils.

— Bonjour le psychopathe ! s'exclama-t-elle.

— Ah, tu penses comme moi. C'est inquiétant, n'est-ce pas ? demandai-je.

— Ça ferait un bon début d'épisode d'« Esprit criminel », en effet. Mais… ça pourrait également être le mignon premier chapitre d'une comédie romantique.

Elle se pencha sur la table pour détailler la composition du petit déjeuner.

— Ça a l'air délicieux, tout ça.

— Je ne compte pas y toucher. S'il s'agit d'un malade mental, il a peut-être drogué la nourriture et les boissons.

— Pas faux.

Elle saisit une viennoiserie et l'analysa en la faisant tourner devant ses yeux. Avant de la fourrer goulûment dans sa bouche.

— C'est pour les besoins de l'enquête, expliqua-t-elle.

Elle mâcha en fronçant les sourcils.

— Je ne décèle aucun élément gustatif suspect. C'est même super bon. Mais il faut que je pousse mes investigations plus loin pour être sûre. Toutefois, si je tombe dans les pommes, pense à aller fermer la porte de mon appartement quand le SAMU m'aura embarquée.

— Je t'en prie, sers-toi. Moi je n'en ai pas envie.

Elle s'installa confortablement et s'attaqua aux mignardises.

— Délicieuses, affirma-t-elle. Mais je te comprends. C'est pas banal comme situation et, par les temps qui courent, mieux vaut envisager le pire pour éviter qu'il survienne, comme dirait Gaillard.

— Je vois que la méfiance ne te coupe pas l'appétit.

— Pour moi le pire serait de ne pas les manger pour cause de paranoïa.

En saisissant une viennoiserie, elle remarqua un boîtier orné d'un bouton rouge.

— Oh, merde, qu'est-ce que c'est ?

Nous nous penchâmes pour lire l'inscription qui y figurait.

— C'est pour signaler au livreur qu'il peut revenir débarrasser, expliquai-je.

— Ah ouais ! Service quatre étoiles, quand même. Surtout, n'appuie pas, faut pas que le loufiat se pointe avant que j'aie fini ma conversation culinaire.

Je partis à la cuisine me préparer un thé, refusant de toucher à celui proposé.

— J'ai un peu peur, Sandrine.

— C'est parce que t'es pas habituée au bonheur, marmonna-t-elle la bouche pleine. Moi non plus remarque, mais j'ai une plus grande capacité d'adaptation.

— Et s'il continue à envoyer des cadeaux sans se manifester ?

— Sincèrement, si c'était un psychopathe, il se serait contenté de te harceler au téléphone ou sur ton Facebook. Là, le mec dépense son fric pour attirer ton attention, t'impressionner. C'est vrai que je le trouve un peu lourdingue, mais sans doute s'agit-il de sa manière de te manifester son intérêt.

Quand elle eut fini de manger, elle appuya avec curiosité sur le bouton, le fixant, comme si elle s'attendait à voir le serveur sortir du boîtier. Trente minutes plus tard, l'homme réapparut. Étonné de trouver ma voisine attablée face au plateau et plus encore surpris par sa tenue, il réprima rapidement un rictus de contrariété quand elle déclara s'être régalée.

— Si je vous file 50 baluches, vous me dites qui vous a commandé ces merveilles ? demanda-t-elle.

L'homme eut un léger soubresaut d'indignation et commença à débarrasser.

— Eh, je te parle ! C'est pas la peine de jouer les seigneurs si tu connais pas la base de la politesse ! Je te pose, une question, tu me réponds.

— Je ne peux pas, madame. Et quand bien même aurais-je été intéressé par votre proposition, je n'ai pas accès aux informations concernant les clients.

— Ben voilà. C'est pas la réponse que j'attendais, mais c'est une réponse.

Il s'empressa de tout ranger mais laissa le vase et la rose.

— Eh bien, dites à celui qui a accès aux informations sur les clients que, si le mystérieux expéditeur se renseigne pour connaître la réaction de mon amie – ce qui est fort possible, n'est-ce pas ? –, qu'il lui dise qu'elle n'a pas apprécié, que c'est sa copine qui s'est empiffrée et qu'il commence sérieusement à lui courir sur le haricot avec ses cadeaux. Que l'anonymat est un signe de lâcheté ! Et que s'il a des couilles et veut lui dire quelque chose, qu'il prenne son bigophone et l'appelle.

— Je n'y manquerai pas, répondit l'autre en fermant sa mallette, pressé de partir. Peut-être pas dans ces termes, mais je le ferai.

— Traduis ça dans ton langage si tu veux mais n'y mets pas trop de formules de politesse et de mots savants qui dénatureraient mes propos, OK ?

Juste avant qu'il disparaisse, Sandrine l'interpella.

— Y avait un truc prévu pour le déjeuner ? Le dîner ?

— Non, madame. Pas à ma connaissance.

— Ah OK, sinon je t'aurais dit de faire ton rapport seulement après la nouvelle livraison.

Quand il fut parti, ma voisine se leva à son tour.

— Bon, je vais me doucher… et peut-être même me recoucher pour digérer un peu. Tu m'appelles si tu as la moindre crainte, OK ?

*

Je passai le reste de la matinée à arpenter mon petit appartement. J'avais prévu d'aller voir l'exposition Magritte l'après-midi mais n'en avais plus envie, alors je me rendis à la supérette faire des courses.

Où je me sentis épiée. Dans la rue, je me retournais sans cesse et scrutais chaque visage. Tous les passants et automobilistes me parurent suspects.

Puis, après un déjeuner frugal, je me connectai à Facebook. Un petit point rouge annonça une demande d'amitié, événement suffisamment exceptionnel pour attiser ma curiosité. J'ouvris l'onglet : Roman D. Prénom et initiale ou pseudo ? En tout cas, je ne connaissais aucun homme dénommé Roman. Mais le mot accompagnant le petit déjeuner était signé R. Je cliquai sur le profil et découvris des photos de paysages et, parmi elles, celle d'un inconnu d'une quarantaine d'années, élégant et très beau garçon. S'agissait-il du mystérieux expéditeur de cadeaux ou simplement d'un dragueur du monde virtuel ? J'avais eu affaire à quelques-uns d'entre eux, sans doute trompés par ma photo de profil plutôt avantageuse (que celles qui mettent des photos d'elles sur lesquelles elles se trouvent laides me jettent la première pierre !) (ou aillent consulter un psy). J'en avais accepté certains, espérant… je ne sais quoi, en fait. Puis les avais rapidement supprimés de ma liste d'amis quand ils avaient prouvé l'étendue de leur imbécillité. Mais celui-ci me parut particulier. En parcourant sa page je découvris des citations intéressantes, des références musicales singulières. Mon doigt resta en suspens sur le bouton « accepter », comme s'il s'agissait de celui censé déclencher le lancement d'ogives nucléaires qui entraîneraient le monde vers sa destruction. Puis, était-ce le désespoir de l'instant, la volonté d'éclaircir le mystère ou le courage qu'autorise la distance virtuelle, je cliquai.

Après quelques instants, un message arriva. Je l'ouvris et restai stupéfaite. Roman D. m'envoyait une photo troublante : celle de la rose posée sur mon palier.

Mon ventre se liquéfia et mes mains tremblèrent. Puis je me ressaisis.

— Qui êtes-vous ?
— Un romantique perdu, un amoureux éperdu.

Stupéfaite, je relus plusieurs fois la formule. Désuète, presque ridicule. Mais qui ressemblait à une déclaration. Me plaisait-elle ? Je n'aurais su le dire. Jusqu'ici, les rares fois où des dragueurs m'avaient abordée sur Facebook c'était plutôt sur le mode « Slt, ça va ? J'voulais te dire que t'es trop charmante » ou « T'as l'air coquine sur ta photo de profil ».

— Les roses, le petit déjeuner, c'était vous, n'est-ce pas ?
— En effet.
— Mais je ne vous connais pas.
— Moi, je vous connais.

Qu'est-ce que cela signifiait ? Je devais me montrer prudente.

— C'est-à-dire ?
— Pour moi, vous avez d'abord été la jolie passagère de la ligne 3.

L'homme m'avait repérée dans le métro ? Non, il bluffait. Ces histoires n'arrivaient que dans les romans.

— Puis, j'ai eu l'audace un jour de vous suivre. Et j'ai découvert où vous habitiez et où vous travailliez.

— Je ne comprends pas...

— Je pense au contraire que vous avez tout compris. Mais vous êtes trop modeste et timide pour le reconnaître.

Mon cœur s'emballa sans toutefois que je sache si c'était de peur ou de joie.

— Je n'apprécie pas cette situation, sachez-le. Vous m'avez suivie dans la rue, envoyé des fleurs et, ce matin, ce petit déjeuner. C'est une démarche... invasive. J'ai l'impression que vous vous moquez de moi.

— Je voulais seulement vous surprendre. Je suis stupidement romantique et mes décisions sont souvent le résultat d'une sorte d'emportement puéril. La société qui vous a livré ce matin m'a fait part de vos remarques. Vous lui auriez dit que si j'étais un homme, il fallait que je vous contacte. Ce que je fais. Je suis sincèrement désolé de vous avoir inquiétée. Mais bon, j'ai craqué sur vous... et voilà. Vous m'avez donné l'impression d'être différente des autres femmes. J'ai essayé me montrer différent également. Mais je comprends, maintenant, m'être trompé.

Ces excuses m'émurent. Il avait… craqué sur moi ? J'oubliai « Esprits criminels » et retournai voir sa photo. Jamais un tel homme n'avait manifesté le moindre intérêt envers ma personne ! Non, décidément, tout cela n'avait aucun sens.

— Écoutez, je ne sais pas… C'est tellement étrange.
— Je comprends.
— Non, je ne crois pas.
— C'est-à-dire ?

Que répondre ? Je n'allais quand même pas lui avouer que j'étais aussi méfiante qu'incrédule. Méfiante car tout cela paraissait trop beau pour être vrai. Incrédule car ne m'estimant pas à la hauteur de son intérêt. La situation me dépassait, je paniquai.

— Laissons tomber. Restons-en là.
— Ne le prenez pas ainsi. J'ai compris avoir manqué d'habileté. Que faire pour me racheter ?

Me proposer une rencontre ! C'est vrai, pourquoi continuer à me parler à distance ?

— Rien.
— Vous ne me pardonnerez jamais de m'être intéressé à vous ?
— Je veux dire, ne faites plus rien.

Je n'arrivais pas à réfléchir ni à contrôler mes émotions et voulais juste en finir avec cette conversation.

— Désolée, je vais devoir me déconnecter.

— J'en ai trop fait et suis allé trop vite, j'en conviens. Mais pourquoi ne pas discuter de temps en temps sur Facebook ? Pour faire connaissance.

— Peut-être... Je ne sais pas. Nous verrons. Je suis attendue, je vous laisse. Au revoir.

Je coupai la connexion et retirai prestement les mains du clavier, comme s'il s'agissait d'une plaque vitrocéramique brûlante.

Je restai les yeux fixés sur la page d'accueil de Facebook, cherchant à reprendre mes esprits.

Il s'agissait d'une blague ! L'histoire était trop belle et le rôle principal surdimensionné pour une fille comme moi. Mais pourquoi voudrait-on me faire un tel canular ? Et qui y aurait intérêt ?

Mais si... si c'était vrai ? Oui, pourquoi ne pas oser envisager la possibilité que cet homme soit sincère ? Après tout, j'avais envie (besoin ?) de me réchauffer à la lueur de ce bel espoir. Et que me coûtait-il d'emprunter ce chemin ? Je décidai de me lâcher et d'oser imaginer que ce play-boy était réel et que, dans la vraie vie, il était vraiment tombé amoureux de moi. Telle que je suis. Avec mon physique, mes tenues dépassées et ma timidité. Un mec charmant. Comme dans les romans. Dans le métro, il me voit, je lui plais, il me suit, découvre mon nom, me retrouve sur Facebook. Oui...

Mais non. Impossible. Ça pouvait arriver à des femmes comme Olga, Candice ou, à la limite, Dallia, pas à moi ! Rien d'exceptionnel ne m'était jamais arrivé ! Je ne devais pas m'accrocher à ce genre de chimères. Et qu'un homme me piste, attise ma curiosité et préfère me parler derrière un écran plutôt que m'aborder dans la rue ou dans le métro... était-ce romantique ou inquiétant ?

Je me résolus à oublier cette affaire. Mais, la seconde suivante, je reconnus que ce serait impossible. Je transigeai sur une position intermédiaire : je ne donnerais pas de suite à cette improbable aventure mais continuerais d'y puiser suffisamment de questions et fantasmes pour évacuer mes problèmes professionnels. Devais-je l'exclure de mes amis, bloquer son profil afin qu'il ne puisse plus me parler ? Non, je ne devais pas prendre de décision radicale et irréversible sous le coup de l'émotion. J'allais laisser passer un peu de temps. Je verrais bien si son intérêt résisterait à cette fin de non-recevoir.

Je me jetai sur le téléphone pour tout raconter à Marianne.

Marianne

QUAND ALICE m'avait relaté le prélude de sa romance, j'avais tout bonnement été heureuse pour elle. J'attendais depuis longtemps que le sort se montre enfin clément envers elle, qu'il récompense ses qualités, sa patience et lui accorde l'histoire d'amour qu'elle méritait.

À vrai dire, je n'y croyais plus depuis longtemps. Son isolement confinait à l'autisme. Et seul un événement étonnant, un jaillissement improbable de sentiments, une déflagration d'amour pouvaient briser les liens qui l'entravaient. Et n'est-ce pas, justement, ce qui venait de lui arriver ?

J'étais ravie de la voir projetée dans une histoire aussi originale que romantique. Et également effarée à l'idée qu'elle puisse laisser passer sa chance, faute de croire en elle. Si j'avais su… Si j'avais pu deviner la suite, je lui aurais recommandé de laisser tomber ! Mais, à ce moment-là, il me paraissait salutaire qu'elle s'accroche à ce début de romance.

Je sais qu'aujourd'hui nombreux sont ceux qui s'interrogent à son sujet. Je suis peut-être l'une des rares personnes à suffisamment la connaître pour expliquer son geste. Je ne dis pas le justifier, juste sourcer les raisons qui l'ont poussée à agir de la sorte, en dépit de toute logique.

Alors, laissez-moi vous raconter mon amie, vous dire qui elle est. En tout cas, celle qu'elle était avant le déchaînement des événements.

Alice est la troisième d'une famille de quatre enfants. Après deux filles, son père et sa mère espéraient un garçon, sa naissance fut donc une déception. Le mâle tant espéré, chez ces modestes commerçants, naquit un an après et accapara l'affection de ses parents et de ses grandes sœurs. Elle fit tous les efforts pour attirer l'attention des siens : excellente élève, elle se montrait polie, disciplinée, aidait à la maison, s'occupait de son frère… En vain. Elle ne réussit jamais à sortir de l'anonymat familial et en conserva l'intime conviction de ne pas être intéressante, de ne pas avoir sa place dans ce monde, se rangea dans l'ombre des autres et continua à avancer en s'excusant d'exister, sans se départir de son profil d'enfant modèle.

Nous nous sommes connues à l'âge de dix ans. Nous étions voisines et fréquentions la même école. J'étais une fille assez volubile, extravertie, même. Je sus donc m'accommoder de la discrétion maladive d'Alice, certaine qu'elle ne chercherait jamais à me voler la vedette, assurée qu'elle resterait spectatrice attentive et admirative de mes initiatives et excès. Nous restâmes liées, nous satisfaisant de cette complémentarité. Nous nous aidions mutuellement à traverser les petites épreuves de la vie. Il n'y avait qu'à moi qu'Alice révélait ses tourments, ses espoirs.

À l'adolescence, les choses auraient pu changer car Alice devint jolie. Et on sait que les mutations physiques renversent parfois, positivement ou non, l'existence de ces êtres fragiles que sont les jeunes en quête d'identité.

Objectivement, je peux affirmer qu'elle était même plus belle que moi. Mais personne ne la remarquait. À cet âge, et peut-être également après, la séduction n'est pas seulement liée à une harmonie physique, elle est la projection d'un désir de plaire, une invitation plus ou moins explicite à la drague qui rassure les mâles en quête de virilité à moindre risque. Et nous autres, gamines coquettes et entreprenantes, tendions sans retenue nos lèvres glossées aux petits machos sous l'emprise d'invasions acnéiques. Alice, elle, ne cherchait pas à plaire. Elle ne mettait pas ses formes en valeur, se maquillait peu, choisissait ses vêtements en fonction de critères nullement liés à la mode et souvent, même, portait ceux hérités de ses sœurs. Elle s'était créé sa propre élégance. Une esthétique désuète en regard des tendances de l'époque. Quand l'apparence prévaut sur toute autre considération ou permet aux garçons et filles de se reconnaître à travers leurs styles et leur appartenance à une tribu, quel garçon aurait eu envie d'aborder une fille qui s'habillait comme sa grande sœur, voire sa mère ? Seul un jeune possédant un caractère suffisamment fort pour s'affranchir des diktats de la mode aurait pu s'intéresser à elle. Mais ceux qui correspondaient à ce profil étaient également timides et si peu attirants que nous ne gravitions pas autour d'eux. J'avais beau la conseiller, la secouer, tenter de lui arranger des coups avec des garçons moins regardants, rien n'y faisait : elle portait sur chacun un regard lucide, parfois dur, tout en conservant un caractère rêveur. Un jour, son prince viendrait – il l'accepterait telle qu'elle était.

Et il vint.

Et je crus qu'il allait changer son monde.

Édouard était un garçon au physique avantageux, d'une intelligence remarquable et d'une finesse d'esprit rare à nos âges. Il avait deux ans de plus que nous, ce qui, en soi, suffisait à affoler les hormones des filles de dix-sept ans, était en classe préparatoire aux écoles de commerce. Un matheux dont la culture littéraire se révélait également stupéfiante. Fils d'un diplomate américain marié à une Française, il habitait les beaux quartiers. Alice et lui s'étaient rencontrés à une exposition de Manet. Oui, mon amie conservait une vie secrète et solitaire, nourrie d'activités discrètes qu'elle savait ne pouvoir partager avec moi qui n'avais aucun goût pour l'art.

Il était seul devant un tableau, les yeux humides. Et c'est cette sensibilité qui l'avait séduite. Qu'un garçon puisse être ému par une œuvre l'avait surprise puis bouleversée. Leurs émotions, semblables et différentes à la fois, se répondaient, et une larme avait coulé sur la joue d'Alice. Il s'était retourné, l'avait vue, avait cru qu'elle aussi était touchée par la peinture et lui avait souri. C'est un beau début d'histoire, n'est-ce pas ? Personne n'aurait alors imaginé qu'elle se finirait de manière grotesque.

Alice, si méfiante envers les hommes, avait compris qu'elle pouvait baisser la garde et lui avait rendu son sourire. Ils s'étaient parlé, étaient allés boire un verre, puis les rencontres s'étaient succédé.

Je l'avais alors vue heureuse. Comme des vagues façonnent avec opiniâtreté un rivage, cet amour attaqua lentement ses digues, corroda ses défenses et laissa bientôt apparaître les contours d'une nouvelle femme, apaisée, plus sûre d'elle. J'étais la spectatrice admirative et craintive de cette mutation. Je savais que ce bonheur l'éloignait de son enfance pour l'amener vers un avenir serein, mais je redoutais que le mauvais sort se souvienne d'elle et la renvoie trop brutalement à une réalité qu'elle serait incapable d'affronter. C'est ce qui advint. Un scooter la renversa violemment alors qu'elle traversait une rue pour rejoindre Édouard. C'est lui qui prévint le Samu. Elle s'en tira avec des fractures au bassin et aux jambes qui la maintinrent éloignée du lycée plusieurs mois. À son retour, elle dut affronter les regards curieux et moqueurs des lycéens devant sa démarche boiteuse. Elle se consola dans les bras d'Édouard, trop amoureuse pour remarquer son changement d'attitude.

Elle obtint le bac avec mention, fut acceptée dans une bonne prépa, parlait de s'établir avec son amoureux. Mais le père de celui-ci fut rappelé aux États-Unis. Édouard aurait pu rester, continuer ses études en France, mais il préféra partir. Il prit sa décision en moins d'une semaine, ne donna aucune explication plausible, se montra insensible au désarroi de mon amie. Et s'en alla, sans donner de nouvelles ni répondre à ses messages. Alice en fut profondément meurtrie. Elle y vit la preuve qu'elle n'était pas suffisamment intéressante pour mériter le respect d'un homme, encore moins son amour. Et elle retourna se perdre dans cet univers de solitude où j'étais la seule à pouvoir la rejoindre.

Elle aurait pu faire une grande école mais, par manque de confiance et parce que sa rééducation occupait une grande partie de son temps, elle intégra l'université et se contenta d'un diplôme moyen, obtenu certes avec brio mais très en deçà de ses capacités. Elle eut envie de s'éloigner de sa famille, de son passé, et monta à Paris, trouva un poste modeste à la SACD.

Voilà qui est Alice. Voilà d'où elle vient et ce qu'elle traîne derrière elle. Oh, bien sûr, nous portons tous le poids de blessures du passé et ne finissons pas pour autant par péter les plombs… Mais aucun acte ne peut être compris hors de la lumière du vécu du présumé coupable.

Alice

Sandrine me sermonna comme une institutrice s'adressant à une élève indisciplinée.

— Il te présente ses excuses, t'explique pourquoi il a agi de la sorte, et toi, tu l'envoies sur les roses ! Enfin… sur ses roses ! Tu aurais dû lui laisser une chance. Tu pouvais discuter sur Face de Bouc (tous les anciens ont un jour fait ce jeu de mots en pensant être les premiers à l'imaginer), en apprendre plus sur lui et voir comment la situation évoluerait. Mais non, au lieu de ça, tu joues la gamine coincée ! Je te jure, je t'en collerais une si j'étais ta mère. En fait, vous les jeunes (je pense que je l'aimais aussi parce qu'elle me rangeait dans la catégorie des « jeunes »), vous réclamez de la tendresse, du romantisme, mais dès qu'on vous les sert sur un plateau, vous vous demandez si le plateau est en argent ou en inox.

— Mais c'est trop soudain, trop rapide et… bizarre.

— Et toi t'es trop… gourde ! m'asséna-t-elle.

— Tu penses que j'aurais dû lui laisser une chance ?

— À vrai dire, je me fiche complètement de ce gars. Ce qui m'importe, c'est toi, et ce que révèle cette histoire c'est que tu ne sais pas ce que tu veux. Donc tu t'arc-boutes sur des principes pour te protéger. Jusqu'à en devenir psychorigide. C'est ça le problème ! Car si tu ne dépoussières pas ton esprit, tu te transformeras en bigote aigrie et tu en voudras au monde entier alors que tu seras la seule coupable.

— Ah oui, quand même, murmurai-je, abasourdie par sa tirade sans concessions.

— Bon, je suis dure, se radoucit-elle. Excessive peut-être. Mais j'ai pas envie de te voir te gâcher, ma poulette. Alors, réfléchis à tout ça.

*

Et je réfléchis. Tout le week-end. Et, comme d'habitude, j'oscillais entre les deux positions en fonction de mon humeur. J'étais tour à tour Alice l'inflexible, la femme de principes, et me donnais raison, défendais mes positions à l'aide d'arguments forts, puis Alice l'abrutie, qui adoptait l'opinion de Sandrine et se trouvait stupide.

Je me connectais sans cesse afin de vérifier mes messages privés, parfois déçue de ne pas en trouver, d'autres fois soulagée. Ma sortie l'avait-elle définitivement démotivé ? Auquel cas son engouement n'était pas sincère, me consolais-je. Ou alors, il laissait passer du temps avant de reprendre contact. Mais le souhaitais-je vraiment ? Tout dépendait qui, de l'intransigeante ou de l'imbécile, répondait à la question.

Le seul intérêt de cette confusion mentale fut que Fantin disparut de mes préoccupations. Jusqu'au lundi matin.

Forcément, ce jour-là, je pris le métro avec appréhension. Roman se trouvait-il parmi les passagers ? M'observait-il en cachette ? Serais-je capable de le reconnaître à partir de la photo de Facebook ? J'étais fébrile, en proie à des craintes folles : je l'imaginais surgissant et me suppliant de lui donner une autre chance, puis, version psychopathe, m'agressant, me reprochant mon insensibilité…

Bref, je divaguais.

J'étais tentée de dévisager tous les voyageurs mais préférais afficher un air détaché au cas où il se serait caché quelque part pour m'observer (dans mon cas, cela consiste à pencher la tête sur le côté et à fixer un point sur la vitre du métro) (souvent une chiure de mouche) (ce qui, à mon avis, me confère un air idiot).

Parvenue à ma station, je marchai le long des interminables couloirs, droite, les bras collés au corps (genre mannequin débutant ne sachant quoi faire de ses excroissances), m'attendant à ce qu'il surgisse, m'interpelle, me surprenne.

Mais j'arrivai devant l'immeuble de bureaux sans encombre et, je dois l'avouer… déçue. Alice l'indécise.

— Bonjour, Alice !

— Comment vas-tu, Alice ?

Je répondis aimablement aux deux postulantes au titre de nouvelles meilleures copines et m'engouffrai dans l'ascenseur avant qu'elles ne me questionnent.

Je m'assis à mon bureau, allumai mon ordinateur et, chose que je ne faisais jamais au travail, me connectai à Facebook.

Aucun message.

Je soupirai et laissai mon esprit divaguer.

C'est Fantin qui me tira de ma torpeur.

— Alice, mon café ! grogna-t-il.

Un coup d'œil sur l'horloge de mon ordinateur me permit de comprendre que je rêvassais depuis vingt minutes.

Dans la vie d'Alice la courageuse, je l'aurais envoyé valser et lui aurais indiqué qu'il n'était pas dans mes attributions de lui servir son espresso. Après tout, ma position de future licenciée aurait dû me conférer cette audace ! Mais nous étions dans la vraie vie et ma nature profonde d'abrutie me conduisit à bafouiller quelques excuses et à m'empresser de m'exécuter.

Je me rendis ensuite à la salle de pause pour chercher mon thé, persuadée que la petite bande n'y serait plus compte tenu de l'heure tardive. Mais je les trouvai avachies sur les banquettes, gobelets vides à la main. Quand elles me virent, elles se redressèrent et affichèrent de larges sourires.

— Ah ! Voilà notre princesse au bois dormant ! s'exclama Olga.

— Alors ? Du nouveau ? questionna Candice.

Je décidai de ne parler ni de la conversation sur Facebook ni de l'épisode du petit déjeuner. Je n'étais pas prête à supporter leurs remarques acerbes, n'ayant aucun doute sur le fait qu'elles me donneraient tort, elles aussi.

— Pas vraiment.

Dire non aurait été un mensonge, le « pas vraiment » laissait une porte de sortie si elles n'insistaient pas. Mais elles insistèrent.

— Ce qui veut dire ? relança Candice.

Elles m'observaient, sceptiques, déçues.

— Rien... Enfin... si. Il m'a écrit samedi, répondis-je. (Oui, je sais ce que vous vous dites et vous n'avez pas tort. Mais avez-vous remarqué combien il est difficile de tenir des engagements dont on ne retire aucun bénéfice immédiat ? Or, après trente-trois ans à tenter de me confondre avec le gris des murs, j'avais envie d'être appréciée ! C'est humain non ?)

Elles poussèrent des cris et se penchèrent vers moi dans l'attente de confidences. Je pris le temps de faire mon thé, amusée par leur empressement, honteuse de jouir d'un plaisir si puéril. Un plaisir tronqué puisque je leur offrais le rôle qu'elles espéraient alors que, en vérité, cette histoire me perturbait plus que je ne le laissais paraître.

— Alors ?

— Il t'a laissé une lettre sur le palier ?

— Un email ?

— Il t'a abordée dans la rue ?

— Je vous raconterai tout à l'heure. Je suis en retard et Fantin va me tomber dessus.

— Ah non, on veut savoir !

— Je n'ai pas le temps, les filles.

— Bon, alors on déjeune ensemble.

— OK, répondis-je avant de filer, heureuse de retrouver mon statut de starlette.

*

Elles avaient réservé dans le même restaurant, à leur table préférée, et, d'emblée, me harcelèrent de questions. Je leur racontai tout dans les moindres détails et me trouvai, à l'occasion, un talent de narratrice. Leur premier souci fut de savoir à quoi Roman ressemblait. J'activai mon smartphone et leur montrai la photo de son profil, même si je n'étais pas sûre qu'il s'agisse vraiment de lui.

— Mais il est trop canon ! s'exclama Candice.

— Un mec beau, romantique, original… t'as touché le gros lot, affirma Dallia.

— Et tu remballes un mec comme ça ? s'offusqua Candice.

— En fait… cette histoire m'a troublée. La première rose, ça pouvait passer. Mais… le bouquet puis le petit déjeuner… Comment dire ? C'est trop pour moi. Et je n'aime pas l'idée qu'il m'ait épiée, suivie jusque chez moi. Ce n'est pas un comportement tout à fait normal, non ? Et là, il s'invite pour le petit déjeuner.

— Ah, il a livré le petit déj' lui-même ? demanda Dallia.

— Mais non, c'est une expression, lâcha Olga en soupirant.

— Et puis, un petit déjeuner… ça vous paraît pas étrange ? ajoutai-je.

— Je ne trouve pas, dit Candice. C'est une manière de te montrer qu'il veut prendre soin de toi.

— Ou alors, une façon de dire qu'il te trouve jolie mais trop maigre, avança Dallia.

Nous nous tournâmes vers elle, sûres qu'il s'agissait d'une plaisanterie. Mais non.

— Ne me regardez pas comme si je disais toujours des conneries ! Ça m'est arrivé ! J'ai connu un homme qui ne m'invitait que dans des fast-foods parce qu'il me trouvait trop maigre !

L'explication fut suivie d'un silence empli de compassion auquel Olga mit fin en levant les yeux au ciel avant de reprendre la discussion.

— Bon, je comprends que ça t'ait surprise, admit-elle. Mais tu ne penses pas que tu as été dure avec lui ? Il ne cherchait qu'à te faire plaisir, après tout.

— Je ne sais pas... Peut-être.

— En fait, c'est pas plus mal, avança Candice en prenant un air d'experte. Elle résiste, elle le fait courir.

— Oui, il reviendra à la charge, confirma Olga.

— Vous pensez ?

— S'il se décourage au premier obstacle, c'est qu'il ne vaut pas la peine que tu t'intéresses à lui.

— C'est aussi ce que je me suis dit.

— Par contre, s'il s'accroche, ce sera la preuve qu'il éprouve de vrais sentiments pour toi.

— Je ne suis pas d'accord, déclara Candice. Je pense que tu devrais lui écrire.

— Ah bon ?

— Un petit mot, juste pour lui montrer que tu n'es pas fâchée.

De fait, c'est ce qu'aurait fait une fille comme Candice. Mais comment agissait une fille comme moi, travaillée par les doutes, la crainte, la timidité ?

— S'il est amoureux, ta fin de non-recevoir a dû le plonger dans un sacré désarroi. Il a sans doute besoin que tu lui montres un peu d'intérêt.

— Sinon, il ira faire des cadeaux à une autre fille, conclut Dallia. Les hommes sont serviles.

— Tu veux dire versatiles.

— Oui, c'est ça… affirma-t-elle sans conviction.

— Envoie-lui un petit message. Ensuite, tu verras bien.

Je me tournai vers Olga pour recueillir son avis. Elle eut une mimique qui signifiait que l'objection de Candice était recevable.

Je me résignai.

— OK. Je le ferai ce soir.

Elles me raccompagnèrent jusqu'à mon bureau en riant.

Fantin, attiré par la conversation, apparut.

— C'est quoi ces gloussements ? s'exclama-t-il.

Découvrant les filles, il ravala ses critiques. Il connaissait leur sens de la repartie et, surtout, l'influence d'Olga sur son patron.

— Ah c'est vous. À quoi est due cette bonne humeur ? s'enquit-il, sans doute étonné que je me réjouisse en compagnie des assistantes vedettes de l'entreprise, qui plus est après avoir appris mon prochain licenciement.

— Nous parlions de l'admirateur d'Alice, répondit Olga. Un mystérieux et beau mâle qui la couvre de cadeaux.

Il sourit, croyant à une plaisanterie. Je n'étais donc pas la seule à juger la situation improbable. Mais savoir que je partageais le même avis que cet idiot ne me réconforta pas. Voyant que mes nouvelles amies restaient sérieuses, il préféra adopter une expression neutre.

— Ah ? Bon… Très bien, murmura-t-il.

Il m'observa, tentant de déceler un changement physique qui aurait justifié ce supposé nouveau pouvoir de séduction, n'en décela aucun.

— Bon, allez, au boulot les filles ! lança-t-il d'un ton qu'il voulut à la fois désinvolte et autoritaire (sans doute issu de son « petit manuel personnel du parfait manager »).

— À vos ordres ! répondit sèchement Olga.

Il laissa échapper un petit rire afin de montrer qu'il prenait cette réponse pour un trait d'humour.

— Ah, au fait, monsieur Fantin. Fabrice souhaite vous voir.

Mon directeur se redressa. Un rendez-vous imprévu ? Il détestait.

— Ah, très bien... Et à quel sujet ?

— Ah, ça je ne sais pas, répondit-elle, je ne suis que son assistante.

Il opina du chef, listant mentalement toutes les raisons pour lesquelles le boss pouvait le convoquer.

— Bien, bien, bien... Et à quelle heure ? Car là j'ai un rendez-vous téléphonique et j'en ai pour un petit moment.

À ma connaissance, il était totalement disponible mais voulait faire croire que son agenda était chargé pour jouer les importants.

— Immédiatement, déclara Olga.

La réponse le fit tressaillir. Le sujet devait être important. Je vis les efforts qu'il faisait pour contenir sa fébrilité.

— Ah, très bien. Je vais décaler mon entretien.

Il disparut dans son bureau et Olga me lança un clin d'œil.

— J'avais cru comprendre que le boss l'attendait cet après-midi, s'étonna Candice.

— En effet.

— Alors pourquoi lui avoir fait croire qu'il voulait le voir maintenant ?

— Règle n° 245 du pouvoir : face aux faibles utilise la force, face aux craintifs use de la peur. Il va se faire rembarrer car le boss n'aime pas être dérangé. Du coup, il lui dira ce qu'il a à lui dire de manière plus brutale encore.

Elles éclatèrent de rire, se tapèrent dans les mains comme des mecs venant de jouer un tour au bar du coin, et retournèrent à leurs bureaux.

*

Restée seule, je considérai la situation. Désorientée, au cœur d'une tourmente que je n'avais pas provoquée, il me fallait prendre des décisions. Concernant mon licenciement, je n'avais aucune prise sur l'événement. J'espérai secrètement que les filles, comme elles me l'avaient promis, allaient me soutenir. Peut-être me trouveraient-elles un poste dans un autre service ?

Second sujet de préoccupation : mon début de romance. Devais-je suivre les conseils des filles et lui écrire ? Mais lui écrire quoi ? Et sur quel ton ? Je tentai de formuler mentalement différents messages mais les trouvai tous ridicules.

J'eus alors recours à la technique dite (par moi-même) de « la projection-identification » (une approche courante chez celles et ceux dont les idées s'enchevêtrent trop facilement dans les émotions) :

m'identifier aux filles et imaginer ce qu'elles écriraient.

Olga :

Cher inconnu,

Votre romantisme est quelque peu désuet et, s'il m'a, dans un premier temps, excédée, après réflexion, je dois reconnaître qu'il a attisé ma curiosité. Cependant, sachez que mon goût pour le jeu a des limites. Je n'aime pas me sentir manipulée et préfère les vraies rencontres aux approches masquées. Si vous souhaitez toutefois rester dans l'ombre, sachez que :

1/ Je préfère les tulipes aux roses.

2/ J'aime aussi les chocolats (Bernachon ou Marcolini), les sacs à main (Vuitton, Chanel ou Prada) et toutes autres babioles brillantes en provenance de la place Vendôme.

3/ Je serai forcément amenée à penser que derrière le beau physique de votre photo de profil se cache un être complexé ou dissimulant une tare rédhibitoire.

Alors, si vous souhaitez me rencontrer dans la vraie vie, je suis disponible demain soir. Vous pourriez par exemple m'attendre au bar du Peninsula à 18 heures.

Oui, Olga reprendrait la maîtrise de la relation en maniant l'ironie pour forcer l'inconnu à se dévoiler.

Candice serait dans la séduction :

Roman,

Après mûre réflexion, j'ai décidé de vous accorder une chance. Votre approche si particulière, et très publicitaire, se révèle, en définitive, être un bon teaser. La révélation sera-t-elle à la hauteur du suspense créé ou avez-vous mis toutes les bonnes séquences de votre personnalité dans la bande-annonce ?

Vous trouverez mon numéro de téléphone à la fin de ce message. Mais ne croyez pas qu'il s'agisse là d'une capitulation.

Dallia serait… elle-même :

Bonjour joli prince !

L'autre jour, votre princesse a eu un réveil difficile et elle s'est un peu emballée. Après avoir intensément réfléchi, et du coup vidé une boîte d'aspirine, j'ai décidé de vous offrir une seconde chance. Après tout, vos cadeaux sont les plus beaux que j'aie reçus (à part celui discrètement posé sur un oreiller un jour… mais passons) ! Je veux vous voir, vous remercier, vous embrasser, vous faire l'amour… et plus si affinités (hi hi hi).

Oui, bon, j'étais méchante là.

Ces digressions me divertirent sans pour autant m'aider à trouver une idée satisfaisante. La question restait entière : que pourrait répondre Alice, cette fille coincée, inquiète et peu créative ?

Il me fallait encore réfléchir. Et consulter Marianne.

*

De retour de son rendez-vous, Fantin marchait d'un pas lent et incertain, comme s'il avait bu et hésitait à retourner s'en jeter un dernier ou rentrer chez lui. Il s'immobilisa devant moi et me considéra étrangement.

— Oui ? lançai-je afin de susciter une réaction.

— Non… rien, répondit-il en reprenant ses esprits.

Il retrouva sa mobilité d'échassier alcoolique et réintégra son bureau. Olga était-elle déjà intervenue en ma faveur ? Avait-il été convoqué pour s'expliquer sur son souhait de me licencier ? S'était-il vu rabroué par le grand patron ? Non, je n'étais pas suffisamment importante aux yeux de celui-ci pour qu'il intervienne si rapidement et me défende.

*

Une fois chez moi, je tournai autour de l'ordinateur comme s'il s'agissait d'une bombe dont je ne parvenais pas à trouver le détonateur. Je me maudis d'être aussi hésitante. Il fallait que je change, que je devienne une femme capable de prendre des décisions sans en craindre les conséquences ! Et le premier pas vers cette Alice plus confiante m'était proposé. J'allais lui écrire. Quoi ? Je verrais bien. Le mieux était de me lancer, de ne pas trop réfléchir, d'éviter de laisser mes émotions court-circuiter mon élan.

Tel un écrivain en panne d'inspiration, je posai les mains sur le clavier, espérant qu'elles s'agitent d'elles-mêmes pour composer des mots. Mais, à ma grande surprise, je n'eus pas à faire d'efforts : un message de l'inconnu m'attendait. Je fus soulagée de constater qu'il n'avait pas laissé tomber. Répondre était plus facile qu'amorcer une nouvelle discussion.

Bonsoir Alice,

M'en voulez-vous toujours ?

Je me rends compte de mon erreur mais elle était juste l'expression de ma volonté de vous plaire. Je fais souvent les choses trop spontanément et en regrette ensuite les conséquences. J'aurais dû deviner votre timidité, votre désir de discrétion. Mais j'étais sans doute trop troublé pour avoir le jugement nécessaire.

Toutes mes excuses…

Un message parfait qui laissait entrevoir quelqu'un de passionné, se laissant emporter par ses sentiments (ses sentiments pour moi !), mais aussi suffisamment sensible et fin pour me comprendre et s'inquiéter de ma réaction. Un gentleman aussi puisqu'il me présentait ses excuses. De plus, il avait cerné un aspect important de ma personnalité. Et ce, seulement en m'observant discrètement, en me devinant à travers les mots (et sûrement en analysant les quelques photos disponibles sur mon profil, sur lesquelles j'affichais mon air de première communiante, c'est-à-dire cette expression niaise qui donne l'impression que je m'excuse d'avance d'être ce que je suis).

Bon… je m'emballais. Il fallait que je revienne à des considérations plus raisonnables. Et que je réponde. En étant moi-même. Ne pas réfléchir. Laisser la spontanéité opérer.

Bonsoir,

Vos excuses sont acceptées. Je sais qu'il est difficile de cerner une personnalité, surtout quand celle-ci a tendance à se dérober. Et merci toutefois pour les roses.

Voilà, trois phrases seulement et tout y était ! Je m'étonnais d'avoir aussi bien su :

1/ Résumer mon état d'esprit.

2/ Paraître sérieuse tout en restant sympathique.

3/ Valider ses impressions à mon égard.

4/ Lui montrer que j'étais désormais ouverte à une éventuelle suite.

J'attendis sa réponse mais elle ne vint pas. Il n'était plus connecté.

L'euphorie retomba immédiatement. Je relus mes mots sur plusieurs tonalités. Et ils m'apparurent cette fois… nuls. Voire désespérants.

Je me dis qu'ajouter une émoticône souriant lui aurait permis de lire ce message avec la légèreté que je cherchais à exprimer (un smiley clin d'œil aurait été déplacé, il m'aurait fait passer pour une aguicheuse ; le traditionnel sourire idiot aurait convenu). Mais je n'utilisais jamais ces substituts aux nuances de la voix tant ces têtes jaunes me paraissaient stupides et puériles (j'avais dû être smiley dans une autre vie).

Ce que j'avais voulu exprimer :

Mais oui, pas de problème, ne vous inquiétez pas, j'accepte vos excuses. Je me suis emballée mais le regrette maintenant. Quelle est la suite ? À vous de jouer !

Hélas, il y avait peu de chance qu'il ait compris cela. Au contraire, en fonction du ton sur lequel il les avait lues, ces phrases pouvaient exprimer autre chose.

Ton sec :

Ne nous prenons pas la tête, ça n'en vaut pas la peine. Merci toutefois pour le bouquet. Je ne mentionne pas le petit déj' car j'ai trouvé ça nul.

Ton prétentieux :

Je daigne accepter vos excuses comme j'ai accepté votre bouquet : avec magnanimité. Mais, n'y accordant que peu d'importance et étant très occupée par ailleurs, je ne perds pas mon temps en vaines palabres et vous résume donc tout ceci en quelques phrases, rien de plus. Adieu.

Ton désinvolte :

Ouais ben on ne va pas en faire un plat ! OK, t'as failli te planter, tu t'es rattrapé aux branches mais, sincèrement, j'ai autre chose à faire.

J'étais pitoyable encore une fois. Pourquoi n'avais-je pas pris le temps de réfléchir ? Depuis quand m'imaginais-je capable d'être spontanée et pertinente à la fois ? N'étais-je pas consciente de la pauvreté des discussions sur ces réseaux sociaux ? Et pourquoi me montrer aussi psychorigide, comme Sandrine me l'avait reproché ? Au point de refuser l'emploi d'un malheureux petit smiley qui aurait si bien défini le niveau de discussion sur lequel je me plaçais ?

Était-il trop tard pour compléter mon message ? Oui, il comprendrait mes doutes, déchiffrerait mes hésitations et me prendrait définitivement pour une idiote. J'allais donc en rester là et attendre.

Dépitée, je laissai l'ordinateur connecté et allai me préparer un encas sans cesser de jeter de rapides coups d'œil sur l'écran.

*

C'est deux heures plus tard que la réponse arriva. J'étais en train de boire un verre de vin blanc (j'aime me la jouer désespérée noyant son anxiété dans l'alcool) (à mon niveau bien sûr puisque je n'avais siroté qu'un verre) (vous voyez, même dans mes jeux de rôle je parviens à être pathétique) et faillis m'étrangler en le voyant apparaître (pitoyable, je vous dis !).

J'adore votre réponse. C'est tellement vous. Enfin, tellement ce que j'imagine de vous.

Ce mec était génial ! Il me comprenait ! Bon, pas d'emballements.

Vous ne m'en voulez donc plus ?

Mince, il me relançait. C'était à moi d'écrire. Mais quoi ? J'allais continuer sur le mode de la spontanéité puisque cela m'avait réussi.

Sincèrement, je crois que vous vous faites des idées à mon sujet. Il faut être assez sûre de soi, de son pouvoir de séduction, pour être sensible à votre approche. Ce n'est pas mon cas. Je n'ai pas l'habitude d'être ainsi draguée (j'allais écrire courtisée). C'est pourquoi votre démarche m'a inquiétée (mais c'est dans ma nature, je l'avoue) et je me suis demandé si vous n'étiez pas un déséquilibré. Ma réaction était donc à la mesure de ce trouble. Mais j'ai ensuite réalisé que vous n'aviez pas à être victime de mon manque d'assurance. C'est donc à mon tour de m'excuser.

J'appuyai sur le bouton d'envoi sans même relire, afin de prendre de vitesse ma pudeur. Mais, quelques secondes plus tard, alors que je guettais sa réponse, je m'imaginai être à sa place et redécouvris mes mots. Et, encore une fois, je fus prise de regrets. J'avais été trop… trop moi quoi ! Pourquoi lui révéler que je n'avais jamais intéressé personne ? Et avais-je besoin de lui confier mes craintes ? Car après tout, en fonction de sa position sur l'échelle de l'équilibre mental, il se moquerait ou se réjouirait de ma fragilité. Sa réponse ne se fit pas attendre.

— Ce que vous dites me conforte dans l'idée que vous êtes une femme particulière. Quant à moi, je vous rassure, je suis sain de corps et d'esprit (mais les fous le disent aussi je crois ;-)). Un peu original peut-être.

— Je ne peux que vous croire sur parole. Et sachez que j'ai encore des réticences à parler à un parfait inconnu. En fait, ce qui me perturbe est que vous en sachiez plus sur moi que moi sur vous.

— Je comprends. Alors, questionnez-moi.

— Vous répondrez à toutes mes questions ?

— À presque toutes. Je pense qu'il faut savoir conserver une part de mystère pour attiser le désir.

Une saine excitation me gagna. Nous allions enfin discuter, faire connaissance. Et j'allais pouvoir éclaircir le mystère de son apparition dans ma vie.

— Alors, tout d'abord… Quand m'avez-vous vue la première fois ?

Sa réponse m'intéressait car le charme et le romantisme de ce mystère résidaient précisément dans cette rencontre qui n'en avait pas été une.

— Il y a deux semaines. Comme je vous l'ai dit, cela s'est passé dans le métro. Entre Maraîchers et Nation. C'était un de ces matins gris, propres à notre chère capitale. Le wagon était plein de Parisiens au teint blafard, à la mine triste, aux regards éteints ou agressifs. Vous êtes entrée et j'ai immédiatement su que vous étiez différente. Vous donniez l'impression de vous excuser d'être là. Un peu comme si vous surgissiez au milieu d'une fête à laquelle vous n'étiez pas invitée. Vos yeux tentaient d'éviter ceux des autres passagers. Puis ils sont allés se perdre dans d'autres univers, peuplés de rêves. Enfin, c'est ce que m'a laissé supposer cet air enfantin qui est venu flotter sur votre visage. Et il y avait également… une forme de tristesse. Une tristesse empreinte de pudeur. Comme si vous essayiez de dissimuler votre mélancolie derrière un masque d'absence. Pour ne pas l'imposer aux autres.

J'étais sidérée. Était-il possible qu'un homme soit parvenu à lire une partie de mon âme simplement en m'observant ? Et il s'exprimait bien ! Ses mots étaient choisis. Ou plutôt, ils donnaient l'impression d'avoir été mûris. Comme s'il n'avait pas cessé, depuis, de penser à cette rencontre. Ces révélations me touchèrent et, d'un coup, m'affolèrent : je me sentis soudainement vulnérable.

— Bon… je ne commenterai pas.

— Parce que surprise ?

— En effet. Questions suivantes : Qui êtes-vous ? Où vivez-vous ?

— Homme de race blanche, trente-cinq ans, né à Londres d'un père anglais et d'une mère argentine, célibataire, idéaliste, positif, à la maturité fluctuante, domicilié à Paris, exerçant la profession de reporter.

La description me fit sourire. Chaque mot me rapprochait de lui, me permettait de mieux l'appréhender, et m'en éloignait tant sa réalité était différente de la mienne. Ce que j'en retins était qu'il était seul et habitait la même ville que moi. Deux informations sur lesquelles je ne pouvais pas revenir immédiatement sans trahir un impatient intérêt.

— Reporter ?

— Enfin, plutôt cameraman. J'accompagne des équipes de journalistes un peu partout dans le monde. Et j'officie parfois en tant que cadreur pour les chaînes de télévision.

— Je travaille également dans le secteur de l'audiovisuel. Mon entreprise crée des programmes pour la télé.

— Oui, je sais.

Quelle idiote ! Forcément, puisqu'il avait fait livrer des fleurs sur mon lieu de travail ! (j'avais parfois l'impression que certaines de mes connexions neuronales intervenant dans la transmission d'informations étaient défectueuses.) Que savait-il d'autre à mon sujet ?

— Ah oui… il est vrai que vous m'avez suivie.

— C'est puéril, n'est-ce pas ?

— Oui. Vous auriez pu m'aborder, tout simplement.

— J'ai pensé que vous n'étiez pas le genre de fille que l'on accoste dans la rue ou le métro. Et je vous l'ai dit, je suis romantique. J'ai donc préféré vous découvrir secrètement.

— Vous avez enquêté sur moi ?

— Enquêter n'est pas le mot. J'ai plus appris en vous regardant dans le métro qu'en explorant Google.

Encore une fois, j'appréciai la réponse. Elle traduisait son intérêt pour moi. Néanmoins, l'idée raviva ma suspicion : tout cela ne collait pas avec moi, cet attrait était surdimensionné, je ne le méritais pas.

— Mais peut-être que vous accepterez de m'en dire plus ?

Je me mis à paniquer. Je n'avais rien à dire ! Rien qui puisse intéresser un aventurier beau, entreprenant et plein d'esprit.

— Je ne sais pas parler de moi.

C'était ce que je répondais chaque fois que l'on m'invitait à me confier (le « chaque fois » n'indiquant pas la multitude mais représentant une occurrence se comptant sur les doigts d'une main d'un menuisier imprudent).

— Alors laissez-moi vous questionner. OK ?

Qu'allait-il me demander ? À moins qu'il m'interroge sur la littérature et les séries télé, mes réponses se révéleraient sans intérêt.

— OK. Mais j'aurai le droit de refuser de répondre.
— D'accord. Au préalable, peut-on se tutoyer ?

Ah non ! J'aimais le vouvoiement ! Il avait un côté suranné qui convenait au romantisme de la situation. Et la distance qu'il supposait me rassurait. Le tutoiement faciliterait les confidences. Et, à ce stade de notre relation, je ne tenais pas à favoriser une trop grande proximité, fût-elle virtuelle.

— D'accord.

(Oui, je n'ai jamais su imposer mon opinion) (et je craignais de passer pour une ringarde) (alors que je l'étais).

— Tu as un homme dans ta vie ?

Il commençait fort ! La deuxième question concernerait-elle mes préférences sexuelles ?

— Non.

Ma réponse, quant à elle, était celle d'une autiste. Juste un « non » pour répondre à une question fondamentale dans la naissance d'une relation… Je m'empressais donc de la compléter.

— Si j'en avais un, je ne répondrais pas à un inconnu sous prétexte qu'il m'a envoyé des fleurs.

Quelle idiote ! C'était la réponse d'une fille coincée ! J'avais voulu signifier que j'étais du genre fidèle (comme si la fidélité était une valeur cotée de nos jours !), mais je venais de révéler que je lui parlais parce que j'étais célibataire. Donc intéressée ! Allez, après tout… à quoi bon mentir, minauder, dissimuler ? Nous étions bien dans une relation de séduction, n'est-ce pas ?

— En effet. Tu donnes l'impression d'être une femme intègre.

L'intégrité : encore une valeur dépréciée que l'on traduisait souvent par coincée, rigide, ennuyeuse.

Et puis je frimais ! Je n'avais jamais eu l'occasion d'être draguée pendant que j'étais en couple (et avais-je réellement été en couple un jour ?) (la question est posée à ma mémoire et, le cas échéant, à ma rancœur).

— Quel est ton roman préféré ?

Ouf ! Il bifurquait vers une voie plus traditionnelle et moins intime. Même si, j'en suis sûre, les livres que nous lisons révèlent qui nous sommes.

— *Belle du Seigneur*. Je sais, ça fait un peu cliché, mais c'est la vérité.

— Cliché *Belle du Seigneur* ? Tu plaisantes ? Albert Cohen est mon romancier préféré. Avec Romain Gary.

— Romain Gary ? Moi aussi !

— Marrant ça. Nous aurions donc les mêmes goûts littéraires ?

Oh... ne t'emballe pas ! murmurai-je en riant. Nous n'avions cité que deux auteurs comptant parmi les plus connus. Mais j'étais tout de même séduite par cette entrée en matière. Aimer ces deux écrivains était le signe que nous avions des sensibilités communes.

— Tes films préférés ?

Je fis la moue. Je n'étais pas cinéphile et je détestais aller seule dans les salles obscures. Je connaissais juste les blockbusters que je découvrais durant les vacances avec mes neveux et nièces. Je préférais les séries parce qu'il était possible de les visionner allongée sur le canapé dans une tenue décontractée et, au fil des épisodes, de s'attacher aux personnages. Mais pouvais-je lui confier ces goûts ? Il les trouverait puérils. Tant pis. Je devais être sincère.

— Eh bien… Je connais mal le cinéma.
— Ah ? Étrange, j'aurais parié le contraire.

Mince, je le décevais, c'était évident. Mais pouvais-je répondre *Les Chtis*, *Camping* et *La Famille Bélier* sans passer pour une victime du marketing de masse ?

— En fait, je suis plutôt fan de séries.
— Ah ! Quand même !
— Pourquoi quand même ?
— Après notre parfaite adéquation en matière littéraire et notre totale dysharmonie concernant le cinéma, je suis heureux de trouver un autre point commun.
— Alors, tout d'abord, on ne peut pas parler de parfaite adéquation avec seulement deux auteurs.
— Mais les deux premiers, quand même.
— Certes.

Qui disait encore « certes », à part les plus de soixante ans ? Quelle idiote !

— Ensuite, qualifier nos divergences d'intérêt pour le cinéma de totale dysharmonie me paraît excessif.

Hé, oh ! Où allais-je comme ça ? Me prenais-je pour une avocate en plein plaidoyer ? Un prof de rhétorique en train de sermonner son élève ? Je me dépêchai de le questionner.

— Alors, quelles sont vos..., pardon, tes séries préférées ?

— *Prison Break, Revenge, Scandal, Homeland, La Servante écarlate*... et tant d'autres. Et les tiennes ?

Là, pas de « dysharmonie ». J'aurais cité les mêmes et rajouté *Grey's Anatomy, Dawson, This Is Us* (et, si j'avais été totalement sincère... *Twilight* et *Violetta*).

La conversation sur le sujet dura quelques instants encore et je me sentis bien dans cette relation qui empruntait les chemins de la complicité.

Il était tard quand il me posa une question plus intime.

— À quand remonte ta dernière histoire d'amour ?

Pouvais-je vraiment dire « c'était il y a quinze ans » sans passer pour une délaissée, une femme en manque d'affection, prête à sauter sur la première occasion (donc sur lui) pour renouer avec les sentiments qui l'avaient autrefois agitée ? Cela l'effrayerait. Et je n'avais pas forcément envie de livrer cette partie intime de mon identité, dans laquelle se cachaient mes blessures, à un homme que je n'avais encore jamais rencontré.

— Il me semble qu'il est trop tard pour ouvrir un tel chapitre. Nous pourrions en parler une prochaine fois.

— Tu as raison. Il est une heure du matin et je dois terminer mes bagages. Je me lève tôt demain.

— Un reportage ?

— Oui. Je prends l'avion à 7 heures pour l'Australie. Je dois y rester une semaine.

Cette dernière information m'attrista. Réaction ridicule, n'est-ce pas ? Qu'un homme que je ne connaissais pas quelques jours auparavant, dont l'approche m'avait inquiétée, s'absente une semaine n'aurait pas dû m'affecter. Était-ce réellement son éloignement qui me chagrinait ou de prendre conscience de nouveau qu'il vivait une vie autrement plus palpitante que la mienne ?

— L'Australie… j'en rêve !

— Je t'y emmènerai quand nous serons fiancés. ☺

Je restai bouche bée face à cette audace. Son humour était, pour le moins, offensif (et lui avait pensé à utiliser un smiley). Que répondre ? Un truc marrant, vite ! Mon mutisme l'inquiéta :

— Je plaisante, hein ?

— J'avais compris.

Si, en plus, il commençait à me prendre pour une conne…

— Bon… Alors à bientôt. Dans une semaine peut-être ?

— Je dois te révéler une chose que tu sembles ignorer, répondit-il.

— Oui ?

— Le continent australien, bien qu'entouré d'océans, doit, je pense, être équipé des dernières évolutions technologiques. Il est donc possible qu'ils aient le wifi et même la 4G. Si c'est le cas, je n'attendrai pas une semaine pour te parler à nouveau.

Il me prenait en effet pour une conne ! Il allait falloir m'habituer à son humour…

— Je disais cela compte tenu du décalage horaire et du fait que tu seras sans doute très occupé.

— Il est vrai que je serai très pris et parfois loin de la civilisation. Nous verrons bien. Bonne nuit, princesse.

Princesse ? Toutes les femmes rêvent d'être des princesses, mais le jour où un inconnu leur attribue ce titre, elles se doutent qu'il s'agit là de la manœuvre d'un dragueur émérite et… ringard. J'aurais préféré qu'il m'appelle par mon prénom. Oui, un « Bonne nuit Alice » m'aurait semblé plus intime, plus distingué également.

— Bonne nuit. Et bon voyage. Et merci pour cette conversation.

Trop académique ! Trop froid ! Pourquoi pas « Je vous remercie de l'intérêt que vous m'avez manifesté et espère vous revoir prochainement sur ma messagerie » tant que j'y étais ? Quelle abrutie !

— Merci à toi. J'ai hâte de poursuivre cet échange. Et de te rencontrer.

Nous y étions ! Il parlait d'une rencontre ! Sans doute à son retour. L'idée me fit frémir car je n'avais aucun doute sur le fait qu'il serait déçu. Ses espérances paraissaient bien au-delà de ce qu'il découvrirait lors d'un rendez-vous. Je réalisai soudain que je ne connaissais pas son vrai prénom.

— Une dernière chose ! Roman est ton vrai prénom ?
— Oui et... non.
— C'est-à-dire ?
— C'est mon deuxième prénom.
— Pourquoi ne pas utiliser le premier ?
— Je me méfie des réseaux sociaux, n'y viens que pour échanger avec mes amis et n'ai pas envie d'être contacté par des collègues de travail ou d'autres personnes. Ça me donne la possibilité d'inviter qui je veux et m'évite de refuser des amitiés non souhaitées.

J'appréciai sa réponse, partageai son opinion. Pour ma part, j'utilisais ma véritable identité car personne ne menaçait de venir troubler mon anonymat. Jusqu'à ce jour du moins.

— Et quel est ton vrai prénom ?

— Si tu le permets, je ne te le dévoilerai pas aujourd'hui. D'abord, parce qu'il n'est pas très beau. Ensuite, parce que si je te révélais ma véritable identité, tu pourrais chercher à te renseigner sur moi.

— Et en quoi cela te gêne-t-il ? Tu as des choses à cacher ?

— Non, mais je préfère que tu me découvres vraiment lors d'un rendez-vous et non à travers des informations ou images qui ne donneraient qu'une vision partielle de ma personnalité.

C'était pourtant ainsi qu'il s'était fait une image de moi… mais je n'insistais pas.

— Je comprends. Alors, bonne nuit… Roman.

Nous nous quittâmes sur ces derniers mots.

Je restai interdite, le regard noyé dans les reflets de l'écran, comme pour faire durer un peu plus la magie de l'échange. Divers sentiments se disputaient les espaces vacants de mon cerveau : la joie, la surprise, le doute, l'inquiétude… Pour l'heure, la joie l'emportait, mais je savais que chaque émotion saurait, au gré de mon moral, reprendre le dessus et imposer son règne.

Toutefois, je voulais profiter pleinement de l'exaltation qui m'envahissait. Ça y est, je vivais un début de romance ! Enfin, j'étais l'objet du désir d'un homme passionnant, beau, fin et amusant ! Je me mis à sauter sur mon canapé telle une adolescente énamourée. Peut-être que les épreuves que j'avais endurées jusque-là n'avaient pour objectif que de me conduire jusqu'à lui ? Je me plus à imaginer une suite, des suites, d'autres conversations, une rencontre, et, dans ces scènes, j'étais une autre Alice. Une Alice séduisante, amusante, intelligente. Je passai plus d'une heure à divaguer ainsi avant que ma nature refasse surface et déchire les pages de mes rêveries. La joie était un sentiment qui m'était trop étranger pour continuer à culminer au sommet de mes émotions. Le pessimisme revendiqua rapidement l'antériorité de ses droits de propriété et je me mis à douter de moi à nouveau, de lui, de la véracité de cette histoire. Tout allait foirer. Il s'était emballé mais reviendrait à des considérations plus cohérentes lors de notre premier rendez-vous. Et me verrait telle que j'étais : une fille banale, inintéressante et pas du tout attirante.

Je me couchai, consciente qu'il me serait difficile de dormir. J'allais passer la nuit à relire mentalement notre conversation, à analyser mes émotions, à écrire les scénarios de notre future rencontre. Meilleur scénario : nous étions dans un restaurant chic et je pouvais voir dans ses yeux naître le feu de son amour (très nunuche, je le concède). Pire scénario : déçu par sa découverte, après un rapide verre il prétextait une urgence pour s'échapper.

Quoi qu'il en soit, il était bon d'être ainsi tourmentée, de s'imaginer héroïne d'une comédie romantique, de sentir les arêtes tranchantes de l'impatience érafler mon cœur. Puis de se trouver idiote de s'être abandonnée à tant de désirs et espoirs. Même les doutes qui m'intimaient de revenir à la raison étaient appréciables tant, jusqu'ici, mes heures avaient été vides. Je doutais donc j'étais… heureuse ? Pas encore totalement, mais au moins j'existais.

La semaine à venir s'annonçait longue.

Phil Collins investit mon esprit et, tapant sur sa batterie un rythme joyeux, me rappela les conseils de sa maman :

« You can't hurry love
No, you'll just have to wait
She said, love don't come easy
But it's a game of give and take. »

Sandrine

La petite était sur le point de péter un câble ! Elle passait de l'aphasie à l'hystérie en moins de temps qu'il ne m'en faut pour passer d'un plat à un dessert. Je devais donc lui remonter le moral, lui dire des choses réconfortantes puis, l'heure suivante, la raisonner, calmer ses ardeurs, refroidir son enthousiasme. En fait, je ne savais plus trop quel rôle jouer. Et, pour dire vrai, j'avais parfois envie de la baffer !

Dieu que les femmes deviennent stupides quand elles se croient touchées par la grâce de l'amour ! D'abord, les yeux au ciel, elles croient être en lévitation et balancent des choses absurdes du genre « J'ai des papillons dans le ventre » ou « des étoiles dans les yeux ». Puis, sans raison apparente, elles atterrissent. Mieux, elles se vautrent et se mettent à douter de tout. Celui auquel elles avaient accordé toutes les qualités devient soudainement suspect, puis ses défauts de plus en plus apparents et dérangeants, pas à la hauteur de leurs espoirs ; et le malheureux tombe en disgrâce. Bon… j'avoue ne pas parler en connaissance de cause. Je n'ai jamais été amoureuse et j'ai toujours refusé d'être la confidente de mes amies et collègues de travail – à l'exception de ma douce Alice. Mes seules connaissances en la matière résident dans les romans et les films. Donc, soit les auteurs s'inspirent d'une réalité qu'ils connaissent, soit ils inventent un monde rempli de clichés que les femmes aiment reproduire. L'œuf ou la poule en quelque sorte.

Bref, Alice était devenue aussi stupide que les autres mais, dans son cas, les dégâts pouvaient être plus importants. On n'assoit pas une victime de la famine à un banquet sans risquer que le palpitant ne lâche. Il fallait que je veille sur elle.

Malheureusement… j'ai pas su faire.

Alice

FANTIN M'INVITA à m'asseoir et, pour la première fois depuis le début de notre collaboration, m'offrit un large sourire (grâce auquel je découvris que derrière ses lèvres pincées il avait des dents) (qui s'étaient rebellées contre son désir d'ordre et d'organisation).

— Voulez-vous un café, Alice ?

S'il m'avait demandé si je souhaitais un sex toy pour Noël, je n'en aurais pas été moins surprise. Je crus qu'il s'agissait d'une de ses manœuvres destinées à m'humilier et ne répondis pas, attendant qu'il plante sa banderille.

Devant mon mutisme, il se leva et disparut quelques minutes avant de revenir avec deux tasses.

— Merci, murmurai-je, avant de saisir celle qu'il avait délicatement posée devant moi et de la porter à mes lèvres afin de masquer mon étonnement.

Je ne sentis même pas l'amertume du café tant mes sens étaient mobilisés par l'incongruité de la situation.

Il chercha une position confortable et décontractée sur son fauteuil et, après quelques tentatives avortées, qu'un mime aurait acceptées comme définition gestuelle du grotesque, il se redressa et me fixa droit dans les yeux. Comme s'il se demandait s'il me trouvait seulement jolie ou carrément canon. Oui, il y avait l'éclat d'un réel intérêt dans son regard.

— Je voulais vous féliciter pour le rapport que vous m'avez remis hier.

Je fus si surprise par ces compliments que je faillis recracher le liquide sombre. En quoi ce rapport était-il plus satisfaisant que les innombrables précédents ?

— Merci, dis-je dans un murmure quasi inaudible.

— Vous savez, Alice, je sais être juste. Je pense même que c'est l'une de mes principales caractéristiques.

Oui, juste… stupide, juste imbu, juste con !

— Quand ça ne va pas, je le dis, continua-t-il. Mais quand je suis satisfait, je sais également l'exprimer.

Ce qui signifiait qu'il était satisfait de moi pour la première fois.

— Je voulais également vous annoncer que je vous garde à mon service. Malgré les problèmes que je vous ai indiqués lors de notre précédente entrevue. Vous avez su réagir et je l'apprécie.

Olga ! Cette fille était incroyable ! Elle avait convaincu le patron d'intercéder en ma faveur, et Fantin tentait de justifier ce retournement de situation par des arguments creux afin de s'attribuer le beau rôle ! Je me sentis à la fois vexée et heureuse d'un tel dénouement. Vexée de ne pas être reconnue à ma juste valeur, de ne devoir mon salut qu'à la pitié d'Olga ; heureuse de voir mon minable directeur se prosterner devant moi.

J'aurais voulu avoir le cran de lui dire que je n'étais pas dupe, que je savais qu'il n'était pour rien dans cette décision, qu'il était même pitoyable dans le costume du patron paternaliste. Mais, bien entendu, j'en fus incapable. Et, de toute façon, quels avantages tirer d'un si piètre combat ?

— Nous avons terminé ? demandai-je.

— Eh bien… Oui.

Je me levai.

— Alice ! m'interpella-t-il. Vous… ne me remerciez pas ?

Il me regardait avec une suspicion teintée de reproche, tout en conservant la possibilité de sourire à nouveau si je me montrais docile.

— Vous remercier ? Sachez que je ne suis pas sûre de rester.

Ça m'était venu comme ça ! J'avais osé répondre ! La mutation commençait à opérer.

L'effet de cette repartie parut d'abord le désarçonner. Puis son visage exprima une colère retenue. Soudain, pensant sans doute qu'il ne devait pas contrarier le boss, il parut désemparé.

— Comment ? Mais…

Je n'attendis pas la suite et retournai à mon bureau, encore étourdie par mon propre culot.

*

À midi, je rejoignis la bande des filles. J'avais tant de choses à leur raconter !

Sur le chemin du restaurant, je pris Olga par le bras. Un geste de complicité digne de la nouvelle Alice.

— Merci, lui murmurai-je.

— Pour ?

— Pour Fantin… mon boulot…

— Je ne vois pas de quoi tu parles, dit-elle, retenant un sourire.

— Ne me prends pas pour une idiote.

— Tu n'as pas à me remercier. Je n'allais pas laisser cet abruti te virer ! J'espère qu'il s'est confondu en excuses.

— Non. Il m'a même demandé de le remercier.

— Oh le con !

— Je lui ai dit que je n'étais pas sûre de rester.

Elle stoppa net et se tourna vers moi.

— Tu comptes démissionner ?

— Mais non. Pour aller où ? Je voulais juste le faire douter. Et ça a marché. Tu l'aurais vu retenir sa colère face à mon… ingratitude.

Elle éclata de rire, rassurée. Et sa soudaine crainte de me voir partir me fit chaud au cœur.

— Mais il est vrai que, parfois, je pense à partir. Je ne le supporte plus.

— Attends un peu, murmura-t-elle. Dès qu'une place se libérera dans un autre service, je soufflerai ton nom à Fabrice.

Arrivées au restaurant, elles m'interrogèrent tout de suite sur les derniers rebondissements de mon histoire. Je leur racontai la discussion de la veille. Excitées, elles me pressèrent de questions.

— Qu'as-tu pensé à ce moment-là ?

— Qu'as-tu ressenti quand il t'a dit ça ?

— Quelles questions tu t'es posées ?

Je répondais, docile. Je crois que je m'habituais à être l'objet de leur curiosité. Avoir des copines attentionnées était délicieux.

À la fin du repas, Candice annonça devoir nous abandonner pour le café. Elle avait rendez-vous avec un ex qui venait de resurgir dans sa vie. L'attention de la petite bande se focalisa sur elle au moment où je n'avais plus rien à ajouter. Et cela me contraria. On s'habitue vite à la notoriété.

— Mais qui c'est ce mec ? demanda Dallia.

— Vous l'avez déjà vu. L'ex que j'ai croisé au restaurant la dernière fois.

— Le vieux ?

— Vieux ? Non. Il doit avoir une dizaine d'années de plus que nous. Enfin… un peu plus.

— C'est bien, les vieux, poursuivit Dallia, ils sont plus attentionnés, plus classe que les autres.

— En effet. Celui-ci est particulièrement attentionné. Il n'a pas l'air pressé de me remettre dans son lit.

— Il doit être marié, déclara Olga, laconique.

— Non, il m'a dit être divorcé.

— Tous des menteurs !

— Tiens, le voilà ! annonça Candice en faisant un petit signe de la main.

L'homme s'approcha. Il devait avoir la quarantaine bien tassée. Il portait un élégant costume bleu, et sa cravate, légèrement desserrée, avait glissé sur le côté. Était-il beau ? Je n'aurais su le dire tant mes pensées étaient encore accaparées par notre discussion. Je sais seulement qu'il me vint à l'esprit qu'il n'était pas le genre d'homme que j'aurais imaginé intéressé par une fille comme Candice. Son austérité apparente contrastait trop avec la nature flamboyante de ma collègue. Son irruption me mit même mal à l'aise. Je crus d'abord lui en vouloir d'avoir interrompu notre conversation et détourné l'attention de mes amies puis je réalisai que c'est sa personnalité qui m'avait perturbée. Il y avait quelque chose de trouble chez lui, une sorte de violence contenue, une décontraction feinte. Quand il me serra la main, ses yeux plongèrent dans les miens, comme s'il essayait de me sonder. Je pris ce contact visuel pour la manœuvre d'un séducteur invétéré cherchant instinctivement à évaluer le potentiel d'une femme. Décidément, il ne me plaisait pas.

J'ai, depuis, compris que la vie ressemble parfois à ces romans dont les auteurs, manipulateurs d'émotions, s'amusent à faire graviter des personnages secondaires autour de leur intrigue pour, au moment opportun, quand tout semble figé, les placer au cœur de l'aventure. Pour offrir une autre perspective à l'histoire.

Dallia

ALICE VIVAIT UN CONTE DE FÉES. Le genre d'histoire dont j'ai toujours rêvé. Dont toutes les femmes romantiques ont rêvé. Je n'étais pas jalouse d'elle. Enfin, pas vraiment, quoi. Je me disais que si c'était arrivé à une fille comme elle, cela pouvait m'arriver également ! Je veux dire… si une jeune femme qui ne prenait pas soin de sa personne, évitait les hommes, se montrait timide, avait réussi à attirer un prince charmant, j'avais mes chances de voir surgir le mien !

Car je faisais des efforts pour être toujours au mieux : régime, fitness, vêtements seyants, poses de séductrice, regards aguicheurs… Je prenais exemple sur Olga et Candice et pourtant je savais que je ne pourrais pas les égaler.

Elles étaient trop classe, trop belles et trop intelligentes. Même si je tentais de réduire l'écart entre nous, avec une certaine réussite, j'avais bien conscience qu'en matière d'intelligence j'étais largement distancée. Mais ça ne me dérangeait pas. « Les gens les plus intelligents sont souvent les plus tristes », disait ma mère, sans doute pour se consoler d'avoir des filles pas très… futes-futes. Elle n'avait pas tort.

Alice était particulièrement intelligente… et triste. Et j'étais certaine qu'elle serait restée malheureuse si elle n'avait pas eu la chance de croiser le chemin d'un homme sensible disons… à sa différence. Parce qu'il fallait aimer les filles différentes pour tomber amoureux d'elle. Ne croyez pas que je sois méchante, je suis simplement franche. Qu'un homme craque sur Alice… OK, mais un homme qui lui ressemblerait, un timide, un peu décalé, pas un du genre de ce Roman, beau, intelligent, romantique et tout ! Et, coincée comme elle l'était, elle risquait de le laisser filer !

Bon, OK, j'étais jalouse.

Alice

TROIS JOURS ÉTAIENT ÉCOULÉS et je n'avais reçu aucun message. Devais-je m'en inquiéter ? Après tout, il se trouvait à l'autre bout du monde, très occupé, et peut-être dans une zone isolée. Mais n'avait-il pas dit qu'il essaierait de trouver un moyen de m'écrire ?

Je ne cessais de me connecter pour vérifier ma messagerie et chaque désillusion m'entraînait un peu plus profondément dans les eaux troubles du désespoir (j'ai gardé quelques références mélodramatiques de l'époque où, petite, je regardais *Les Feux de l'amour*). En d'autres termes : je déprimais ! Mais vraiment ! Et les scénarios du pire m'apparaissaient avec évidence : il avait réalisé à quel point il était ridicule de s'enticher d'une fille aussi insipide ; ma conversation l'avait déçu et, parti loin, il avait réalisé son erreur ; les belles Australiennes l'avaient aidé à revenir à la réalité (avez-vous remarqué à quel point nous autres, femmes, idéalisons, donc jalousons, celles qui vivent sous des deux lointains et/ou fantasmagoriques ? Ne parle-t-on pas des belles Américaines, des belles Suédoises, des belles Italiennes ?) (la preuve : l'expression « les belles Anglaises » n'existe pas) (hormis pour parler de voitures).

Bref, les pensées négatives ne cessaient de m'assaillir et érodaient mes réserves d'optimisme.

— Il doit être en reportage au cœur de la jungle, avait suggéré Dallia.

— Il n'y a pas de jungle en Australie, avait précisé Candice. Mais Dallia a raison, peut-être est-il en plein désert ou dans une zone sauvage, donc sans possibilité de se connecter.

— Ou alors… il est mort ! avait poursuivi la naïve copine, comme si cette hypothèse valait les autres. J'ai entendu dire qu'il y avait plein d'araignées venimeuses là-bas. Et des requins énormes !

— Mais ne parle pas de malheur ! s'offusqua Candice. Je suis certaine qu'il se trouve seulement dans un endroit isolé, sans réseau.

— Oui, certainement, répondis-je pour m'en convaincre.

Olga, qui jusque-là paraissait préoccupée mais n'avait pas pris part à l'échange, intervint.

— Écoute, envisageons le pire, finit-elle par lancer.

— Les araignées et les requins ? se réjouit Dallia, pensant que son modèle accordait enfin du crédit à ses propos.

— Imaginons que cette histoire foire complètement, continua-t-elle après avoir jeté un regard plein de dépit à sa désespérante fan. Si, pour je ne sais quelle raison, il ne te contacte plus, serais-tu réellement malheureuse ? Après tout, tu ne l'as jamais vu. Quelle serait ta réaction ?

La question, pertinente, réclama un moment de réflexion (pendant lequel Dallia marmonna qu'elle préférait « qu'un prétendant la quitte pour raison de mort plutôt que parce qu'elle ne l'intéressait plus »).

— Je serais déçue, forcément.

— Pourquoi ? interrogea-t-elle.

Je vis Candice lever les yeux au ciel pour reprocher à son amie de m'entraîner vers ce genre de suppositions.

— Je ne sais pas... murmurai-je, cherchant à deviner si Olga exprimait un pressentiment ou souhaitait juste me préparer à cette éventualité. Je pense que je m'en voudrais de ne pas avoir su être à la hauteur. Je passerais mon temps à me demander ce que j'ai pu dire ou non pour l'amener à renoncer. Surtout après ses démonstrations d'intérêt. Et je regretterais de n'avoir pas pu découvrir qui il est réellement.

Pouvais-je avouer qu'il me coûterait également de ne plus bénéficier de leur attention ?

— C'est ça le problème, Alice. Tu portes toujours un regard négatif sur les événements. Tu te résignes et te poses en victime des maux dont tu souffres.

— C'est vrai. Mais je suis ainsi, dis-je, fataliste. Comment réagirais-tu, toi ?

— Je me dirais que j'ai été capable de séduire un bel aventurier. C'est quand même pas courant ! C'est même une sacrée chance ! Je me sentirais grandie par l'expérience. Je l'utiliserais pour me construire une nouvelle personnalité, plus avenante, plus positive.

— Même si l'histoire n'est pas allée à son terme ? questionnai-je, intriguée.

— C'est quoi le terme d'une telle aventure ? Ils se marièrent et eurent beaucoup d'enfants, ou une rupture après quelques semaines à s'envoyer en l'air ? Toutes les histoires sont belles au début. Ensuite, c'est la débandade. Alors que ça s'arrête maintenant ou après, quelle importance ? Ce que tu as vécu t'a changée, n'est-ce pas ?

— Tu as raison, répondis-je, pensive. Mais je me connais. Je serais torturée par l'idée de l'avoir déçu et de ne pas savoir comment ni pourquoi. Quand un homme te quitte, tu en connais plus ou moins les raisons. Là, je ne saurais rien de lui ni de ses motivations. À la limite, s'il mettait fin à l'histoire en me disant qu'il doit partir définitivement à l'étranger ou qu'il doit se soigner d'une grave maladie… j'aurais une raison concrète !

— Ah ben c'est ce que je disais ! clama Dallia, victorieuse. Une rupture pour cause de mort est préférable.

— Mais pourquoi envisageons-nous cette triste éventualité ? s'offusqua Candice. Allez, haut les cœurs ! Il va revenir et te contacter, j'en suis sûre !

Je comprenais ce qu'Olga voulait me dire et étais d'accord avec elle. En théorie. Dans la pratique, mon cœur ne suivait pas. Car dans la pratique, le seul homme que j'avais aimé était parti et, sans raison, m'avait gommée de sa mémoire.

« Laissez-moi me débattre
Venez pas m'secourir
Venez plutôt m'abattre
Pour m'empêcher d'souffrir. »

Sandrine

J'AURAIS DÛ COMPRENDRE, me méfier, la protéger. Cette affaire était trop belle. Mais toutes les histoires d'amour ne sont-elles pas magnifiques à leurs balbutiements ? Avant que le bellâtre de Fesses-Book ne surgisse dans sa vie, Alice était fragile parce que avide d'amour. Méfiante aussi pour avoir trop longtemps douté des hommes, ou plutôt de leur intérêt pour elle. Mais les murs de sa méfiance s'étaient révélés fragiles et le gars les avait ébranlés à coups... de roses. Pour moi, ce mec était alors de la pire espèce des dragueurs : les *old-fashion lovers*. Fleurs, mots tendres, démonstration de sensibilité... Du sirop tout ça ! Or, le sirop est délicieux quand on en boit une goutte, écœurant lorsqu'on en abuse. Envoyer des roses à une inconnue... je t'en ficherai moi ! Ça n'existe pas, ou seulement dans les romans ! À l'eau de rose, justement. Mais pouvais-je dire à Alice de laisser tomber alors qu'elle occupait, pour la première fois, le premier rôle d'une comédie romantique ? Quelle folie m'avait poussée à l'inciter à se lancer dans cette aventure ? *A contrario,* quelle folie m'aurait amenée à lui conseiller d'y renoncer ? N'aurais-je pas été sans cœur de briser ses rêves ?

Mais une amie n'est-elle pas justement censée dire la vérité, quitte à blesser ? Une amie n'a-t-elle pas le devoir d'alerter si le danger se présente ?

Oui, ça faisait beaucoup de questions. J'étais paumée.

Et, comme une andouille, je pris malheureusement le parti de taire mes soupçons et me contentai de quelques mises en garde. Qu'elle n'écouta pas. C'est le propre de chacun d'entre nous : les conseils glissent sur nos espoirs. Nous réclamons un avis mais n'attendons qu'un assentiment.

Cela dit, imaginez que je me sois librement exprimée, qu'elle ait été convaincue et ait cessé toute relation avec ce fantoche… Elle se serait immanquablement mise à douter et aurait ensuite fini par me reprocher de ne pas l'avoir laissée tenter sa chance.

Bref, je pense avoir agi comme je le devais. En tout cas, sur l'instant. Et pourtant, au regard des événements qui ont suivi, j'ai éprouvé des remords.

Alice

Il m'écrivit le sixième jour ! J'étais au comble du désespoir (j'exagère légèrement mais j'aime bien l'expression) quand son message arriva. Au bureau, les filles m'avaient prodigué maints conseils pour gérer l'anxiété. Elles élaboraient des scénarios positifs afin de préserver la dimension romantique de l'histoire (excepté Dallia qui, shootée aux séries policières, penchait plutôt pour une disparition dramatique avec éviscération et dilution du corps dans de l'acide).

Sandrine était passée me voir les deux derniers soirs. Sans être insistante, elle m'avait chaque fois conseillé de me calmer, de prendre un peu de hauteur. Je la sentais inquiète pour moi et, du coup, de plus en plus remontée contre Roman. Elle ne le connaissait pas mais jugeait ses manières trop désuètes et démonstratives. « On ne peut pas à la fois se montrer si amoureux, si pressant et, ensuite, ne donner aucune nouvelle. Bon, OK, il est peut-être dans le trou du derche de l'Australie, mais un si grand reporter doit trouver un moyen de se manifester, bordel ! »

Marianne, quant à elle, me soutenait. Mais je sentais qu'elle se faisait également du souci.

J'avais donc passé des heures à errer, hagarde, ressassant les mêmes idées noires puis leur opposant les mêmes contre-arguments. Roman n'avait pas fait tout ça pour m'approcher puis, après m'avoir ferrée, me laisser piteusement tomber. J'avais relu plusieurs dizaines de fois notre conversation, débusquant les mêmes indices de son attrait pour moi, essayant de lire entre les lignes des messages cachés, révélateurs de sa sincérité ou, au contraire, de sa capacité à travestir ses sentiments.

Je ne mangeais presque plus, dormais peu et mal. Mes traits commençaient à trahir mon état de fatigue et de désillusion. Il aurait pourtant été facile de faire comme si tout ceci n'avait jamais existé ! Car, après tout, rien n'avait réellement existé ! Je ne l'avais pas rencontré, pas embrassé, je n'avais pas senti ses mains sur moi. Alors quoi ? Quelques fleurs, des croissants, une petite conversation sur Facebook et je jouais à l'amoureuse désespérée ?

Ressaisis-toi Alice ! Ne te montre pas si inconsistante, si juvénile ! me disais-je quand un peu de lucidité perçait le brouillard de mes pensées. Trop rarement, donc. Je n'avais jamais appris à gérer ce genre d'émotions. Les beautés sculpturales avaient sans doute l'habitude d'être courtisées, pas moi. Et pourtant, là… cela m'était arrivé. À trente-trois ans. Sans prévenir. Sans que j'y sois préparée.

Alors, quand, ce soir-là, je découvris qu'il m'avait envoyé un message, mon cœur s'emballa.

Bonjour Alice,

Je termine mon reportage. Je n'ai pas eu une minute à moi et n'ai pas pu t'écrire avant. Et les lieux que j'ai fréquentés ne disposaient pas toujours d'une connexion à Internet. Bref, je te présente mes excuses pour ce silence.

Cette plongée dans la société australienne s'est révélée enrichissante. J'ai fait la connaissance de personnes formidables et le reportage sera, je l'espère, intéressant.

Il me reste encore quelques images à tourner ici à Sydney puis je plierai mes bagages pour rentrer en France.

Et toi, comment vas-tu ?

Quelle déception ! Il n'y avait rien de personnel, de tendre. Le mot d'un copain à une copine, pour la tenir informée. Aucune mention de son récent intérêt pour moi. Juste des faits. Avoir attendu six longues journées pour lire ces mots creux me plongea dans un état d'extrême affliction. J'en conclus que mon pressentiment était avéré : ses sentiments s'étaient délités au soleil australien. Notre conversation l'avait déçu, il avait rencontré une autre fille sur place, plusieurs peut-être, la distance lui avait permis de réfléchir et de calmer un désir jugé désormais puéril… Je ne connaissais pas la raison de son changement de ton mais la distance n'était plus uniquement géographique. Ne disait-il pas que les lieux où il s'était trouvé « ne disposaient pas toujours d'une connexion à Internet » ? Pas toujours ne signifiait pas jamais. Donc, les fois où il avait eu l'opportunité de se connecter, il n'en avait pas eu envie. C'était clair, n'est-ce pas ? (Avis aux hommes : réfléchissez quelques secondes avant d'écrire un message, choisissez vos mots. Nous autres, femmes, sommes expertes en sémantique, et l'exégèse reste notre domaine réservé.)

En résumé, son message était celui d'un homme poli mais nullement amoureux.

Lui répondre ? Aucune envie. Et pour lui dire quoi ? Si je restais dans le même ton, je n'aurais pu lui envoyer que des mots aussi ternes que les siens, à mille lieues de ceux échangés jusqu'alors. Genre : « Salut, heureuse que tout se soit bien passé. Merci de prendre de mes nouvelles. Ça va bien. Bon retour en France. »

Mais je me mis à douter. Peut-être attendait-il quelques encouragements ? Après tout, je ne m'étais pas manifestée non plus durant ces six jours. J'avais attendu bêtement qu'il reprenne contact. Qui croit encore que les femmes doivent être passives dans la création d'une relation amoureuse (à part moi, je veux dire) ? Si ses sentiments étaient réels, il avait sûrement espéré un petit mot. Mais non, j'étais le genre de fille à réclamer des preuves d'intérêt, toujours plus de preuves ! Alors, déçu, il m'abordait désormais sur un ton neutre, me laissait le choix de l'orientation à donner à notre relation.

Incapable de me décider, je laissais ces questions tournoyer dans mon esprit jusqu'à m'étourdir. Qu'auraient fait les filles à ma place ? Qu'auraient-elles répondu ? J'eus recours à la projection-identification, moins pour trouver des idées que pour me détendre un peu.

Olga :

Au terme de six jours de silence je suis déçue de ne recevoir qu'un rapport d'activité ! Tu m'avais habituée, en peu de temps, à plus d'originalité, plus d'enthousiasme et de chaleur ! Allez, un effort ! Reste celui que j'ai aimé découvrir !

Oui, Olga aurait dit ce qu'elle pensait et espérait, de manière franche.

Candice, elle, aurait été tout aussi sincère mais sur un mode plus provocateur :

Hey ! Pourquoi ce ton soudainement cordial ? M'as-tu oubliée dans les bras d'une Australienne ? Ou une rencontre avec un kangourou agressif t'a fait perdre la mémoire et tes sentiments ? J'aurais dû te voir avant ton départ et t'embrasser… Tu n'aurais pas pu me gommer de ton esprit. Mais mon baiser est toujours disponible… à toi de décider si tu veux y goûter.

Et Dallia aurait été capable de lui répondre :

J'attends avec impatience ton retour, mon aventurier ! Et j'espère que tu auras envie de voyager sur mon corps avec autant d'enchantement que tu en as eu à explorer ce pays plein d'araignées venimeuses.

Quant à Sandrine, la réponse se serait faite cinglante :

Salut. Six jours auront suffi à ce que tu n'éprouves plus de sentiments pour moi et me pondes un message d'une banalité aussi affligeante que ta drague à deux balles... Je ne suis pas étonnée. Pas déçue non plus. En fait, je m'en tape le coquillard !

Je n'étais pas Olga, Dallia, Candice ou Sandrine mais Alice. Désespérément et lamentablement Alice.

Je n'allais donc pas répondre tout de suite. J'allais attendre, réfléchir, envisager la situation à froid. Il avait mis six jours à m'écrire, inutile de me précipiter.

Je réussis à tenir ma position... une heure. Faible femme. Et lui répondis sur le même ton. Non par calcul, mais parce qu'il m'était impossible de jouer un rôle, de mimer le détachement ou, au contraire, la légèreté. La connaissance des nuances qui composent la palette d'une relation de séduction réclame une subtilité que je ne possède pas naturellement et qui m'est, de toute façon, inaccessible quand je suis contrariée.

Bonjour,

Je vais bien, merci.

Contente d'apprendre que tout se passe bien pour toi et que ton reportage sera réussi.

Bonne fin de séjour et bon retour. Bises

Voilà... premier degré. Platitudes désespérantes, informations inintéressantes, politesse convenue. Il ne manquait qu'un « Je vous prie d'agréer l'expression de mes sincères salutations » (formule que je devais être la dernière à utiliser en fin de mail à la place des « cordialement », « bien à vous » ou même des « A+ » largement suffisants vu le peu de formalisme des messages électroniques) (mais, sincèrement, ces mots ne sont-ils pas vides de sens ? Par exemple, que veut dire « bien à vous » ? Et l'adverbe « cordialement » apporte-t-il une information nécessaire ou même sincère ? Quant à « A + »... je ne peux supporter cette écriture idiote qu'affectionnent les ados et que les adultes reprennent pour cacher leurs lacunes en orthographe ou paraître cool).

Je (Alice l'indécise) le relus et le trouvai évidemment trop froid ! Oui, j'avais été trop sèche et pas du tout cohérente puisque j'avais auparavant statué sur le fait qu'il me fallait être plus démonstrative. Il était encore temps d'ajouter quelques mots plus chaleureux, plus incitatifs. Mais lesquels ?

Toute marque d'affection du genre « Tu me manques », « J'ai hâte que tu reviennes » ou « Je me languis de toi » aurait été déplacée et m'aurait fait passer pour schizophrène.

M'intéresser à son voyage ? Possible, mais je me foutais complètement de savoir ce qu'il avait vu et qui il avait rencontré sur un continent dont je ne savais rien.

Lui proposer de nous rencontrer dès son retour ? Il croirait que j'étais séduite et impatiente de le voir (ce qui était vrai) (mais les femmes, enfin celles qui, comme moi, réfléchissent trop – et sont timides et en manque d'amour –, n'aiment pas exprimer les vérités qui les dévoilent).

Alors quoi ? Vite ! Je pouvais compléter mon message dans la minute sinon l'indicateur horaire dévoilerait mes hésitations !

« Words don't come easy to me
How can I find a way to make you see I love You
Words don't come easy »

S'il n'était pas (encore) question de lui dire que je l'aimais, force était de constater que les mots ne venaient pas !

Mais comment faisaient les autres femmes pour trouver le juste ton, savoir quoi dire et comment le formuler, se rendre intéressantes sans pour autant se mettre à nu ?

La minute passa et je dus me résoudre à en rester là. Il me fallait maintenant attendre sa réponse et essayer, cette fois-ci, de me montrer plus pertinente. Plus avenante même. Si toutefois, je ne l'avais pas définitivement convaincu de renoncer.

Marianne

VUE DE LOIN, cette histoire me paraissait plutôt bien partie. La distance compte dans le jugement que l'on peut porter sur un fait, un événement. Surtout quand il s'agit d'amour. Comprenez : lorsque vous vivez en province, Paris vous apparaît comme l'univers de tous les possibles. La ville des amoureux, le berceau du romantisme, le cadre cinématographique de tant d'histoires d'amour… Avec Paris pour décor, ce qu'Alice me racontait devenait plausible.

Je m'étais rendue plusieurs fois dans la capitale et avais eu l'occasion de la… démystifier : les trottoirs gris et sales, les SDF à tous les coins de rue, la mine triste des Parisiens épuisés par leur travail et les longs trajets dans des transports en commun inconfortables, les mauvaises odeurs… Si la « ville lumière » existait, sa luminescence restait confinée à quelques quartiers réservés à ceux possédant les moyens d'y loger, de s'y attabler ou d'y faire des achats. Malgré tout, le potentiel romantique subsistait : de nombreux couples venaient y roucouler, et ses rues paraissaient conserver les traces des passions dont elles avaient été témoins. Donc, bien que lucide, je persistais à imaginer qu'il puisse y naître de formidables histoires d'amour. Un peu comme un enfant regarderait le chapeau vide d'un magicien en espérant voir surgir un lapin.

Je m'étais d'emblée rangée du côté de ce prince aux attentions désuètes et pourtant si attendrissantes, et craignais qu'Alice ne soit pas à la hauteur de ses attentes. Elle pouvait être si rustre ! Ses années de solitude l'avaient enveloppée d'un voile qui opacifiait son rapport au monde, l'avaient privée de ses rares facultés relationnelles et avaient étouffé les braises de sentiments et de désir que sa « grande histoire d'amour » avec Édouard avait pu laisser subsister au fond de son cœur.

Par ses atermoiements, ses doutes, ses craintes aussi, elle risquait de tout faire foirer, d'amener son soupirant à ne plus déployer d'efforts pour la conquérir.

— Je n'arrive pas à y croire, Marianne, m'avait-elle confié. C'est une histoire trop grande pour moi. Un homme trop beau et trop intéressant. Je n'ai pas l'envergure pour ce genre de romance.

— Mais arrête de te dévaloriser ! m'étais-je emportée. C'est justement parce qu'il doit toujours être entouré de femmes belles et sûres d'elles qu'il doit t'apprécier.

— Je suis censée me sentir valorisée par ton raisonnement ?

— Ne sois pas bête, tu m'as tout à fait comprise. C'est un peu comme Edward et Vivian…

— Des amis à toi ?

— Non, les personnages de *Pretty Woman*.

— Et je serais Vivian ? Ça non plus je sais pas comment le prendre…

— Comme l'homme d'affaires campé par Richard Gère, Roman s'est lassé des beautés superficielles qui l'entourent depuis toujours et a été touché par ton authenticité.

— Mon authenticité ?

— Évidemment ! Toi, tu es vraie, tu es… pure.

— Bon, si tu continues, tu vas me dire vierge.

— Eh bien, parfois je me demande…

— Tu crois donc que je devrais…

— Lui écrire ! Être plus incisive ! Oui.

— Mais ce n'est pas moi ! Si je suis si authentique que ça, je ne peux pas jouer un rôle.

— Il ne s'agit pas de jouer mais… d'exister ! De répondre, d'être dans la relation ! Sinon il va finir par croire qu'il ne t'intéresse pas.

— S'il me fuit pour si peu c'est que ses sentiments ne sont pas sincères.

— Mais qui te parle de sentiments ? On est au début d'une histoire ! Il n'est peut-être pas encore tout à fait amoureux. Il a pressenti qu'il pouvait le devenir et tente de vérifier le potentiel de votre relation. Il est comme un chasseur qui a flairé un gibier, sent l'excitation le gagner mais reste conscient qu'il peut se tromper ou l'effrayer.

— Entre l'image de la prostituée de Hollywood Boulevard et celle de la biche innocente… Je ne suis pas sûre de savoir me positionner. Enfin, je suis ce que je suis ! Soit il m'apprécie, soit il renonce.

— C'est là que tu te trompes : il faut que tu changes ! Pas complètement, bien sûr. Personne n'y parvient. Mais tu dois accepter de modifier certaines caractéristiques de ton comportement. À quoi t'a menée ta psychorigidité, jusqu'ici ?

— Ma psychorigidité ? C'est ce que m'a dit Sandrine.

— Mais oui, ne pas vouloir changer, être certaine que l'on a raison même quand les faits démontrent le contraire… C'est être psychorigide ! Tu avances comme un zombie, tête baissée, abordant chaque heure comme un ouvrier à la chaîne s'attaque à sa nouvelle pièce : sans y penser, l'air absent, accablée par la monotonie de ta vie.

Il y eut un silence pendant lequel je l'entendis respirer avec difficulté.

— Tu ne m'as jamais parlé aussi durement, dit-elle enfin, la voix prise.

C'était faux. Je l'avais souvent secouée mais là elle se révélait plus fragile encore, plus perméable aux critiques. Cependant, je voulais que mes mots créent un électrochoc qui l'amènerait à faire face à ses contradictions. Nous étions suffisamment intimes pour tout nous dire sans jamais nous brouiller. J'en avais plus qu'assez de la voir se réfugier dans un rôle de petite fille boudant parce que injustement grondée ! Il fallait qu'elle cesse de jouer les victimes, de s'oublier, de se dévaloriser, afin… qu'elle cesse de me gonfler !

Je croyais agir en amie. J'étais sincère. Je pensais lui rendre service. La distance m'a trompée.

Alice

IL N'AVAIT PAS RÉPONDU. Mon message devait être trop insipide pour l'inciter à reprendre le fil de nos échanges. Il avait fait des efforts, s'était déclaré, et moi, pauvre idiote, j'avais attendu d'autres preuves de son intérêt. Bouche en cul de poule, petit doigt levé, je l'avais toisé. Étais-je subitement devenue orgueilleuse ? Non, impossible. L'orgueil est l'apanage des narcissiques, or, je ne m'aimais pas (ou si peu). Je m'étais seulement trouvée désemparée face à une situation qui me dépassait. Sandrine avait raison. Je devais oser ! Oser lui écrire, lui montrer mon intérêt. Oser entrer dans cette relation sans craintes ni complexes. Oser être une autre femme que cette fille timorée. Mais était-ce possible ? Peut-on changer de nature simplement en le décidant ? (Les questions étant seulement rhétoriques, ne tentez pas d'y répondre) (même si le débat qui en découlerait serait forcément intéressant).

Par contre, il était peut-être possible d'apprendre à composer, à jouer un rôle, à masquer mes travers ? Cesser d'être entière, de défendre mon territoire contre des ennemis invisibles, de faire de mes valeurs, de mes défauts, de mes peurs, aussi, des bornes au-delà desquelles je m'interdisais de m'aventurer. Marianne avait raison : mon intégrité ne m'avait menée nulle part.

Voilà où j'en étais de mes réflexions, le jour où Roman rentrait en France.

« S'il suffisait qu'on s'aime, s'il suffisait d'aimer
Si l'on pouvait changer les choses
et tout recommencer
S'il suffisait qu'on s'aime, s'il suffisait d'aimer
Nous ferions de ce rêve un monde
S'il suffisait d'aimer »

Céline Dion, maintenant… S'il suffisait… d'oser. OK, j'allais me forcer. Devenir schizophrène pour paraître plus avenante, plus ouverte et plus aventureuse. Comme toutes ces femmes qui parlaient d'amour, de prince charmant, mais n'hésitaient pas à aller sur AdopteUnMec pour calmer les débordements de leur libido. Elles parvenaient à glisser au milieu de courants contraires. À être princesses et femmes libérées à la fois, dans le désir romantique puis le fantasme décomplexé. Comprenez bien : je n'espérais pas leur ressembler et n'étais pas tentée par une quelconque forme de frénésie sexuelle (excepté dans certains fantasmes) (n'est-ce pas la fonction des fantasmes que de vous amener à vous imaginer tout autre ?), mais je les enviais de posséder ce pouvoir. Bien entendu, parfois, elles se trompaient, se perdaient, les voies entre lesquelles elles naviguaient n'étant pas aussi parallèles qu'elles le croyaient. Elles s'éloignaient lentement l'une de l'autre, rendant les passerelles plus longues et plus difficiles à franchir. Et, dans les cas extrêmes, quand chacune d'elles finissait par les conduire dans des mondes contradictoires, impossibles à concilier, certaines finissaient par s'effondrer, ne sachant plus qui elles étaient, quel avenir les attendait.

Même Olga, pourtant plus moderne que moi, raillait celles qui s'abandonnaient trop facilement. « Tu commences par t'inscrire sur Meetic dans l'espoir de rencontrer l'homme de ta vie, tu décides de patienter en allant chasser sur AdopteUnMec et tu finis par te retrouver sur MyEx le jour où un enfoiré décide de rendre publiques les photos que tu lui as envoyées, ou sur Jacquie et Michel si l'enfoiré en question t'a convaincue que tu étais libertine », avait-elle lancé un jour à ses copines pour les mettre en garde lors d'une pause-café. Je m'étais rendue sur ces sites pour voir de quoi il retournait et… avais été hantée plusieurs jours par ce que j'avais découvert.

Alors, oui, oser. Jouer à être une autre. Mais ne pas trop m'éloigner de celle que j'étais. Ne pas me perdre surtout. Mais bon, le pas de côté à faire n'était pas comparable aux grands écarts en question (sans jeux de mots).

Je m'étais donc connectée, résolue à faire un effort.

*

Salut. Tu me montreras quelques photos de ton voyage quand tu auras le temps ? J'ai toujours rêvé de l'Australie.

Voilà, c'est tout… mais cela représentait déjà une véritable prouesse pour moi. Je ne sais qui a dit que le progrès ne se mesure pas en termes de performance mais en regard des efforts accomplis (sans doute la mère d'un éternel perdant). Quoi qu'il en soit, cela me paraissait suffisant pour atteindre mon objectif. C'était une manière de le relancer, n'est-ce pas ? Certes pas celle qu'aurait choisie la majorité des femmes, mais j'étais depuis longtemps consciente de faire partie d'une minorité. Voire d'une espèce en voie de disparition.

J'étais perdue au cœur de mes pensées quand on tapa à ma porte trois coups forts qui me firent sursauter. Je n'étais pas coutumière des visites impromptues. La seule à venir à l'improviste, c'était Sandrine. Mais elle sonnait ou gratouillait la porte, ne cherchait pas à la briser.

J'avançai doucement, jetai un coup d'œil craintif dans le judas. Personne.

J'ouvris prudemment.

Et me retrouvai face à un pistolet.

Sandrine

Pendant des années, je me suis trituré les méninges en me demandant ce qui ne tournait pas rond dans ce monde. Je ne parle pas d'une réflexion philosophique genre « quel est le sens de la vie », ni d'engagement politique en vue de l'avènement du Grand Soir et encore moins d'une analyse géopolitique censée expliquer les disparités entre le Nord et le Sud ou les raisons des guerres meurtrières. D'ailleurs, je ne me posais pas la question en termes clairs. Et ce n'est pas le monde que je fustigeais mais… moi. En fait, plus jeune, mes perceptions, mes émotions me renvoyaient perpétuellement à un état d'insatisfaction qui me poussait à douter de l'intérêt de mon existence et m'amenait à lister les tares qui m'excluraient à jamais de la communauté des gens heureux. Car il s'agit toujours de cela, n'est-ce pas ? Tout le monde aspire à être heureux ! Et je pensais que le seul moyen de résoudre l'équation du bonheur était de m'attaquer à son élément le plus faible : bibi ! Moi, quoi ! Et y avait du boulot ! J'étais moche, grosse, pas très cultivée, pas fortunée, et j'avais d'autres défauts qu'il me paraît tout à fait inutile de tartiner ici… Bref, les causes de l'échec annoncé tenaient autant à l'hérédité qu'à l'absence de lucidité qui me poussait à prendre les mauvaises décisions, à ne pas engager les efforts nécessaires. J'avais essayé tant de fois de corriger les données. Phase 1 : les régimes, les changements de look, le sport. En vain. Je parvenais seulement à décliner le sens du mot disgrâce sur la gamme du ridicule. Je m'étais donc résolue à modifier l'autre aspect de mon être : ma personnalité. Je m'étais plongée dans des lectures censées ouvrir mes chakras aux curiosités culturelles et scientifiques, espérant séduire par mon esprit, mon intelligence. J'imaginais que les intellectuels pouvaient succomber à une femme intelligente sans considération pour son physique. La blague ! Étant pour la plupart entourés de femmes comme moi, ils fantasmaient plutôt sur les bimbos dont les esprits vides se révélaient aussi reposants que leurs corps étaient chargés de promesses. J'avais rapidement fini par me décourager et me sentir encore plus malheureuse et plus seule encore.

Je m'étais alors dit que, s'il m'était impossible de changer cette valeur de l'équation, il fallait reconsidérer son résultat : le bonheur. Existait-il ? Ceux qui semblaient heureux, l'étaient-ils réellement ? Que nenni ! Les gens heureux ne l'étaient toujours qu'aux yeux des autres mais eux-mêmes étaient en proie à des doutes, des insatisfactions qui les éloignaient de la jouissance de leur situation. Le bonheur n'était pas un état mais une perception, qui plus est fugace. Un sentiment de plénitude passager que ternissaient les menaces alentour ou que le moment suivant balayait. Vous me suivez toujours, là ? C'est pas parce que j'aligne deux ou trois pensées supposées profondes qu'il faut me lâcher ! Je compris donc que seule la succession de ces moments de plaisir créait l'illusion du bonheur. En fait, le bonheur était un concept et une réalité mort-nés. Pourquoi ? Parce qu'il ne pouvait exister dans une société qui conduisait chacun à se comparer aux autres. Eh oui, là était le blême ! Les femmes se jaugeaient par rapport à leurs amies, aux mannequins des magazines, les hommes à ceux dont la maison, la voiture, l'épouse, la situation professionnelle étaient plus belles, ce qui revenait à comparer la taille de leur quéquette. Et de la comparaison naissent toujours la jalousie, la frustration, puis le sentiment d'échec. Nous n'étions pas la bonne personne, pas au bon endroit, pas dans la bonne file lors de la distribution des atouts, mal servis par le destin.

J'avais donc pris la décision de cesser de me mesurer aux autres et de m'accepter telle que j'étais. J'étais grosse : et alors ? J'aimais manger et pouvais m'offrir des moments de plaisirs culinaires, bonheur qu'aucun de ces mannequins anorexiques ne connaîtrait jamais. Je n'avais pas un boulot passionnant ? Peu importait puis qu'il me permettait de gagner assez de flouze pour vivre décemment et satisfaire ma gourmandise. Mon appartement était petit ? Il suffisait à une femme seule. Je n'avais pas d'amoureux ? Je pouvais organiser ma vie comme je le souhaitais, n'avais pas à supporter la présence d'un homme qui, à la longue, s'avérerait forcément être un emmerdeur. Et ma situation m'offrait une liberté : celle de rêver ! Les romans de Marc Levy ou d'autres étaient des voyages à travers l'espace, le temps et les soucis, que je dévorais sans jamais être dérangée.

D'ailleurs, Einstein n'a-t-il pas écrit « qu'une vie tranquille et modeste apporte plus de joie que la recherche du succès qui implique une agitation permanente » ? Ça vous en bouche un coin que je cite Einstein, n'est-ce pas ? Bon, sincèrement, même si le moustachu à la langue pendante et moi partageons les mêmes idées sur le bonheur, je reconnais n'entraver que dalle au reste de ses théories. Faut pas pousser même dans les orties !

Pourquoi je vous dis tout ça ?

Ah oui… Parce que la môme Alice était au moment précis de sa vie où elle devait faire un choix : se satisfaire de ses atouts, ses désirs, ou continuer à prendre ses rêves pour des réalités. Elle devait impérativement changer certains aspects de sa personnalité afin de se réconcilier avec elle-même et s'intégrer à la société. Or, l'histoire qu'elle vivait l'emportait sur les chemins de « l'agitation permanente » que le gars Einstein suspectait, à raison, d'être vaine.

Bon, allez… Pour être tout à fait franche, si je partage avec vous cette réflexion, c'est également parce que je ne veux pas passer pour la fofolle de service dans cette histoire. Et exprimer quelques pseudo-pensées profondes donne du corps à mon personnage.

Par ailleurs, si j'étais convaincue qu'Alice devait changer ou faire son deuil du bonheur illusoire après lequel elle courait, j'étais loin d'imaginer qu'elle opérerait une métamorphose qui la conduirait à faire face aux épreuves qu'elle a ensuite dû endurer. Ni des conséquences que cela aurait sur moi.

Bref, nous ne sommes que des particules folles dans un monde fou.

C'est un peu ça la théorie de la relativité, non ?

Alice

En fait, Sandrine n'était pas la seule à se permettre de surgir sans prévenir.

J'essayai de reprendre ma respiration, de calmer les affolements de mon cœur et de retrouver l'usage de la parole pour laisser exploser ma colère (et ma déception) au visage fripé de mon voisin.

Voyant que sa farce ne me faisait pas rire, monsieur Gaillard m'offrit un air dépité.

— Je vous ai fait peur ?

— Bien sûr ! Ce n'est pas drôle du tout !

— Désolé. Quand on est vieux, on perd le sens de l'humour, marmonna-t-il, désappointé. Je suis vraiment confus.

Face à son dépit, ma fureur s'envola.

— En fait, j'ai acquis cette magnifique arme ce matin et je voulais vous la montrer.

La solitude du vieil homme fit écho à la mienne et, de guerre lasse, je le laissai entrer.

— Vous n'avez toujours pas fait changer vos serrures, reprocha-t-il en observant ma porte.

— Je n'en ai pas eu le temps.

Il tentait de me convaincre depuis plusieurs mois d'adopter un système plus sûr. Selon lui, les prédateurs qui sillonnaient la ville – et son esprit torturé – ne mettraient pas plus de trente secondes à pénétrer chez moi.

— Je vous l'ai déjà dit, la moindre petite racaille saura crocheter ces vieilles serrures en moins de temps qu'il n'en faut à un basané pour arracher le sac d'une vieille femme sur la voie publique !

Je n'étais pas sûre de pouvoir supporter ses débordements racistes et sécuritaires ce jour-là. J'acceptais ses excès en les mettant sur le compte de la perte de ses facultés mentales mais me demandais souvent s'il avait toujours été aussi stupidement paranoïaque et xénophobe ou si sa raison avait subi la lente érosion du temps et de la solitude. Mais il était trop tard pour regretter mon hospitalité. Monsieur Gaillard était maintenant assis sur mon canapé et attendait que je vienne lui tenir compagnie.

— En fait, j'ai acheté ce pistolet pour vous.

— Pardon ?

— Oui, je me suis dit qu'il fallait que vous ayez une arme. Les rues sont de moins en moins sûres et je me fais du souci pour vous.

— Il est hors de question que je prenne cette… C'est très gentil de vous soucier de ma sécurité, mais non, je n'ai pas besoin de pistolet !

— Quelle inconsciente vous faites !

Il commença alors à énumérer les nombreuses agressions commises dans le voisinage puis étendit son rapport à la ville tout entière. Si je ne l'avais pas interrompu, il aurait sans doute continué à me citer les horreurs survenues au-delà des frontières. Comment pouvait-il savoir ce qui se passait dans le quartier alors qu'il ne sortait jamais ? C'est la question que je lui posai afin d'interrompre sa revue criminelle.

— Internet ! déclara-t-il fièrement.

— Vous… utilisez Internet ?

— Oui. J'ai appris. Un jeune homme est venu me donner des cours. Un garçon très compétent. Pas français, mais compétent. Je… surfe, comme ils disent ! clama-t-il fièrement.

— Vous surfez… répétai-je, abasourdie.

— Oui. Et je suis abonné à plein de blogs et de chaînes YouTube sur la délinquance, la sécurité et l'autodéfense. Je suis bien renseigné ! Connaissez-vous le nombre de femmes dans votre tranche d'âge et seules qui se sont fait violer ces douze derniers mois ?

— Non, mais je ne veux pas le savoir.

— La méconnaissance des dangers est la première cause de la vulnérabilité. Le fait de ne pas se défendre en est une autre. Autant vous dire que vous apparaîtriez dans les premières places des potentielles victimes. Vous devez pouvoir vous défendre, mademoiselle Aline. D'où l'idée de vous offrir cette arme de collection.

Il l'exhiba à nouveau comme si son esthétique pouvait suffire à me convaincre.

— C'est très gentil mais je n'en veux pas, dis-je sur le ton le plus catégorique possible (qui équivaut à celui qu'un être humain normal utilise pour demander son chemin).

— Vous refusez mon cadeau ? s'exclama-t-il, vexé.

— Non. Enfin, oui ! Je ne veux pas de pistolet. Et en plus, il est interdit de se promener avec une arme !

— C'est une arme de dissuasion. Une réplique. Un jouet quoi ! Elle ne fonctionne pas. N'importe quel policier comprendra qu'une femme seule se protège des voyous en portant un tel objet, qui plus est, inoffensif. Et puis vous avez peu de chance de vous faire fouiller. Vous ne correspondez pas au profil des suspects contrôlés par la police. Vous avez un visage bien de chez nous !

Déconcertée par ses propos, je refusai une nouvelle fois son offre.

— Pas question que je le reprenne ! déclara-t-il sur un ton péremptoire. S'il vous arrivait quelque chose, je m'en voudrais toute ma vie !

Quel optimisme ! pensai-je. Comment un homme qui devait approcher les quatre-vingt-dix ans pouvait-il encore utiliser une telle expression ?

— Si vous ne le reprenez pas, je le jetterai, affirmai-je.

Cette fois-ci, j'avais dû être suffisamment convaincante car il se leva, me toisa, le saisit et s'en alla en grommelant encore quelques mots au sujet de l'insouciance dont je faisais preuve.

Albert Gaillard

ELLE AVAIT REJETÉ mon cadeau ! Quel toupet ! Quel manque de savoir-vivre ! Quelle irresponsabilité, surtout ! Pourquoi refusait-elle de voir la réalité en face ? Les rues grouillent de déséquilibrés à la recherche de proies faciles. Et elle avait le profil type de la victime : elle était jolie, si l'on aimait les maigrichonnes, vivait seule, n'avait pas de famille sur Paris, entretenait très peu de relations avec son entourage (elle ne sortait jamais, sauf pour se rendre chez la grosse folle du dessus), était d'une naïveté confondante, et je la suspectais d'être romantique. Les violeurs, les escrocs et les tueurs en série qui quadrillaient la ville n'en auraient fait qu'une bouchée !

Mais je veillais. Derrière ma porte, j'observais les allées et venues, guettais les moindres bruits et me tenais prêt à intervenir.

Oh bien sûr, elle me prenait pour un vieux fou. Comme la plupart des voisins, habitants et commerçants du coin, ces apôtres du « vivre ensemble », prêts à nier les dangers pour continuer à croire qu'ils habitaient le meilleur des mondes possibles. Certains m'évitaient, d'autres m'adressaient la parole avec condescendance et les plus francs, ou plutôt ceux dont la bêtise se manifestait sans pudeur, se moquaient de moi. La gamine était différente. Sa gentillesse se devinait dans l'étonnement qu'elle affichait malgré elle lorsque je lui faisais part de mes craintes. Elle n'appréciait pas mes sorties sur les étrangers mais me laissait parler. Nous étions tous les deux seuls et cela suffisait à susciter sa compassion. Ce qui me laissait penser qu'elle serait sujette au syndrome de Stockholm en cas d'agression. Oui, elle était du genre à trouver des circonstances atténuantes à ceux qui la martyriseraient.

Si j'avais eu vingt ans de moins et elle vingt kilos de plus… j'aurais peut-être tenté de la séduire. Elle avait besoin d'avoir un homme, un vrai, et j'aurais pu être celui-là. Mais il me restait autant d'années à vivre que de dents. Si la bagatelle et le tralala amoureux étaient finis pour moi, je pouvais encore être utile en aidant la petite. D'où ma tentative de l'armer. Malgré son refus, je n'allais pas baisser les bras.

En regard des événements survenus depuis, et de leurs conséquences, qu'il me faut désormais assumer, vous pensez sans doute que j'ai commis une erreur en persévérant. Mais si on analyse les faits… j'avais raison. Bon, je me suis juste trompé au sujet de l'agression dont elle allait être victime. Celle-ci n'était dans aucune statistique, n'avait pas eu de précédent. Mais elle résulte aussi de la dépravation de notre époque, n'est-ce pas ? Et, pour dire vrai, je suis assez fier du rôle que j'y ai joué, croyez-moi !

QUATRIÈME PARTIE

L'HISTOIRE D'ALICE ET ANTOINE

Alice

UN ALBUM DE PHOTOS… voilà quelle fut sa réponse à mon dernier message ! Des paysages, des visages d'aborigènes et de surfeurs… Je voulais en savoir plus sur son voyage ? Il obtempérait et m'envoyait poliment un lien vers une série de clichés, certes beaux, mais terriblement caricaturaux. Sans rapport avec mes attentes.

Je les visionnai rapidement, espérant qu'une image révélerait la cause de sa perte d'intérêt pour moi. La photo d'une belle Australienne lui souriant amoureusement, par exemple. Ou, au contraire, des clichés qui m'auraient été destinés comme une scène romantique sous-entendant une invitation. Mais non, rien. Ce n'était qu'un album banal envoyé par un ami à son retour de vacances.

J'avais donc foiré ce début de relation. Il fallait me résigner, accepter mon échec, faire le deuil de mes espoirs, retourner à ma vie monacale. J'étais fautive. Conne. Irrécupérable. Étais-je meurtrie ? Non, plutôt terriblement déçue. Une histoire aussi romantique ne survient qu'une fois dans une vie (et pas dans toutes les vies) et j'avais été incapable de saisir ma chance. Mais, comme l'avait suggéré Olga, je pourrais plus tard regarder cette expérience sous un angle positif : j'aurais, au moins une fois, éprouvé des émotions folles ; et j'avais été considérée, avec intérêt et envie, par celles qui jusque-là étaient sur le point d'oublier mon prénom.

Je devais me résigner : les connes, comme les grenouilles, ne se métamorphosent jamais en princesses. Surtout quand elles ne laissent pas au prince la possibilité de leur donner un baiser.

*

« *It wasn't love, it wasn't love*
It was a perfect illusion
Mistaken for love, it wasn't love
It was a perfect illusion
You were a perfect illusion »

C'est à mes collègues que je pensais en arrivant au bureau ce matin-là, berçant ma désillusion sur les paroles de Lady Gaga. J'allais les décevoir et rétrograder dans leur estime (retour au degré 3 ?). Pire ! L'anonymat dans lequel je m'estompais quelques semaines auparavant me paraîtrait sans doute fantastique en regard du mépris qu'elles afficheraient envers celle incapable d'être à la hauteur du conte de fées qu'elles auraient rêvé vivre.

Il n'en fut rien. Durant le déjeuner, assaillie de questions, je m'expliquai, me justifiai, et elles parurent comprendre.

— Bon, OK, t'es pas une séductrice, tu ne sais pas jouer avec les hommes, tu ne sais même pas leur parler mais…

Candice chercha ses mots et nous restâmes suspendues à ses lèvres, nous demandant comment la fin de sa phrase allait pouvoir contrebalancer cette sombre, mais réaliste, description.

— Mais… c'est sans doute pour cela qu'il a craqué sur toi ! s'exclama-t-elle, heureuse d'avoir pu formuler son idée. Parce que tu es différente de nous, des autres femmes.

— C'est vrai, intervint Olga. Tu es sincère, entière et tu n'aurais pas pu jouer un rôle, même coachée par nous.

— Mais il a perdu son enthousiasme, sa fougue, argumentai-je. Il répond froidement et se contente d'envoyer des photos quand je montre de l'intérêt pour son voyage.

— Il est peut-être très occupé ou doit faire face à des ennuis, suggéra Candice.

— Il a peut-être attrapé une maladie bizarre qui efface les émotions ! proposa Dallia.

— Mais toi, que veux-tu exactement ? l'interrompit Olga en plongeant ses yeux dans les miens.

— C'est-à-dire ?

— Qu'attends-tu de cet homme ?

La question me parut complexe. Qu'espérais-je vraiment ? Ou, plutôt, comment formuler mes désirs sans passer pour une désespérée ?

— Je sais pas… Le rencontrer, le connaître, savoir si, une fois face à moi, il se montrerait toujours intéressé.

— Mais encore ?

— Je ne comprends pas.

— Quel pourrait être le scénario idéal ? Celui qui ferait de toi une femme heureuse ?

J'hésitai à me livrer. Puis, soudain, mes défenses tombèrent et, les yeux embués, je me mis à parler.

— Eh bien… Jusque-là, je pensais être nulle, inintéressante, transparente même. Je commençais à m'habituer à la solitude, à organiser ma vie autour de petites joies, comme mon amie Sandrine. Mais une petite voix au fond de moi me racontait autre chose, murmurait de belles pensées, des histoires d'amour dont je pourrais devenir le personnage principal. Quand je l'entendais… j'avais honte. Mais pour qui je me prenais ? Je n'étais pas jolie, pas attirante, alors, comment oser espérer qu'un homme s'intéresse à moi ? J'étouffais ces chuchotements espérant qu'ils finiraient par se lasser d'attiser mes fantasmes, qu'une fois résignée je pourrais envisager ma vie de manière plus sereine. Et puis il y a eu cette rose, cet homme, ces messages. Je n'ai pas osé y croire mais, petit à petit, je me suis dit… pourquoi pas ? Pourquoi pas moi ? J'ai déjà vu des couples fantastiques où l'un des membres ne paraissait pas particulièrement séduisant, intelligent, intéressant. Des couples qui, au regard des autres, paraissaient mal assortis mais qui vivaient une relation harmonieuse, passionnée, fondée sur une complémentarité n'appartenant qu'à eux. Alors, j'ai commencé à y croire. Vous m'y avez aidée aussi. Et la voix s'est amplifiée, a occupé mon cerveau, dominé mes pensées. Et j'ai aimé ça. J'ai aimé l'idée qu'un homme me désire, qu'il mette en œuvre des stratégies pour me séduire. Je me suis sentie importante. Enfin…

intéressante, du moins. Et j'ai espéré que cette histoire me conduise là où je n'espérais plus aller. Du coup, je me suis un peu perdue. Ce qui m'arrive est si étonnant, si perturbant. Je ne sais plus quoi en penser ni comment réagir. Ni qui je suis, en fait. Alors... ce que j'attends de cet homme ? Qu'il me dise qu'il ne s'intéresse plus à moi, m'explique pourquoi et me laisse retourner à ma vie d'avant. Ou, puisque ta question concernait le scénario idéal... qu'il comprenne que je ne sais pas jouer et... qu'il sache m'aimer comme je suis.

Je relevai les yeux pour découvrir les leurs, inondés de larmes. Ceux d'Olga et Dallia, du moins. Candice, elle, paraissait concentrée.

— Mince, que tu parles bien ! s'exclama Dallia en saisissant un Kleenex dans son sac. Aussi bien que Brooke.

— Qui ? demanda Candice, sortant de sa torpeur.

— Brooke Logan-Forrester, dans *Amour, Gloire et Beauté.*

— Écoute... Je t'assure que tu mérites d'être aimée, murmura Olga. Tout le monde mérite de l'être. Et si ce n'est pas lui, tant pis. Il y en aura d'autres. L'important est que tu aies laissé la voix dont tu parles s'exprimer à nouveau, que tu te fasses confiance, que tu t'ouvres aux autres, acceptes de sortir et de rencontrer du monde.

— Oui, et que tu ailles chasser des mecs sur les sites de rencontres ! s'emballa Dallia.

— Dallia, s'il te plaît ! lâcha Olga, agacée. On est tous capables de faire un effort pour changer mais il ne faut pas non plus chercher à devenir ce que l'on n'est pas.

— Justement, intervins-je, je suis incapable de m'éloigner de celle que je suis. Je peux faire des efforts, essayer d'amoindrir quelques défauts, mais j'ai compris que je ne pourrai jamais changer de personnalité.

— Je suis d'accord avec toi, répondit Olga. Mais tu dois à tout prix éviter de te refermer et multiplier les occasions de rencontrer du monde.

— Bon, laissons les choses évoluer et nous verrons bien, trancha Candice. D'ici là, il faut que tu te divertisses. Il y a une super soirée organisée par une grosse société de production audiovisuelle. On a pu se faire inviter. Tu vas nous y accompagner, OK ?

Sa sollicitude me toucha.

— Je ne sais pas…

— Ne nous fais pas croire que tu as prévu autre chose.

— Allez, dis oui ! insista Dallia.

— Bon… pourquoi pas ?

— Génial, s'exclama Candice. Allez, debout ! On est un peu en retard.

*

Je retournai au bureau plus sereine. Mettre des mots sur mes sentiments m'avait apaisée. Et j'étais heureuse de m'être confiée. Même si cette histoire ne menait nulle part, elle m'aurait au moins permis de m'enrichir : j'avais retrouvé un peu d'estime de moi et étais passée au degré 10 de l'ESE.

— Comment allez-vous, Alice ? demanda Fantin quand j'arrivai.

— Heu… Bien.

— Tant mieux. Pas mal de boulot nous attend et je compte sur vous, annonça-t-il, souriant.

À ce moment-là de l'histoire, j'étais heureuse.

Sandrine

Elle était belle comme un cœur !

À l'approche de la soirée, elle s'était mise à paniquer et avait listé toutes les raisons d'y renoncer : elle n'avait pas de fringues, n'était pas coiffée, ne se sentirait pas à l'aise… Entre excitation et crainte, elle avait éclaté en sanglots.

— Je suis pas faite pour ce genre de fête, Sandrine ! Je vais être nulle, gauche.

— Voilà qu'elle a les jetons, maintenant ! Mais non, tu ne seras pas nulle ! Gauche, oui, sûrement, on ne transforme pas une mule en cheval de course, mais tu t'en fous ! On ne te demandera pas de parler. Il y aura sans doute plein de monde, que des frimeurs, des pétasses, des nouveaux riches et des Rastignac. Tu vaqueras de-ci de-là avec une coupe de champagne à la main, goberas un toast, salueras d'un léger mouvement de tête les rombières qui te regarderont jalousement.

J'avais mimé la scène, pris des airs de duchesse (enfin telles que je m'imaginais les duchesses et avec les moyens offerts par ma corpulence) et l'avais fait sourire.

— Plus sérieusement, si tu te débrouilles bien, tu arriveras même à faire passer ta timidité pour du mystère.

La sentant fébrile, j'avais décidé de la prendre en main.

— Bon, on va aller t'acheter une robe et te conduire chez le coiffeur.

— Tu crois ?

— Oui, ça calmera tes craintes. Avec une jolie tenue et une belle coiffure, tu te sentiras plus confiante.

Et nous étions donc parties pour un après-midi shopping ! Non mais, vous m'imaginez faire les boutiques de mode et choisir une robe pour une soirée de péteux ? Moi qui achète mes vêtements dans les fripes ou dans les grandes surfaces ! Mais si je l'avais laissée seule, elle aurait renoncé à sortir. Remarquez, j'ai découvert un nouveau monde. Les vendeuses sirupeuses, les décors pompeux et… les prix ! Mon Dieu ça coûte un bras de se déguiser en Parisienne ! Alice était aussi désorientée que moi. Et moi, pas la mieux placée pour l'aider à choisir. Des vendeuses malignes avaient tenté de profiter de sa naïveté pour lui coller des sapes hors de prix. Mais je veillais.

Nous avions parcouru les grands boulevards, traversé la place de la République, avions remonté l'avenue du même nom, pour enfin trouver dans une petite boutique, tenue par une charmante dame, une robe noire assez simple mais jolie. La propriétaire avait su rassurer Alice, lui donner quelques judicieux conseils sur la manière de la porter, et lui avait conseillé un coiffeur et une esthéticienne à proximité de la rue Saint-Maur. Je l'avais accompagnée et l'avais laissée se faire bichonner pour foncer me requinquer à la pâtisserie Jacques.

Quand elle était apparue, je ne l'avais pas reconnue. C'est son air embarrassé pendant qu'elle me cherchait qui m'avait fait percuter. Ses cheveux étaient plus courts et coiffés genre présentatrice du journal télévisé. On voyait enfin son visage. Et quel visage ! L'eye-liner soulignait à merveille ses beaux yeux, le fard à paupières lui donnait l'air langoureux qu'ont les actrices de cinéma, le blush faisait ressortir ses pommettes et le rouge à lèvres mettait en valeur le dessin parfait de ses lèvres. Une vraie transformation ! Je m'étais levée pour lui faire signe et, quand elle s'était approchée, j'avais compris qu'elle n'était pas contente du tout.

— Ce n'est pas moi, ça, Sandrine ! Je ne me reconnais plus !

— T'es magnifique ! Une vraie star !

— Non, j'aime pas du tout ! Je ne peux pas y aller comme ça !

Il avait fallu toute ma finesse psychologique pour la rassurer et lui faire admettre qu'elle était jolie. Aidée en cela par tous les prédateurs qui, sur son passage, n'avaient pas manqué de se retourner.

Une fois rentrées, je l'avais laissée se préparer pendant que j'allais mitonner le repas qui allait agrémenter ma soirée.

Une heure plus tard, elle vint toquer à ma porte, surexcitée.

— Il m'a écrit !

Alice

Un message ! Après avoir enfilé ma robe, prête très en avance, je m'étais connectée pour passer le temps et avais découvert un message de Roman.

— Bonsoir Alice ! Comment vas-tu ? Désolé de ne pas avoir pris plus de temps pour te répondre mais j'étais assez occupé. Le reportage a failli être refusé par la chaîne et nous avons passé nos journées et nos nuits à remonter les images. C'est bientôt terminé et je serai enfin disponible !

Il avait été envoyé une heure auparavant. Surprise, ravie, survoltée, je le relus plusieurs fois. Je n'étais donc pas en cause ! Il avait simplement été accaparé par son travail et se disait disponible… Pour moi ? Je répondis aussitôt.

— Je pensais que tu m'avais oubliée.

Voilà, une phrase simple, efficace, qui révélait la nouvelle Alice. Celle que j'avais découverte dans le miroir et qui, après m'avoir affolée, avait fini par me plaire. Une Alice presque jolie, plus sûre d'elle.

Si les couches de maquillage me paraissaient exagérées, elles étaient également une sorte de masque derrière lequel je pouvais me cacher. Et, à la fête, rougir à loisir sans que personne né s'en rende compte.

Quelques secondes plus tard, il se connecta.

— Je suis désolé de t'avoir donné cette impression. Je saurai me faire pardonner.

— Oui, maintenant que tu es plus disponible… On va enfin pouvoir se rencontrer ?

— Tu le veux ?

— Forcément. Je suis curieuse de savoir qui tu es.

Je m'étonnais moi-même ! Heureuse de le voir revenir, je m'exprimais (presque) sans retenue, lui proposais une rencontre…

— Que fais-tu ce soir ?

S'agissait-il d'une question ou d'une invitation ? Je paniquai. J'avais été disponible tous les samedis soir (et même tous les soirs) depuis mon arrivée à Paris. Et, pour une fois que se présentait l'occasion de sortir avec des amies, c'est-à-dire de faire comme toutes les célibataires soucieuses de profiter des joies de la vie parisienne, un homme voulait m'inviter. Il fallait trouver une réponse susceptible de me faire passer pour une fille normale tout en lui laissant la possibilité de me proposer de nous voir.

— Je sors avec des amies. Je n'en ai pas vraiment envie mais elles tiennent à ce que je me joigne à elles.
— Très bien.

Comment ça très bien ? Il s'avouait déjà vaincu ? Je devais le relancer. Je m'en sentais capable.

— Pourquoi cette question ?
— J'étais censé me rendre à une fête ce soir également, et j'ai un temps pensé à te demander de m'y accompagner. Mais j'ai encore des détails à régler concernant le reportage.

Il y avait pensé, ce qui me réjouissait, mais ne pouvait pas, ce qui me désolait.

— Soirée filles, donc ?
— Pas vraiment. C'est une soirée organisée par une société de production concurrente.
— La Soirée des Espoirs ?
— Oui.
— C'est celle à laquelle je devais me rendre !

Devais-je être étonnée que nous soyons conviés à la même fête (sur le mode « que le monde est petit ») ou, là aussi, simplement déçue qu'il n'y aille pas ?

— Pas vraiment étonnant : nous travaillons dans le même secteur d'activité. Dommage que tu ne puisses venir.

— Écoute… C'est vraiment trop rageant. Si je réussis à boucler le travail qu'il me reste suffisamment tôt, je t'y rejoindrai.

À nouveau, je fus partagée entre deux sentiments. Le voir le soir même répondrait à mon désir d'être enfin fixée (d'autant que j'étais plutôt à mon avantage), mais j'avais aussi espéré une première rencontre plus… spéciale. Le découvrir au milieu d'une foule, sous les regards curieux de mes amies, ne se révélait pas être des conditions idéales.

— Ce serait génial !

— Je ne te promets rien, OK ? Je vais tout faire pour, mais cela ne dépend pas que de moi.

— Je comprends. Mais si tu viens, comment ferai-je pour te reconnaître ? Après tout, je n'ai vu qu'une photo de toi.

— Une photo de moi ?

— Celle de ton profil.

— Ah ! En fait… ce n'est pas moi.

— …

— C'est une photo de Josh Hartnett. Issue d'un reportage réalisé à Hollywood.

J'étais sonnée ! Voilà deux semaines que je pensais à lui en lui donnant ces traits. C'était ce mec que je trouvais beau, que j'avais envie de rencontrer. Je me sentis brusquement flouée, trahie, même. Car alors, à quoi ressemblait Roman ?

— Ce n'est pas fair play. Je t'imagine sous ces traits depuis que j'ai découvert ton profil.

— Je suis désolé. Je ne poste jamais de photos de moi.
— Mais à quoi ressembles-tu, alors ?
— Serais-tu le genre de fille à ne t'intéresser qu'à la beauté ?

Typiquement le genre de question qu'aurait posée un homme laid. Une question désobligeante car elle pouvait également indiquer que mon physique n'avait en rien joué sur sa propre attirance (ce que je pouvais comprendre) (mais bon, l'espoir est un feu qui ne s'éteint jamais, n'est-ce pas ?).

— La beauté n'est pas déterminante mais elle participe à l'attirance physique.
— Tu as toujours réponse à tout ?
— Non, pas toujours.
(En fait, seulement ce soir.)
— Bon, pour te rassurer, on me dit bel homme.

Qui ? Sa mère ? Sa sœur ? Devais-je lui demander une photo ? Après tout, le contexte s'y prêtait. Mais mon crédit d'audace étant épuisé, je n'en fis rien.

— Donc je n'ai aucune chance de te reconnaître ce soir.
— C'est plus excitant, non ? Mais moi, je te reconnaîtrai.

Il jouait avec moi et, en fin de compte, cela me plaisait. J'étais surtout contente que nous soyons revenus à une relation de séduction. La complicité qui se dessinait ajoutait à mon plaisir.

— Pas sûr… une esthéticienne a pris mon visage pour une toile et a réalisé un tableau abstrait.

— Ne t'inquiète pas, même derrière un masque je saurais t'identifier.

— Je suis donc supposée attendre et espérer ?

— Non. Si tu voulais bien me donner ton numéro de portable, je pourrais te prévenir.

Enfin ! C'était un pas important dans notre relation. J'en étais ravie. Même si, pour être tout à fait sincère, l'idée de lui parler au téléphone était une source d'anxiété. Face à mon écran, je pouvais composer mes réponses à mon rythme, sans être vue. Échanger en temps réel réclamerait une repartie que je n'avais pas, révélerait mes hésitations. Mais, au moins, notre relation progressait.

Nous échangeâmes les numéros.

*

J'avais une image assez caricaturale du genre de soirée à laquelle je me rendais. La même que Sandrine. Et la réalité se révéla proche des clichés diffusés par les magazines people.

Dans une magnifique salle de réception de style Second Empire, surplombée par un majestueux dôme, plus de trois cents personnes s'entassaient autour des buffets dans une ambiance surfaite. Des exhibitionnistes se mêlaient aux voyeurs sociaux. Certains rivalisaient d'ingéniosité pour paraître importants : poses théâtrales, airs prétendument distingués, morgue affirmée, cordialité factice… Ils composaient leur propre public, cherchant à jauger leur importance, leur notoriété en regard de celle des autres, frémissaient quand un people ou un patron médiatique traversait la salle, se courbaient devant les uns, se rengorgeaient devant les autres.

Je restai muette devant ces rôles et la variété des interprétations, et je fus capable de distinguer les plus expérimentés, au jeu sûr, dédaignant leur supposé public, des débutants, dont les regards agités cherchaient à évaluer l'impact de leurs efforts sur leurs voisins.

Je me sentis immédiatement mal à l'aise. Je n'avais rien à faire ici, rien à dire, rien à montrer, aucune connaissance des codes en vigueur. J'étais l'erreur de casting, celle dont la mystification serait rapidement mise à jour. Puis je repérai d'autres imposteurs qui, comme moi, tentaient de trouver une contenance, se cachaient dans un angle, ou bien, au contraire, bougeaient leurs corps au rythme de la musique pour feindre la décontraction. Je pensai à ce personnage qu'Albert Cohen avait si bien décrit dans le roman *Solal*, cet anonyme ravi de se retrouver dans une soirée mondaine mais terriblement embarrassé de ne compter pour personne, traversant sans cesse la salle pour donner l'impression d'aller à la rencontre d'un invité, souriant à ses voisins de se voir intégré à leur conversation. Pour ma part, je pris le parti de me calfeutrer dans un coin tranquille en attendant mes amies.

Un serveur me présenta un plateau de coupes de champagne. Je refusai dans un stupide réflexe hérité de mon éducation familiale. Selon mes parents, la politesse exigeait de refuser une première fois et d'attendre que l'on insiste pour finir par accepter.

Mais il y avait peu de chance que le serveur réitère son offre sur le mode « Je vous en prie, allez, faites-moi plaisir ! ». Je me traitai de conne : une coupe m'aurait fourni un début de contenance.

Les filles étaient en retard. Ou plutôt, j'avais eu le tort d'être à l'heure. Je sentis un regard. Il venait d'un homme situé à ma droite dont je devinais la silhouette. J'hésitai à me retourner. Peut-être n'était-ce pas moi qu'il observait ? Mais qui ou quoi puisqu'à ma gauche il n'y avait qu'un serveur occupé à remplir d'autres coupes de champagne ? Était-il possible que Roman se soit déjà libéré ? Je sentis mon cœur s'affoler. Le serveur repassa avec son plateau et, décidée à ne pas laisser filer cette seconde chance d'occuper mes mains et de m'étourdir l'esprit, j'esquissai un geste pour saisir un verre. Trop mollement car il ne me vit pas et s'éloigna, laissant ma main suspendue dans un geste inachevé qui ne fit qu'accentuer mon embarras. Je la retirai et fis mine de me recoiffer (les timides ont un ensemble de gestes de substitution censés parer à ces situations embarrassantes) (seulement censés car personne n'est dupe).

L'homme avança, interpella le serveur d'une voix ferme et polie et saisit deux coupes. Roman ?

J'eus l'impression que la scène se déroulait au ralenti, comme au cinéma : gestes lents, hésitations, yeux remontant le long du corps de l'inconnu et battements de cœur comme fond musical. C'est du moins ainsi que ma mémoire me la raconte. Mais la réalité n'est jamais comme dans les films et le visage qui m'apparut n'était pas celui de mon prétendant mais d'Antoine, l'ex de Candice. Il me présenta une coupe d'un air amusé.

— Ah… merci, balbutiai-je en tendant ma main tremblante.

— Bonsoir, Alice.

— Bonsoir…

— Antoine.

— Oui, je sais…

— J'ai failli ne pas vous reconnaître, continua-t-il. Vous êtes si différente ce soir.

Il me sembla que ce n'était pas un compliment.

— C'est la raison pour laquelle vous m'observiez ? avais-je demandé.

— Au début, oui.

— Au début ? Et ensuite ?

— Ensuite je vous admirais.

Sa réponse me déstabilisa et il s'en rendit compte.

— Bien que je vous préfère sans ce déguisement.

Je cherchai une repartie cinglante mais n'en trouvai pas. Après tout, je partageais son opinion.

— C'est vrai, c'est un déguisement. Je ne me reconnais pas non plus.

— Mais vous faites tout de même illusion. On pourrait vous prendre pour une vraie Parisienne.

Là encore je ne sus s'il se moquait. Il se tourna pour observer les invités et je pris le temps de le détailler. Jusque-là, les rares fois où nous nous étions croisés, je ne m'étais pas intéressée à lui. Il était assez bel homme, en fait. Trop âgé pour moi, mais séduisant. Un regard un peu fou, comme troublé par une flamme trop proche, un menton carré, une bouche généreuse… Bon, il fallait que je me calme. Il était sorti avec Candice, elle espérait le reconquérir, et moi j'attendais Roman.

— Vous cherchiez vos amies ? demanda-t-il.

— Oui, elles devraient déjà être là. Et vous, vous attendiez Candice ?

— Oui.

— C'est une jolie fille. Et elle est adorable.

Pourquoi avais-je dit ça ? Essayai-je de la lui vendre ? Nous n'étions pas dans une cour d'école !

— Il n'y a rien entre nous, annonça-t-il d'une voix froide, sans me regarder. Je sais qu'elle pense que nous sortirons encore ensemble mais ce ne sera pas le cas.

— Ah ? D'accord. Enfin, je veux dire… ça vous regarde.

— Je suis là pour faire la connaissance d'un de vos dirigeants avec l'espoir de lui proposer les services de ma boîte.

OK… mais pourquoi me disait-il tout ça ? Je fis mine de m'intéresser. Au moins pour qu'il ne me laisse pas seule au milieu de la faune.

— Quel type de services ?

— Je dirige une petite société de sécurité. Des lieux, des personnes, des données informatiques.

— Je vois.

Je ne voyais rien et ne savais plus quoi dire. La présence d'Antoine me troublait. Ses compliments, sa confidence au sujet de Candice, son attitude… Je ne me sentais pas à l'aise. Je voulus me montrer plus sûre de moi.

— Candice sait qu'elle ne peut rien attendre de vous ? Enfin, je veux dire… que vous… balbutiai-je, regrettant mon audace.

— Je pense qu'elle l'a compris. Quoique… quand une femme espère séduire un homme, elle a tendance à traduire les signes et propos envoyés dans le sens de ses illusions.

— Propos misogynes.

— Non, réalistes.

— Peut-être devriez-vous ne pas rester dans l'implicite et lui parler franchement.

— C'est ce que je vais faire, assura-t-il.

J'eus envie de lui demander s'il était suffisamment machiavélique pour attendre qu'elle achève sa mise en relation commerciale avant de mettre fin à ses espoirs. Mais j'avais épuisé mon crédit de bravoure. Il posa ses yeux sur moi, fronça les sourcils comme s'il n'avait pas bien compris… ce que je n'avais pas dit.

— Je ne cherche pas à abuser de la situation, dit-il. Je pense avoir été clair avec elle. Et, je ne suis pas le genre d'homme prêt à tout pour gagner de l'argent.

Bon, si maintenant les hommes parvenaient à lire mes pensées juste en me regardant, je n'avais plus qu'à rester enfermée chez moi. Ou porter la burqa.

— Je ne pensais pas à ça, mentis-je. Et, de toute façon, cela ne me concerne pas.

Il eut un curieux petit rire. Se moquait-il ?

Les trois filles apparurent enfin, mettant un terme à cette discussion embarrassante (pour moi seulement, apparemment). Je leur fis signe et elles se dirigèrent vers nous.

— Voilà les Drôles de dames, murmura Antoine sans que je sache s'il ironisait ou plaisantait.

Cet homme était réellement une énigme, ses propos indéchiffrables, comme si le rapport son et image présentait un décalage.

— Woaw ! s'exclama Candice. Que tu es belle Alice !

Les deux autres me complimentèrent également. Elles-mêmes étaient magnifiquement apprêtées, mais sans doute était-ce moins étonnant de la part de femmes qui savaient se mettre en valeur. Il me sembla alors que mes efforts esthétiques étaient bien ridicules en regard des leurs et que, une fois encore, je n'étais pas au niveau. Si Candice et Dallia étaient enjouées, Olga me parut froide.

Quelques minutes plus tard, Antoine invita Candice à le suivre à quelques mètres de nous. Il lui parla longuement. Quand il eut terminé, elle esquissa un sourire forcé et l'embrassa sur les joues. Puis elle l'invita à la suivre vers le lieu où trois de nos dirigeants s'étaient réunis.

Quelques instants après, elle nous rejoignit, seule. Plus loin, Antoine discutait avec Jean-Louis Dugas, notre DRH.

— Bon, ça va marcher, annonça l'entremetteuse. Il va lui confier une mission.

— Je ne comprends pas pourquoi tu fais ça pour ce mec, s'étonna Olga.

— Pour l'aider. Il a l'air si… torturé.

— Mais tu sais que tu n'as rien à attendre de lui.

— Je sais. Il vient de me le confirmer. Il tenait à ce qu'il n'y ait pas de malentendu avant que je lui présente Jean-Louis.

— Déçue ?

— J'avais déjà compris qu'il ne me voyait plus comme une aventure possible. Mais tu me connais, je ne lâche jamais. Donc, pas déçue, juste étonnée de m'être prise un râteau... Mais il y a ici suffisamment de beaux mâles susceptibles de rassurer mon ego, plaisanta-t-elle.

Elles interpellèrent discrètement un serveur et saisirent quelques canapés.

— Et toi, Alice ? Du nouveau ? demanda Candice.

— Roman m'a écrit. Il sera peut-être là ce soir, annonçai-je.

— Génial ! s'exclama-t-elle.

— Ah ben oui, c'est top, ça ! confirma Dallia en me serrant dans ses bras.

Quant à Olga, elle continua à balayer la salle du regard, indifférente à la conversation.

— Enfin... ce n'est pas sûr, précisai-je. Il avait du boulot mais m'a dit qu'il essaierait de passer.

— Raconte ! me demanda Candice.

Je racontai notre dernière conversation. Et j'eus le sentiment que quelque chose n'allait pas. Une sorte de dissonance entre ce que j'essayais de transmettre et la manière dont les filles le percevaient. Olga paraissait absente, contrariée, et n'écoutait pas. Candice, elle, manifestait un enthousiasme que l'expression de son visage contredisait. Comme si elle faisait un effort pour s'intéresser à ce que je racontais. Seule Dallia était réellement impliquée. Ce prologue amoureux, à force de s'étirer, finissait-il par les lasser ?

— Super positif, donc, conclut Candice, comme si elle donnait un avis sur un dossier client. Il ne reste plus qu'à attendre qu'il se manifeste.

— Oh, comme c'est excitant ! se réjouit Dallia.

Antoine nous rejoignit quelques instants plus tard.

— Alors ? l'interrogea Candice.

— Je le vois en début de semaine. Je te remercie Candice. Sincèrement, c'est adorable de ta part de…

— Je t'en prie, l'interrompit-elle.

Un instant plus tard, profitant d'un mouvement de foule nous séparant du groupe, il se pencha sur moi.

— J'ai dit à Candice qu'elle n'avait rien à attendre de moi, murmura-t-il.

Je le regardai, étonnée.

— Heu… je sais. Elle nous l'a confié.

— Bon alors, tout va bien, trancha-t-il.

En quoi cela me concernait-il ? Je lui posai la question. De manière moins claire.

— Mais… Pourquoi… Je veux dire… ça ne me…

— Je voulais que vous le sachiez, c'est tout.

Me vint alors l'idée étrange… qu'il s'intéressait à moi. Car, après tout, pour quelle autre raison pensait-il que sa position vis-à-vis de Candice pouvait me concerner ? Je n'étais pas membre d'un tribunal de la moralité, d'une association féministe, et ne travaillais pas au service achat de la SACD. Et puis, il y avait son regard… La manière dont ses yeux fouillaient les miens en quête d'une réponse, parcouraient mon visage comme s'ils essayaient de mémoriser chacun de mes traits. Et cette attitude protectrice : il manifestait subtilement son hostilité à ceux qui s'approchaient de moi ou m'observaient avec trop d'insistance. Il déviait les plateaux de toasts et boissons pour que je me serve. Non, je délirais ! Pour qui me prenais-je pour me faire de telles idées ? Mon nouveau statut de femme convoitée ne devait pas me faire oublier toutes ces années d'anonymat social et sentimental. Je n'avais pas changé de catégorie du fait d'un miracle ou de cette seule et éphémère transformation esthétique ! J'étais tout juste parvenue à accepter l'idée qu'un inconnu en proie à une crise d'identité ou à un abus de substance illicite puisse avoir envie de me séduire. Je ne devais pas laisser cet élan m'entraîner vers de prétentieuses considérations. Les lois de la probabilité me l'interdisaient. Un gagnant du Loto parie-t-il à l'EuroMillions ? Antoine était prévenant, galant, bien élevé… voilà tout. Et l'ironie qu'il affichait en examinant le ballet des hypocrites auquel nous assistions créait une complicité tacite entre nous. Rien de plus.

De nombreuses personnes vinrent saluer mes amies, restèrent quelques instants, échangèrent des plaisanteries avant de repartir vers d'autres rencontres. Quand notre directeur, Blanchet, se dirigea vers nous, Candice et Dallia se redressèrent.

— Vous passez une bonne soirée, les filles ? demanda-t-il, plein d'entrain.

— Oui, c'est super ! s'exclama Dallia.

— Excellente soirée, confirma Candice.

Olga ne répondit pas.

— Ah mais c'est Alice, dit-il en m'apercevant. Je ne vous avais pas reconnue. Comment allez-vous ?

Je sentis mon cœur s'emballer. Jusqu'alors, nous nous étions contentés de nous saluer dans l'ascenseur ou pour des réunions.

— Bien, réussis-je à bredouiller, la bouche soudain sèche.

— Plus de problèmes avec Fantin ? s'enquit-il, amusé.

— Heu… non, tout va bien. Je vous remercie.

— Tant mieux. Sachez que je sais quel travail vous fournissez à ses côtés. Et même à sa place, devrais-je dire. Fantin est… bref… Il va falloir que je vous trouve une solution. Vous vous épanouiriez mieux à d'autres postes plus adaptés à vos compétences.

Je sentis mes joues s'empourprer. Quel bonheur d'entendre ces compliments ! Il savait… que Fantin était nul, que je le sauvais chaque jour de sa médiocrité, que je travaillais dans l'ombre d'un dictateur et en souffrais. Et il avait esquissé l'idée de me dénicher un autre emploi.

Je ne sus quoi répondre et balbutiai un vague remerciement.

Je surpris alors le regard d'Olga : un regard dur qu'elle essayait de planter dans celui de son patron et que ce dernier évitait sciemment.

Il salua et s'éloigna.

Candice et Dallia se mirent à glapir pour exprimer leur joie. Olga les observa avec dépit.

— Toi, tu vas avoir une promo, me lança Candice. N'est-ce pas Olga ?

— Sans doute, répondit-elle d'un ton ironique avant de se lancer à la poursuite de son directeur.

Je les vis ensuite discuter. Olga s'agitait et j'eus l'impression que notre dirigeant, bien qu'attentif à ce que racontait son assistante, était agacé.

— Qu'est-ce qu'il se passe avec Olga ? demandai-je discrètement à Candice.

— Pourquoi cette question ?

— Elle a l'air contrarié. Et même en colère, si j'en juge par sa conversation avec le boss.

— Elle a un différend avec lui. De fait, elle n'est pas dans son assiette ce soir.

Une femme assez âgée passa devant nous et les filles l'interpellèrent. Je crus comprendre qu'elle était journaliste. Elles échangèrent quelques paroles et s'éloignèrent dans son sillage. Devais-je leur emboîter le pas ? Le temps de prendre une décision, elles étaient loin. J'échangeais un regard embarrassé avec Antoine.

— Un con ! murmura-t-il.

— Pardon ?

— Votre patron est un con.

Choquée, je fronçai les sourcils pour exprimer mon incompréhension et ma contrariété. De quel droit se permettait-il d'insulter un homme qu'il ne connaissait pas ? Et qui, ce soir, m'avait complimentée.

— D'abord, il ne m'a pas dit bonjour.

— Il ne vous a peut-être pas vu ou n'a pas compris que vous étiez avec nous.

— Ensuite, je n'ai pas aimé l'air prétentieux avec lequel il s'est adressé à vous. Le ton que devaient avoir les seigneurs quand ils annonçaient à leurs cerfs qu'ils les gratifiaient d'un allégement d'impôts. Le pire, c'est la fausse modestie avec laquelle il vous a prodigué ses largesses.

— Vous vous faites un avis sur chaque personne en quelques secondes ?

— Je connais ce genre de dirigeants. J'en ai fréquenté pas mal, croyez-moi.

— Ah, je vois, vous êtes de ceux qui ont tout vu, tout compris, et n'éprouvent que du dédain pour les pauvres âmes qui n'ont pas votre clairvoyance.

J'avais rétorqué avec fermeté et assurance, vexée qu'il salisse ce qui, pour moi, avait constitué un échange plaisant, déçue aussi qu'il se révèle brusquement si dédaigneux et prétentieux.

— Non, ce n'est pas ça mais…

— Mais quoi ?

— Mais… J'ai beaucoup frayé dans ces milieux et failli m'y perdre. Et vous m'apparaissez trop pure, et trop naïve, pour vous défendre face à ces dirigeants manipulateurs. Vous n'êtes pas à votre place ici, Alice. Vous valez mieux que ces bourgeois et autres arrivistes en quête de reconnaissance.

La tirade me laissa perplexe. Pour qui se prenait-il pour exprimer des avis si outranciers ? Et ce qu'il exprimait à mon sujet était-ce un éloge ou une moquerie ?

— Pure, naïve, dites-vous ? Que savez-vous de moi ? réussis-je à articuler.

Il esquissa un sourire tendre.

— Ne le prenez pas mal. C'est un compliment. Dès que je vous ai vue, j'ai compris que vous étiez différente.

— Différente ? Comme une handicapée mentale au milieu d'un concours de mathématiques ?

— Non, différente comme… une fleur sauvage au milieu d'un massif de ronces.

L'intention était donc louable. Mais que recherchait-il au juste ?

— Je n'ai rien de sauvage, répliquai-je, histoire de faire croire que j'avais de la repartie.

— Et pourtant… vous êtes naturelle, entière, sans compromis. Excepté ce soir, peut-être.

— C'est-à-dire ?

— Ce soir, vous avez essayé de ressembler à ces gens-là.

Étourdie par l'échange, étonnée de m'être sentie suffisamment confiante pour trouver les moyens de lui répondre, je l'observai un court instant. Son visage s'était animé, il paraissait plus humain, plus fragile aussi.

— Pourquoi me dites-vous tout ça ?

Il hésita, se mordit la lèvre inférieure comme pour s'interdire de parler, puis se lança :

— Vous m'intriguez et… j'éprouve une attirance particulière pour vous.

Sa réponse me surprit, me bouleversa, mais sans que je sache si elle me faisait plaisir ou me fâchait. Je n'avais pas appris à composer dans de telles situations. Pour la simple raison qu'il s'agissait d'une première. Dans les films, les femmes expérimentées avaient une batterie de réponses cinglantes. Candice et Olga auraient su décoder, trouver les mots pour se trouver à leur avantage. Était-ce une drague plus directe que les autres ou pensait-il réellement ce qu'il disait ? Que m'arrivait-il ? Je n'avais intéressé personne pendant des années, et là, en deux semaines, deux hommes me manifestaient leur intérêt. Et se pouvait-il qu'il me préfère à une femme comme Candice ?

— Je… Vous jouez avec moi, balbutiai-je. Nous sommes à une soirée, nous buvons, nous nous sentons plus courageux et nous finissons par dire n'importe quoi.

— Sachez que je suis en pleine possession de mes moyens.

— Et puis vous êtes l'ex-petit ami de Candice.

Pourquoi avais-je sorti ça ? Cela laissait supposer que s'il n'avait pas eu d'aventure avec mon amie, j'aurais pu envisager... Était-ce le cas ? J'étais trop perturbée pour répondre à cette question.

— Nous n'avons passé qu'une nuit ensemble.

— Vous êtes l'homme d'une nuit ?

— Je l'étais. Je suis maintenant l'homme d'une vie.

— Écoutez, je ne sais pas quoi faire de toutes ces paroles. Et... j'attends quelqu'un.

Il se redressa, surpris.

— Il y a un homme dans votre vie ?

— Oui. Enfin... presque. Je l'attends.

Il fouillait mes yeux pour savoir si je mentais, s'il ne s'agissait pas d'une manœuvre pour l'amener à me laisser tranquille, me disais-je. Alors, il esquissa un sourire narquois qui semblait signifier qu'il ne me croyait pas.

Je me rendis compte qu'Olga était revenue et se trouvait à mes côtés. Avait-elle entendu notre conversation ? Elle planta ses yeux dans ceux d'Antoine.

— Je vous laisse, annonça celui-ci, embarrassé par sa présence. Merci de m'avoir écouté, Alice.

Il s'éloigna.

— Il te draguait ? me demanda mon amie, soudain reconnectée à ma réalité.

— Eh bien... je ne sais pas. C'était assez... bizarre.

— Je crois que tu l'intéresses.

— Je pense aussi mais... c'est trop pour moi.

Elle eut un sourire tendre, m'attira vers elle, me serra dans ses bras. Sollicitude qui m'étonna après l'austérité qu'elle avait jusque-là affichée.

— À ta place... je lui donnerais sa chance, murmura-t-elle dans mon oreille.

— Mais... Candice n'apprécierait pas. Et de toute façon, je ne suis pas sûre d'être attirée par lui.

— Aucune femme n'est propriétaire des hommes qui ont traversé sa vie, dit-elle. Et je peux t'affirmer qu'il t'intéresse. Tu es tellement transparente, Alice.

Candice et Dallia surgirent.

— Allez, on va danser ! clama la seconde.

Je me laissai entraîner et essayai de paraître le plus à l'aise possible (c'est-à-dire le moins ridicule) sur la piste.

À un moment, mon regard croisa celui d'Antoine. Il était près du bar, seul, un verre à la main. Comment interpréter l'éclat dans ses yeux ? Il y avait comme un mélange d'ironie et de bienveillance. De tristesse aussi. Quelque chose de dérangeant et charmant à la fois. En fait, cet homme était un mystère, et chacune de ses phrases, de ses mimiques, chacun de ses regards donnait l'impression de ne pouvoir être interprété sans connaître les subtilités, les désirs et les contrariétés qui les animaient. Ce qui le rendait inquiétant... et attirant.

Le temps passait et je ne cessais de consulter ma messagerie. Ce n'est que vers minuit que Roman envoya un SMS pour s'excuser de ne pas pouvoir me rejoindre.

— Ne fais pas cette tête, me dit Candice. Tu avais dit qu'il n'était pas sûr de venir.

— C'est vrai. Mais c'est lassant d'attendre, d'espérer et d'être déçue.

— Moi, je sens pas le truc, confia Dallia. Je vous l'ai déjà dit : je suis sûre qu'il est tombé amoureux d'une Australienne et qu'il ne sait pas comment l'annoncer à Alice.

— Je n'aime pas les histoires compliquées, expliquai-je. Je ne suis pas formatée pour ça.

Candice continua à me rassurer. Olga n'intervint pas. Quand vint le moment de partir, Antoine nous rejoignit.

— Voulez-vous que je vous raccompagne ? nous proposa-t-il.

— Merci, nous sommes venues ensemble toutes les trois, répondit Olga. Mais peut-être que vous pourriez déposer Alice ?

— Bien sûr !

Quelque chose de l'ordre de la complicité passa dans le regard qu'ils échangèrent. Candice dut le remarquer car elle parut contrariée. Olga voulait-elle me pousser dans les bras d'Antoine et me faire oublier Roman ? Sentait-elle également que le conte de fées allait tourner court ?

— Non, ce n'est pas la peine, je peux prendre un taxi, répondis-je, soucieuse d'épargner la susceptibilité de Candice et embarrassée à l'idée de me retrouver seul avec cet homme étrange.

— À cette heure ? Vous aurez du mal à en trouver. Pas de discussion, je vous ramène, asséna-t-il avant de me donner son bras pour me guider vers la sortie.

Candice s'était détournée, feignant l'indifférence. Je me résolus à le suivre.

*

Une fois dans la voiture, Antoine m'interrogea.

— Votre amoureux n'est donc pas venu ?

— Ce n'est pas mon amoureux. Enfin… pas vraiment. Pas encore, je veux dire.

— Et vous êtes déçue ?

— Il m'avait dit ne pas être sûr de pouvoir se libérer.

— Et vous vous demandez s'il a réellement tout fait pour vous rejoindre ?

En temps normal, ses questions m'auraient paru indiscrètes. Mais il y avait de la sollicitude dans sa voix, un véritable intérêt pour ce que j'éprouvais. Et j'avais envie de parler, de me confier. Un homme m'apporterait peut-être un éclairage nouveau.

— C'est compliqué…

— Ah… il est marié.

— Non, pas du tout ! m'écriai-je. Mais… c'est particulier.

— Intéressant.

— Intéressant ?

— Oui, les situations compliquées sont souvent intéressantes, n'est-ce pas ?

— C'est ce que semblent penser la plupart des gens. Ils aiment se vautrer dans les complications. Pas moi. J'aime les situations claires.

— Et celle-ci ne l'est pas ?

— Pas vraiment.

— Et vous vous sentez… nulle d'avoir espéré, de vous être coiffée et maquillée en pensant à lui.

C'était exactement ce que j'éprouvais. Le propos était dur car vrai, mais je compris qu'il cherchait à mettre des mots sur ma tristesse pour l'alléger et non à me faire mal. Je sentis les larmes me monter aux yeux mais les contins.

— À peu près.

— Les hommes sont des cons, Alice. La plupart tout au moins. Ils ne comprennent rien à la sensibilité des femmes, à leurs attentes. Ils se comportent comme des adolescents immatures. Parce qu'ils le sont. Ils jouent simplement à être des adultes. Regardez-les au travail s'enivrer de leurs petits pouvoirs. Regardez-les au volant s'énerver, tenter d'accélérer pour gagner une place. Incapables de vraies conquêtes, ils sont en quête de minuscules victoires, de marques de respect. Des cons, je vous dis.

Comment pouvait-il asséner de telles sentences ? Était-il prétentieux ou seulement aigri ?

— Pas vous ? risquai-je.

— J'ai été de ces hommes, c'est pour ça que je les connais si bien. Mais je ne me suis pas totalement départi de cette connerie.

— Croyez-vous qu'on puisse réellement changer ? demandai-je pour élargir la discussion à des aspects moins personnels.

— C'est la question qui me hante et à laquelle je n'ai pas trouvé de réponse. J'ai changé de regard sur le monde mais cela ne m'a pas permis de me sentir mieux.

— Qu'est-ce qui vous a amené à porter un regard différent ? demandai-je, intriguée.

— La vie. Je courais parmi les hommes, je voulais être le premier, le plus fort. Et je me suis ramassé dans un virage. Le choc m'a été salutaire. À terre, meurtri, essoufflé, je les ai vus continuer à courir et je me suis demandé où ils allaient. Depuis, je marche.

J'aimais sa voix chaude et virile, sa façon de poser les mains sur le volant, de parler en regardant la route et, surtout, ce qu'il disait.

Nous arrivâmes en bas de mon immeuble. Il sortit, vint m'ouvrir la portière. Fallait-il que je l'invite à monter boire un verre ? Dans les films, cela équivalait à une proposition d'ordre sexuel. Je n'allais pas prendre ce risque. Je lui tendis la main.

Il la saisit, la garda dans la sienne suffisamment longtemps pour que je lève les yeux.

— Je voudrais être sincère avec vous, Alice.

— C'est-à-dire ?

— Vous avouer ce que je ressens pour vous.

Surprise, je tentai de récupérer ma main, mais mon cerveau ne contrôlait plus mes membres.

— Mais… Vous… balbutiai-je, ne sachant pas ce que je voulais exprimer.

— Vous me plaisez.

Je réussis à récupérer ma main, détournai les yeux pour échapper au feu des siens.

— Ce n'est pas un baratin de vieux dragueur mais l'ex pression d'une émotion que je n'avais pas éprouvée depuis longtemps. La première fois que je vous ai vue, j'ai été séduit par votre manière d'être, par la vulnérabilité qui vous conduit à baisser la tête, à essayer de disparaître et vous donne l'air de toujours vous excuser d'être là. Pas seulement ça… votre visage, la finesse de vos traits. Vous êtes différente de toutes les femmes que j'ai rencontrées jusqu'ici. Vous ne jouez pas, ne cherchez pas à séduire. Je vais vous avouer autre chose, Alice : j'ai accepté de revoir Candice pour vous apercevoir, vous côtoyer. Afin de comprendre les raisons pour lesquelles j'étais attiré par vous. Afin d'essayer de cerner la nature de mes sentiments. Je n'ai pas encore totalement répondu à la question mais je sais aimer être près de vous, vous parler, vous écouter. J'ignore pourquoi ni comment mais vous m'êtes devenue essentielle. Depuis notre première rencontre, je ne cesse de penser à vous. Avant, j'étais désabusé, las de tout, sombre, aigri. Je n'attendais rien de la vie et m'engageais dans chaque journée seulement contraint par les nécessités. Et sans rien dire ni faire, vous avez réveillé quelque chose en moi. Je me suis remis à croire en l'avenir, à m'émouvoir, à frémir et… à aimer. Voilà. C'est sans doute mal dit et brusque mais je n'ai aucune envie de jouer, encore moins de travestir mes sentiments.

Abasourdie, je relevai la tête. Ses yeux étaient plongés dans les miens, scrutant mes réactions, attendant une réponse, peut-être. Mais que dire alors que je ne comprenais même pas ce qui m'arrivait ?

— Je… je ne sais quoi vous répondre.

— Je m'en doute. Vous n'êtes pas de nature impulsive. Réfléchissez à tout ça… et peut-être aurons-nous l'occasion d'en reparler.

— D'accord… Merci de m'avoir raccompagnée.

J'eus l'impression qu'il était resté suspendu à ses dernières paroles.

— Bonne soirée.

— Je vais y aller.

— Très bien.

Je m'éloignai en tentant de marcher droit, persuadée que l'émotion accentuait ma claudication, pressée aussi de me retrouver seule pour tenter de comprendre ce qui m'arrivait.

Antoine

Mon rendez-vous s'était bien déroulé. J'avais obtenu deux contrats d'agents de surveillance et une étude sur la sécurisation des données informatiques. C'était peu en regard de ce que le DRH m'avait fait miroiter lors de la soirée mais il était désormais à jeun, donc plus soucieux de tenir son budget. Candice avait promis de tout faire pour se libérer à l'issue de l'entretien afin que nous allions boire un verre. Sans doute tenait-elle à me montrer qu'elle ne m'en voulait pas. Mais, à la sortie du rendez-vous, une douce surprise m'attendait : c'est Alice qui était là. Je ne l'avais pas revue depuis ma déclaration, quelques jours auparavant. Je savais l'avoir brusquée et m'étais résolu à lui laisser du temps pour digérer mes propos. Je n'avais rien prémédité lors de la soirée. Mais, une fois dans la voiture, la sentir âmes côtés m'avait troublé, j'avais craint ne pas avoir d'autres occasions de me retrouver seul avec elle. Et lâcher prise, laisser les sentiments me déborder, ne pas retenir les mots qui se bousculaient dans mon esprit, m'avait fait du bien. Il m'avait semblé être redevenu l'Antoine d'autrefois, celui que j'avais perdu dans la foule des rencontres inconsistantes qui avaient jalonné mon existence.

Là, face à moi, elle avait du mal à dissimuler son embarras. Les joues rouges, elle se triturait discrètement les doigts. Dieu qu'elle était belle ainsi intimidée !

— Je suis venue vous dire que Candice est encore en réunion, annonça-t-elle. Elle s'excuse et vous appellera plus tard pour savoir comment s'est déroulée la rencontre.

— Elle n'aurait pas dû vous déranger. Elle aurait pu m'envoyer un message.

— En fait, elle est en réunion avec la direction. Olga y participait mais elle est sortie avant qu'elle ne se termine, et c'est elle qui m'a chargée de vous prévenir.

Olga avait-elle intentionnellement envoyé Alice à ma rencontre ? J'avais perçu une connivence entre elle et moi lors de la soirée, une invitation tacite à me rapprocher de sa timide collègue. J'observais Alice, goûtant au plaisir de la revoir, sans ses apparats festifs, telle que je l'avais découverte la première fois.

— Votre rendez-vous s'est bien passé ? s'enquit-elle, gênée par mon silence autant que par mon regard inquisiteur.

— Oui. Je vais faire partie de vos fournisseurs. Et vous ? Des nouvelles de cet amoureux qui n'en est pas un ?

Elle rougit, baissa la tête.

— Oui, je le vois en fin de semaine.

— Ah. Très bien.

— Je ne sais pas si c'est très bien. Je serai fixée ce soir-là.

— Si je peux me permettre un conseil… restez vous-même. L'homme que vous aimerez doit savoir vous apprécier comme vous êtes.

— Vous voulez dire… pas déguisée ?

— C'est ça.

— Vous avez raison.

J'eus l'insolite et agréable impression de perdre pied. D'être face à ma première amoureuse, jouant le rôle du mâle viril pour ne rien laisser paraître de mon trouble, me noyant dans des secondes suffisamment prétentieuses pour se prendre pour des heures.

Elle me raccompagna vers la sortie.

— Je dois vous laisser, murmura-t-elle. J'ai un supérieur un peu…

— Con… ?

— Je ne l'aurais pas dit comme ça, mais… c'est le mot.

— Il faut utiliser les bons mots pour échapper à la complexité.

— Sans doute.

— D'ailleurs… Vous me manquez, Alice.

Cette vérité m'avait échappé. Elle était passée du stade de sentiment à l'état de paroles audibles sans passer par le filtre de mes intentions. Mais je ne la regrettai pas. Alice parut saisie de panique.

— Je… C'est gentil… balbutia-t-elle.

Elle se retourna et s'éloigna d'un pas hésitant après avoir marmonné quelque chose qui devait être un au revoir. Réaction enfantine qui m'attendrit plus encore.

C'était vrai, elle me manquait. Elle manquait à ma vie. Elle était la pièce manquante de mon existence, pièce maîtresse, si j'en jugeais par la vanité de mon passé amoureux et par les couleurs qu'elle donnait à mes espoirs.

En d'autres termes, j'étais amoureux.

Alice

Je me retrouvais avec deux prétendants : un virtuel qui ne se montrait pas et un réel, très entreprenant, dont les mots me bouleversaient.

Le virtuel avait envoyé un message pour s'excuser de ne pas m'avoir rejointe lors de la soirée, puis donné rendez-vous cinq jours plus tard.

J'ai l'opportunité de travailler comme cadreur pour une nouvelle émission de télévision. Je n'ai pas pu refuser l'offre. Il s'agit d'un programme qui sera diffusé en direct vendredi. Je vais passer quelques jours à la préparer. Je ne serai donc pas disponible d'ici là. J'espère que tu ne m'en veux pas.

J'avais enragé en découvrant son SMS. À nouveau, il se défilait ! Et ne pouvait-il pas me téléphoner pour me le dire ? Ou simplement pour discuter avec moi ?

J'aimerais t'inviter à y assister. Et nous irions ensuite dîner. Je te promets une soirée délicieuse, pour me faire pardonner. Cela te convient ?

J'avais évidemment accepté les excuses et l'invitation. Sans toutefois ressentir le même enthousiasme. Le charme était rompu. Parce qu'il me semblait ne rien maîtriser du tout dans cette histoire. Parce que l'attente avait atténué la féerie des débuts. Parce qu'il n'avait pas profité d'avoir mon téléphone pour m'appeler. Et, surtout, parce que, depuis, il y avait eu Antoine et ses mots qui m'avaient plus touchée que toutes les manifestations ostentatoires de cet homme qui tardait à se montrer et ne semblait pas savoir ce qu'il voulait. Or, j'avais besoin que l'on me rassure, que l'on me guide, que l'on m'affirme des vérités tant je doutais de moi, des autres et de ma vie. D'un côté, une ombre versatile, qui me précédait ou me suivait voire disparaissait, selon la position d'un soleil dont je ne percevais pas la chaleur ; de l'autre, un homme, un vrai, viril, sûr de lui, entreprenant et rassurant. L'inconsistance et l'inconstance du premier avaient réussi à percer ma solitude pour créer des espaces dédiés aux fantasmes ; l'audace et l'aplomb du second avaient interrogé mon envie de passer du rêve à la réalité. J'avais temporisé, incapable de savoir ce que je voulais. Antoine n'avait pas cherché à me contacter ni à me revoir depuis la rencontre à la SCAD. Peut-être attendait-il un signe d'encouragement ? Mais que faire sinon espérer qu'il se manifeste à nouveau ?

J'avais décidé de me rendre au rendez-vous proposé par Roman. Pour voir. Pour savoir. J'étais dans l'état d'esprit d'une joueuse de poker débutante honorée d'être invitée à la table de compétiteurs, se sachant menacée de finir plumée mais attendant d'avoir toutes les cartes en main pour découvrir si la chance du débutant bouleverserait les équilibres. J'étais face à deux routes, différentes et attrayantes, et j'avais besoin de savoir où chacune pouvait m'emmener avant de m'engager. À bien y réfléchir, ce n'est pas la prétention qui m'amenait à vouloir rencontrer Roman. Mais, me trouvant perdue face à ces bouleversements, je voulais disposer d'éléments objectifs pour m'installer au cœur d'une vérité. Et tant que Roman restait un concept, je craignais d'être influencée par des élans affectifs issus de mes peurs, mes désirs, mon romantisme.

Après avoir reçu son message, j'avais avalé les escaliers pour me rendre chez Sandrine.

— Bon, OK, le gars est plutôt versatile et me donne envie de le baffer. Mais c'est assez chouette comme lieu pour un premier rendez-vous ! affirma-t-elle.

— Original mais pas très romantique.

— J'y vois quand même un véritable avantage : tu vas pouvoir l'observer pendant l'émission et donc te faire un avis. Et s'il ne te plaît pas, tu zappes l'étape rencontre autour d'un verre et tu te casses !

— Tu crois ?

— Bien sûr ! Mais bon, je te connais : même s'il est hideux, tu es du genre à attendre par politesse, à subir, à ravaler ton désarroi en écoutant les conneries qu'il te débitera avant de rentrer chez toi pour fondre en larmes.

— C'est pas faux.

— Tu ne lui dois rien ! Il t'a bernée avec sa photo de play-boy. Donc s'il ne te plaît pas, tu mets les voiles, les bouts, tu fous le camp, tu te tires, tu prends la poudre d'escampette ! C'est clair ?

— OK, dis-je, tout en sachant en être incapable.

Elle mobilisa une bonne partie des muscles de son visage dans un pot-pourri d'expressions d'agacement.

— Quoi encore ?

— Ben, je me dis qu'à ta place, je laisserais tomber ce blanc-bec et me rabattrais sur le plus vieux. Il est droit dans ses bottes, ce type. Il ressent un truc, il le dit. Il ne joue pas au couillon qui envoie des fleurs et des douceurs, fait des déclarations puis disparaît.

— Roman était en Australie pour son boulot. Et, pour la soirée, il m'avait dit ne pas être sûr de venir.

— Voilà que tu prends sa défense, maintenant, alors qu'il y a quelques jours tu lui aurais arraché la peau des glaouis ! Avoue que le vioque t'a tourneboulée !

— D'abord Antoine n'est pas vieux. Ensuite… c'est vrai, il m'a touchée. En fait, je suis complètement perdue, Sandrine. Rien ne m'est arrivé pendant des années, et tout à coup deux hommes surgissent et me disent de belles choses.

— C'est souvent comme ça. Le choix de rien ou le choix du roi. Et puis c'est quoi au juste, cette émission ? J'ai eu beau chercher sur le Web, je ne trouve rien d'autre qu'une description si sommaire qu'elle pourrait convenir à un programme de variétoches, à un talk-show ou à une télé-réalité avec stars sur le retour.

Ce programme était en effet annoncé par un descriptif sibyllin : il s'agissait d'une nouvelle génération de téléréalité qui parlerait d'amour et d'amitié (comme la plupart des télé-réalités, non ?), promettait de surprendre les téléspectateurs (forcément !), serait commentée par des experts (la télé considère comme expert toute personne capable de dire d'un ton docte et empesé ce que chacun sait ou a déjà compris), serait diffusée en direct pour plus de spontanéité, et se présentait sous un titre vaporeux : « Aujourd'hui peut-être ».

— Aucune idée. Je lui ai posé la question. Je t'en dirai plus quand il m'aura répondu.

— Ça va me faire drôle de te voir dans le public ! s'excita-t-elle soudain. À tous les coups, en tant que cadreur, il va zoomer sur toi.

— Tu crois ? m'inquiétai-je.

— Les gens de télévision font toujours ça, paraît-il, quand une connaissance assiste à leur émission.

— Si c'est le cas, j'espère ne pas m'en rendre compte.

— Par contre, je veux que tu me promettes un truc.

— Quoi ?

— Si Marc Levy fait partie des invités, tu lui demandes un autographe pour moi.

— La probabilité que ton romancier préféré participe à la première émission de télé à laquelle j'assisterais est proche ou égale à celle que j'ai de gagner à l'EuroMillions alors que je n'y joue pas.

— Promets quand même ! ordonna-t-elle, sentencieuse.

— OK, je promets.

*

Une soirée jet-set, une invitation à la télévision, deux prétendants et une possible promotion... Ma vie s'emballait. Tout allait même trop vite. Sans avoir modifié mes habitudes, je me trouvais au cœur d'une tourmente émotionnelle qui menaçait mon équilibre psychique. Dans cet état de confusion mentale, j'arrivais à ne plus savoir qui j'étais, ni ce que je voulais. Parfois je regrettais ma vie d'avant, mes heures passées à lire et mes discussions intérieures. D'ailleurs, je ne me parlais plus ! Moi qui avais été ma principale amie et confidente, je m'oubliais. Finis, les longs monologues intérieurs ! Mes pensées étaient totalement accaparées par les événements. Et, parmi ces pensées qui tourbillonnaient et s'entrechoquaient dans mon esprit jusqu'à me donner la migraine, les plus récurrentes étaient liées à Antoine, ses paroles, ses yeux, sa voix. Il m'arrivait même de m'imaginer faire l'amour avec lui (j'en rougissais). Jamais avec Roman (mais bon, comment éprouver du désir sexuel pour un homme jamais vu ?). Antoine dégageait quelque chose de particulier. Un souffle protecteur qui m'enveloppait et me soulevait plus haut que moi-même. Et, surtout, j'aimais sa manière de me regarder. N'était-ce pas cela un couple ? Savoir se retrouver et s'aimer dans les yeux de l'autre ?

Mais face à un choix, l'attirance du mystère ou le mystère de l'attirance, j'étais, comme d'habitude, désemparée. Et décidai de ne pas choisir avant d'avoir fait le tour de chaque proposition. Indécise et prétentieuse. Maître Gims résuma mes pensées.

« Est-ce que je t'aime ?
J'sais pas si je t'aime
Est-ce que tu m'aimes ?
J'sais pas si je t'aime »

Antoine

Alice monopolisait mes pensées. Sans rien faire, sans avoir répondu à ma déclaration ni même m'avoir adressé le moindre encouragement. Simplement en apparaissant dans ma vie avec l'air d'une petite fille perdue au milieu d'une fête foraine, affolée par la foule et le bruit mais trop timide pour appeler à l'aide. Elle m'avait réveillé du long songe ou plutôt du cauchemar dans lequel je m'étais perdu. Nos quelques rencontres avaient agi sur mon organisme telle une thérapie : des petits électrochocs, des décharges d'adrénaline, d'endorphine et autres molécules réparatrices qui m'avaient sorti de ma torpeur. Elle était, malgré elle, devenue mon monde. Je sentais une euphorie me gagner, fragiliser les barrières derrière lesquelles ma dépression m'avait enfermé. Attitude puérile si on considère qu'il ne s'était rien passé entre nous. Mais quel bonheur de se sentir renaître !

Dorine me tira de mes rêveries.

— Votre rendez-vous est arrivé. Et félicitations pour le nouveau contrat !

— C'est pas grand-chose.

— Oui, mais c'est la télé ! D'ailleurs, vous croyez que vous pourriez m'obtenir une invitation pour assister à une émission ?

— Vous n'avez pas besoin de moi pour ça, il vous suffit d'aller sur Internet et de faire une demande sur les sites des sociétés de production. Elles cherchent constamment des spectateurs.

— Oui, mais j'aurais voulu un traitement de faveur. Aller dans les coulisses, rencontrer des stars.

— Nous verrons. En attendant, contactez Phil et demandez-lui de faire un audit de la sécurité du système informatique de la SCAD. Qu'il mette les moyens, je veux leur montrer les faiblesses de leur système et leur prouver qu'ils ont besoin de nous.

Sans réaction de mon assistante, je levai les yeux du courrier posé sur mon bureau pour savoir si elle avait bien entendu ma demande. Elle m'observait avec malice.

— Quoi ? demandai-je.

— Il s'est passé un truc dans votre vie, récemment ?

— Je ne comprends pas.

— Vous êtes différent. Plus détendu, plus serein. La ride du lion s'est estompée. Bon, on n'a pas encore atteint le niveau béatitude ni même celui de la décontraction mais il y a un mieux, c'est évident.

— Faites entrer Samir, l'interrompis-je.

— Il s'agit d'une femme ? persista-t-elle.

Était-ce réellement apparent ou n'était-ce qu'une nouvelle tactique de sa part pour en apprendre plus sur ma vie privée ?

— Et voilà, vous avez même souri ! Enfin, c'est juste un petit pincement de la commissure des lèvres, mais c'est un événement pour une personne que je croyais frappée de paralysie faciale.

— Dorine...

— Oui, je sais, votre rendez-vous... Mais soyons clairs, que vous ayez quelqu'un dans votre vie ne me fera pas renoncer ! À la limite, cela ne vous rend que plus sexy, lâcha-t-elle avant de sortir.

Samir entra, me serra la main et s'assit en face de moi. Il regarda autour de lui, comme pour vérifier que tout était à la même place que lors de notre première rencontre.

— Alors, c'est vrai, vous avez un job pour moi ? demanda-t-il, un peu suspicieux.

— Pas un job, un vrai travail. Un poste d'agent de sécurité.

— Génial ! s'exclama-t-il en affichant un superbe sourire. Dans quel domaine ?

— La télé.

— Sérieux ?

— Bien sûr.

— Genre garde du corps d'une vedette ?

— Non, agent de sécurité pour une société de production. Vous contribuerez à sécuriser l'accès à l'entreprise et, éventuellement, aux plateaux télé.

— Genre ne laisser passer que les personnes autorisées ?

— Genre.

Il hocha la tête, appréciant l'information, et émit un petit rire.

— Ça va me faire bizarre d'être de ce côté-là de l'entrée. Après des années à m'être fait refouler des boîtes et des endroits un peu sélects, je vais kiffer de dire « Toi tu rentres, toi tu rentres pas » en faisant une gueule de dur.

— Samir, c'est pas exactement comme ça que cela va se passer.

— Je déconnais.

— Vous commencerez une formation très courte dès demain pour être immédiatement opérationnel. Le reste, vous l'apprendrez sur place. Dorine va vous expliquer tout ça et vous donner votre planning.

Il se tapa dans les mains, satisfait.

— Ça marche ! dit-il en se levant.

— Samir… je compte sur vous. C'est un nouveau client. Vous allez nous représenter. Et s'ils sont satisfaits, ils feront appel à nous pour d'autres besoins.

Il opina du chef puis me tendit la main.

— Merci. Vous ne regretterez pas de m'avoir fait confiance.

— J'en suis sûr.

*

Lors du déjeuner, Eddy aussi remarqua un changement.

— T'es pas comme d'habitude, Tony.

— J'ai un nouveau client.

— Oui je sais, tu me l'as dit. Mais je ne pense pas qu'un petit contrat puisse te rebooster à ce point. Ni un gros d'ailleurs.

J'hésitai à me confier. Je ne trouvais jamais rien de suffisamment intéressant à lui raconter qui justifiait que je monopolise la parole. Je préférais toujours l'écouter, même si, la plupart du temps, les histoires qu'il me relatait n'étaient pas vraiment captivantes.

Mais j'aimais le bruit de fond de sa conversation, la passion qui l'animait, même quand il s'agissait de faits ou d'événements banals. Je pense d'ailleurs qu'il n'était pas dupe et déblatérait dans le seul but d'éviter les trop longs silences dans lesquels il risquait de me perdre. Eddy ne m'avait jamais lâché. Je lui devais d'être sincère. Je lui parlai donc d'Alice, lui racontai toute l'histoire, et me rendis compte à quel point je prenais du plaisir à prononcer son prénom, à la décrire, à conter nos rencontres, mes émotions. Il cessa de manger, m'écouta attentivement, et je pus lire sur son visage sa joie de me voir m'animer.

— T'es amoureux, conclut-il avec un plaisir qui m'émut.

— Amoureux ? Je ne sais pas si je suis amoureux. Mais je m'intéresse enfin à une femme ! Elle m'attire, me bouleverse, même. Ça fait si longtemps que ça ne m'était pas arrivé !

— Et ça te rend heureux.

— Heureux ? C'est exagéré. Je préfère dire que je suis enthousiaste.

— Tu reprends goût à la vie ?

— Sans aller jusque-là, je dirais plutôt que je suis plus… positif.

— Et si je dis « Tu es un con », tu vas répondre « Un con ? Non, seulement un idiot ? ». Arrête avec tes euphémismes et mets les bons mots sur tes émotions !

— C'est que je ne suis pas habitué à ça. Ce dont je suis sûr, c'est que je vis différemment depuis que je l'ai rencontrée. Je pense à elle, j'ai envie de la voir, de lui parler…

— Et plus si affinités… Donc t'es amoureux et heureux de l'être, c'est bien ce que je disais. Et que comptes-tu faire ?

— La revoir.

— Quand ?

— Bientôt.

— C'est-à-dire ?

— Ce week-end, si tout se passe comme je l'espère.

Alice

Les jours qui suivirent me parurent étranges. Je me laissais porter par les heures, redoublant d'efforts pour faire mon travail aussi correctement que possible. Olga prétextait des rendez-vous pour ne pas déjeuner avec nous et, à la pause-café, dès que nous évoquions le sujet, prenait un air absent ; tous les efforts des filles pour obtenir un avis ou une réaction de sa part s'avéraient vains. Elle répondait de manière évasive ou pianotait sur son portable. Selon Candice, des problèmes professionnels et familiaux l'accaparaient. Selon moi, mon histoire avec Roman ne l'intéressait plus.

Candice et Dallia me donnaient en revanche des conseils quant à la manière de me vêtir, de me coiffer en vue de ma rencontre avec Roman, m'interrogeaient sur ce que je ressentais, ce que j'espérais.

Lui m'avait écrit deux fois depuis notre dernier échange, pour préciser le lieu de tournage, m'envoyer une invitation. Il se disait impatient de me rencontrer. Je l'étais moins depuis qu'Antoine était entré dans ma vie. Et je le trouvais un peu… décevant. S'il avait craqué pour moi, pourquoi se contentait-il de m'envoyer de brefs messages ces derniers temps ? Pourquoi ne cherchait-il pas à me courtiser, à en apprendre davantage sur mes goûts, mes aspirations, mes projets, mon passé (la réponse aurait tenu en cinq lignes), ou même seulement m'interroger sur mes sentiments à la veille de notre rendez-vous ? Bon, j'allais le rencontrer et être fixée sur la nature, et le physique, du personnage.

Pressée par Sandrine, je l'avais de nouveau interrogé sur l'émission mais n'avais obtenu qu'une réponse également décevante : il ne pouvait m'en parler, avait signé un contrat de confidentialité, s'en trouvait désolé. Je disais trouver louable qu'il respecte son engagement alors que, en vérité, j'étais vexée.

— Ce n'est pas important, affirma Candice alors que nous finissions de déjeuner. De toute façon, demain tu auras toutes les réponses.

*

Le soir, alors que je quittais le bureau, survint un événement qui m'intrigua. À l'extérieur du bâtiment, je tombai sur Olga qui fumait une cigarette en téléphonant.

Elle raccrocha, se dirigea vers moi et me proposa de faire quelques pas ensemble.

— Tu m'as l'air nettement moins enthousiaste qu'auparavant, concernant cette histoire avec Roman.

— En effet, avouai-je, étonnée qu'elle manifeste de nouveau de l'intérêt pour le sujet. Disons que je suis curieuse de savoir qui il est et s'il est possible qu'il se passe quelque chose entre nous. Mais moins… exaltée.

— Tu doutes.

Il s'agissait moins d'une question que d'un constat.

— Un peu, oui. C'est également ton cas, n'est-ce pas ?

Elle se contenta de hocher la tête.

— Je peux te poser une question indiscrète ? enchaîna-t-elle.

— Je t'en prie, répondis-je, inquiète.

— Il s'est passé quelque chose avec Antoine, quand il t'a raccompagnée ?

Étonnée, je tentai de ne rien laisser paraître de mon trouble mais sentis mes joues s'empourprer.

— Pourquoi me demandes-tu ça ? répondis-je afin de gagner un peu de temps et d'évaluer s'il fallait lui raconter ce qu'il m'avait déclaré.

— Je me disais que ton manque d'enthousiasme pour Roman était peut-être dû à ce qu'il s'est passé entre Antoine et toi.

Vis-à-vis d'Antoine, il n'était pas correct de lui révéler ce qui s'était passé. Et je ne voulais pas prendre le risque qu'elle répète mes propos à Candice.

— Il ne s'est rien passé.

— Dommage, soupira-t-elle.

— Pourquoi ?

— Parce que cet homme m'a paru réellement épris de toi. Et toi… n'as-tu rien ressenti de particulier pour lui ?

À quoi tenait cette soudaine curiosité ?

— Si, bien sûr. Il est séduisant. Je l'aime bien. Enfin, je ne sais pas, c'est compliqué. Je veux aller au bout de l'histoire avec Roman, ensuite j'aviserai.

Quelle prétention ! Je lui disais qu'après des années de solitude j'allais tenter ma chance avec le mystérieux amoureux et, en cas d'échec, envisagerais de me tourner vers Antoine. Visiblement déçue, elle m'abandonna devant l'entrée du métro.

Antoine

La première fois, c'est le défi lancé par Eddy qui m'avait conduit dans ce cabinet. Ensuite, je m'étais rendu chez le singulier thérapeute mû par le besoin de m'exprimer et de trouver des réponses à mes questions. J'étais maintenant sensible à la sérénité du lieu, à l'harmonie qui y régnait autant qu'à la placidité de l'homme. C'était comme si le praticien était l'élément central d'un dispositif curatif où chaque élément avait une fonction précise : les fauteuils en cuir offraient leur confort aux patients stressés, troublés, dérangés, apeurés ou simplement cernés par la solitude, les meubles en bois absorbaient les mauvaises vibrations, les tableaux invitaient à la méditation hypnotique et les rares objets décoratifs s'adressaient au subconscient pour titiller des représentations symboliques encombrantes.

Je me détendis rapidement et lui racontai les derniers événements. Pour la première fois depuis des années, je voulais faire appel à l'opinion d'un tiers avant de m'engager. Eddy m'avait confié la sienne, forcément partiale : celle d'un ami heureux de me voir tomber amoureux et inquiet quant à ma capacité de laisser filer ma chance.

— C'est mon anniversaire, annonçais-je.

Je laissai passer trois secondes afin de voir s'il allait céder au réflexe stupide qui consistait à s'écrier « Bon anniversaire ! » en affichant un air réjoui censé faire croire qu'il s'agissait, pour lui aussi, d'un événement fantastique. Ce qui aurait entamé sa crédibilité. Par bonheur, il n'en fit rien.

— J'ai toujours détesté les anniversaires, continuai-je. Pas seulement les anniversaires mais toutes les fêtes sacrifiant au formalisme forcené qui me paraissent être des pièges à cons. Les fêtes des Mères, des Pères, la Saint-Valentin et autres stupidités supposées nous rappeler nos obligations de fils, d'amoureux, d'amis, et nous conduire vers les boutiques où des vendeuses touchées d'une grâce particulière nous poussent à dépenser notre fric.

— Ne peut-on pas considérer qu'il s'agit de rites sociaux contribuant à créer du lien ?

— Créer du lien ? Peut-être. Mais, vous le savez, je ne suis pas très sociable.

— Vous l'étiez, pourtant. On ne peut pas travailler dans une entreprise et devenir cadre supérieur sans l'être.

Sa voix était chaude, rassurante et dénuée de jugement. Les réponses aux questions ne l'intéressaient pas au-delà de leur propension à m'amener à formuler moi-même des interrogations. Je réfléchis quelques secondes.

— Si, on peut. Il suffit de jouer le rôle. Étais-je réellement un être sociable ? Je ne crois pas. J'acceptais les codes de l'entreprise, savais les utiliser à mon profit.

— Sacrifiiez-vous, alors, à ce que vous appelez ces « pièges à cons » ?

— Oui. Mais j'avais déjà le sentiment d'être dans un jeu de dupes. En être conscient me rassurait.

— Vous n'avez jamais fêté la Saint-Valentin avec celle qui était alors votre épouse ?

— Si, au début. Mais je me trouvais bête chez le fleuriste ou au restaurant parmi tous les autres amoureux. Cet air béat que chacun se croit obligé d'afficher ce jour-là. Et ces regards complices qui expriment le bonheur d'appartenir au club de ceux qui ont réussi à se caser. J'ai vite laissé tomber.

— Et comment a réagi votre compagne ?

— Mal au début. Puis elle s'y est fait.

— Jusqu'au jour où elle est partie.

La remarque, même s'il s'agissait d'un raccourci visant à mettre en exergue les conséquences de ma rigidité d'esprit, me toucha.

— C'est ce que je reproche à ces fêtes. Si vous oubliez la date anniversaire de la première rencontre, du premier baiser, vous perdez d'un coup le crédit cumulé durant les mois précédents, voire les années de véritables démonstrations amoureuses. Vous êtes comme cet étudiant qui a eu de bons bulletins trimestriels mais loupe son diplôme parce qu'il s'est présenté trop tard à l'examen.

— Étiez-vous réellement un bon élève en matière de comportement amoureux ?

— Non… je le reconnais. Mais je ne m'en rendais pas compte à l'époque.

— Admettons que la Saint-Valentin ou la fête des Mères soient des prétextes à faire dépenser de l'argent. Mais concernant les anniversaires, n'est-ce pas différent ?

— Les anniversaires sont les célébrations les plus détestables. Le mien surtout.

— Pour quelles raisons ?

— Tout d'abord parce que je dois, ce jour-là, subir le bal des imbéciles et des hypocrites. En quoi le fait que je prenne un an de plus concerne-t-il les autres ? Or, dès le réveil, je dois subir le lot de vœux envoyés par SMS ou par emails. Quel florilège d'idioties ! Il y a ceux qui se contentent d'un « Bon anniversaire », quand ils ne se limitent pas à un HB, ceux qui prennent plus de temps pour y ajouter deux ou trois banalités du type « Je te souhaite beaucoup de bonheur, une bonne santé, etc. », les apprentis comiques qui ironisent sur votre âge… Bref, personne ne peut sincèrement se réjouir que vous preniez un an de plus, à part peut-être le courtier qui vous a vendu une assurance vie. Les autres sacrifient à une tradition tyrannique et s'ils s'enthousiasment, c'est parce qu'ils trouvent là une occasion de faire la fête, voilà tout. D'ailleurs, à ces fêtes, après vous avoir fait la bise et collé un cadeau merdique dans les mains, ils se concentrent sur leur propre plaisir et vous oublient aussitôt pour se goinfrer et se lancer dans des discussions inintéressantes avec d'autres invités. Mais j'ai très vite arrêté de foutre mon fric en l'air pour nourrir ou abreuver des convives dont la présence m'indifférait.

— Pourquoi ne pas envisager l'idée que votre anniversaire puisse être l'occasion, pour vos proches, de vous manifester de l'affection ?

— Peut-être les vrais amis. Mais ceux qui me connaissent savent mon aversion pour ces démonstrations et ne m'emmerdent pas.

— Vous ne le fêtez donc jamais ?

— Plus depuis que ma femme m'a quitté. Elle s'évertuait chaque année à m'organiser une fête puis passait les jours suivants à me reprocher l'austérité que j'avais affichée.

— Qu'allez-vous donc faire ce soir ?

— Le fêter.

J'avais ménagé mon effet, espérant lézarder le masque impassible de mon thérapeute, mais il se contenta d'esquisser un sourire.

— Pour quelle raison ?

— Parce que j'écoute désormais les conseils.

— C'est-à-dire ?

— Pour essayer de rompre avec les habitudes qui, jusque-là, m'ont isolé du reste du monde.

— C'est louable. Mais je pense qu'il ne s'agit pas de la seule motivation.

— En effet. C'est une idée de mon assistante, elle a déjà tout organisé et je ne veux pas la décevoir.

— Et la réelle motivation ?

Ce fut à mon tour de sourire. Il faisait tomber mes défenses.

— Je vais inviter Alice.

— Intéressant, se contenta-t-il de dire.

C'était, en effet, le plan. Quand Dorine m'avait avoué avoir préparé une fête d'anniversaire, ma première réaction avait été de lui ordonner de tout annuler. Elle avait affiché du dépit puis vite laissé éclater sa colère.

— Que j'annule ? Mais pourquoi ?

— Tout simplement parce que je n'ai pas envie de le célébrer.

— Je vois… il y a quelques jours vous sembliez avoir retrouvé un peu d'enthousiasme, bon, rien d'affolant, bien sûr, mais en regard de la mélancolie que vous traîniez jusque-là c'était, à votre niveau, une véritable explosion de joie, et là vous sombrez à nouveau. Et, nous autres, sommes condamnés à vos variations d'humeur et à la fermer. Qu'est-ce qu'il se passe ? Vous faites votre andropause ? Votre libido vous joue des tours ? Vous vous êtes fait larguer ?

Furieuse, vexée, elle cherchait l'affrontement.

— Je n'aime pas les anniversaires, voilà tout, répondis-je fermement. Et vous n'avez pas à me dire…

— Donc même les anniversaires vous déplaisent ! m'interrompit-elle. Ça fait trois jours que votre ami Eddy et moi nous démenons pour organiser une soirée sympa ! Nous avons rameuté les rares amis qu'il vous reste et nos agents de sécurité les plus cool. « Profitons qu'il soit bien luné pour réunir les quelques personnes qui l'apprécient encore », m'a dit votre pote. Et, comme une conne, j'ai pris à cœur de préparer une soirée pendant laquelle vous vous sentiriez apprécié, aimé, même. Mais non, monsieur ne veut pas de fête, monsieur veut rester seul et pleurer sur la tristesse et la vanité de sa vie. Vous avez raison, votre vie est triste car vous ne savez pas vivre ! Et vous savez pourquoi ? Parce que vous pensez être au-dessus de tout le monde. Plus intelligent et plus lucide que tous les imbéciles qui « se vautrent dans la superficialité des plaisirs de notre société ». Mais vous êtes seulement plus seul et plus... plus...

— Con ?

— Oui ! s'était-elle exclamée en me bravant, redressant la tête, belle dans sa colère. Vous êtes un con ! Quelles raisons avez-vous de vous mortifier ? Vous ou un de vos proches êtes atteint d'une maladie grave ? Non ! Vous êtes en bonne santé, beau mec, vous dirigez une société qui pourrait être rentable si vous vous investissiez un peu plus. En fait, mon tort a été de croire que vous traversiez une mauvaise passe et d'avoir espéré que vous en sortiriez. Mais ce n'est pas passager, non, c'est votre nature. Vous êtes tout simplement un con, un égoïste, un égocentrique, un paranoïaque...

— C'est tout ? l'avais-je interrompue, touché par ses propos autant que sa sincérité.

Elle avait croisé les bras, haussé les épaules, cherché à se donner une contenance et, n'en trouvant pas, s'était dirigée vers la porte.

— Et vous pouvez me virer, j'en ai rien à foutre ! J'en ai marre de ce boulot ! J'ai l'impression de travailler pour une entreprise de pompes funèbres ! Et encore, je suis sûr que je m'amuserais plus avec des endeuillés !

J'avais dû reconnaître qu'elle avait raison. Je devais accepter ce projet. Parce qu'il me fallait lutter contre l'enfermement en allant à l'encontre de mes habitudes et phobies. Parce que je ne pouvais pas toujours m'opposer à son enthousiasme ni à celui d'Eddy. Parce qu'une idée avait jailli dans mon esprit : profiter de cette occasion pour revoir Alice.

— Bon, OK. On va la faire cette fête.

Elle avait stoppé net devant la porte.

— Oh non, plus la peine. Si c'est pour vous voir tirer la gueule toute la soirée…

— Non, je vous promets d'être le plus… cool possible.

— À quoi correspond ce niveau de coolitude chez vous ? À tendre la main pour dire bonjour ? Ne vous forcez pas, je laisse tomber.

Elle était mignonne avec sa moue boudeuse.

— Dorine, j'ai mal réagi et vous m'avez fait changer d'avis. Vous avez raison, je me comporte comme un con seul et triste et cette fête ne peut qu'être bénéfique. De plus, je n'ai pas envie de vous perdre. Vous êtes l'assistante la plus compétente et adorable que je connaisse. Certes un peu chiante parfois, mais ô combien précieuse.

Du coup, sa colère avait fondu et elle avait plongé ses yeux dans les miens.

— C'est vrai ? Vous pensez vraiment ce que vous dites ?

— Oui.

— Pour la compétence ?

— Oui.

— Et le fait que vous me trouvez adorable ?

— J'ai dit chiante également.

— Mais vous avez surtout dit compétente et adorable.

— En effet.

— Pourquoi ne me l'avez-vous jamais dit auparavant ? Vous ne m'avez jamais fait un seul compliment. C'est encore une stratégie de patron pour éviter les demandes d'augmentation ?

— Parce que je suis un con, un égocentrique, un égoïste et… je ne sais plus quoi encore.

— Un paranoïaque.

— Oui, voilà.

Elle avait à nouveau haussé les épaules.

— Donc, on fait cette fête mais… à une condition.

— Laquelle ?

— Je veux connaître le lieu des festivités, pouvoir en changer, avoir la liste des invités, pouvoir la modifier. Ce qui va peut-être vous contraindre à téléphoner à certaines personnes et à leur dire qu'elles ne sont plus conviées.

— Mais c'est Eddy qui s'est occupé de vos amis et proches.

— Justement.

— Bon, je m'en fous, je saurai trouver un baratin pour les indésirables. Et pour nos agents ?

— Pas de problème. Mais pensez à rajouter Samir et à lui dire de venir accompagné de sa femme, s'il le souhaite.

— C'est déjà fait.

— Bon, alors au boulot.

Elle était sortie puis vite revenue pour me tendre le dossier consacré à la soirée. Eddy n'avait quasiment pas fait de mauvais choix. Parmi les quinze personnes auxquelles il avait pensé je n'eus qu'à rayer le nom de deux anciens collègues, perdus de vue depuis très longtemps, avec lesquels il me conseillait de renouer pour des raisons commerciales. Et il avait inscrit Candice. J'avais ajouté ses amies, en commençant par Alice.

Voilà ce que je venais de raconter à mon étrange psy. Il avait souri.

— Vous commencez à vous délester de votre colère ?

— J'y travaille.

— Pour accepter que les autres vous aiment, il faut accepter de les aimer.

— Pour enfin finir par m'aimer ?

— À défaut de n'avoir pu commencer par cette proposition, le syllogisme est celui-ci, en effet.

Alice

À LA VEILLE du rendez-vous avec Roman, j'aurais dû être positivement stressée, impatiente, excitée, enthousiaste, animée d'idées folles et réjouissantes. Or, j'étais rongée par un doute qui me plongeait dans un état de mélancolie proche de l'anémie.

La veille, l'assistante d'Antoine avait appelé pour m'inviter à l'anniversaire de son patron. En précisant qu'il comptait sur ma présence.

À l'idée de le revoir, je me sentis particulièrement excitée. Mais, comme d'habitude, ma joie ne résista pas longtemps à mon pessimisme. Tout d'abord, j'étais quelque peu vexée qu'il ait laissé à son assistante le soin de me convier. Elle avait dit : « Vous êtes sur la liste des personnes qu'il m'a chargée d'inviter. » N'aurait-il pas pu s'en occuper lui-même plutôt que m'inscrire sur une liste ? Préparait-on un anniversaire comme un événement d'entreprise ? Ou s'agissait-il d'une stratégie visant à m'exprimer qu'il avait fait le premier pas (de grandes enjambées même) et attendait qu'à mon tour je me dévoile ? Ensuite, la curiosité de sa collaboratrice m'avait paru suspecte. Elle avait essayé d'en apprendre plus sur moi en posant des questions d'un ton enjoué qui, je le sentais, masquait une pointe de jalousie. Était-elle sa petite amie ou simplement une assistante trop curieuse ?

J'étais incapable de deviner ce que chaque mot, chaque acte, signifiaient au-delà de leur sens immédiat. Mes contemporains avaient développé un langage amoureux dont ils maîtrisaient les subtilités, moi, j'avais l'impression d'être une touriste en pays étranger tentant, dictionnaire à la main, de comprendre et d'être comprise. J'avançais avec peine, désorientée et craintive. Je manquais de pratique.

Bref, je marchais à côté de ma vie, sur la bande d'arrêt d'urgence, hésitant entre reprendre ma place dans la file des anonymes roulant au pas ou emprunter la première sortie vers l'inconnu (parabole d'une femme ne possédant pas le permis).

Re-bref, j'étais tourmentée, épuisée, quasiment amorphe.

Au bureau, j'aurais mérité d'être engueulée par Fantin tant je me montrais inefficace. Mais il faisait mine de ne pas s'en rendre compte et alla même, ce matin-là, jusqu'à m'offrir un visage aimable quand nous nous croisâmes (l'amabilité chez Fantin se traduit par une expression imbécile du type de celle que l'on affiche quand on croise une personne que l'on croit connaître et que l'on hésite à saluer).

Les filles n'avaient pas pu se libérer pour le déjeuner à cause d'une réunion importante à laquelle tous les directeurs (excepté Fantin que cette mise à l'écart évidente plongeait dans un état d'hébétude proche de la catatonie) (d'où peut-être sa grande mansuétude à mon égard) avaient été convoqués. Une réunion de crise, murmurait-on dans les couloirs.

Seule Candice passa me voir dans l'après-midi.

— Qu'est-ce qu'il se passe ? osai-je demander. Pourquoi cette agitation ?

— Le renouvellement d'un contrat a été remis en question par une chaîne. C'est le branle-bas de combat, répondit-elle en balayant l'air de la main.

— Et c'est si grave ?

— Non. Mais ça risque de rogner les dividendes des actionnaires. Et toi ? Impatiente de voir Roman, demain ?

— Oui. Enfin, je ne sais pas si je suis impatiente. Je doute, maintenant.

Elle fronça les sourcils, balaya sa mèche.

— Tu doutes ?

— J'irai à ce rendez-vous, bien sûr, au moins pour savoir qui il est. Mais disons que… je ne le sens plus.

— Pourquoi ?

— Je ne sais pas. Je crois qu'il m'a trop fait attendre. Enfin, j'en sais rien.

Impossible de lui révéler que mes hésitations étaient nées après la sorte de déclaration de son ex-amant. D'ailleurs, que savait-elle à ce sujet ? Olga avait-elle évoqué ses doutes concernant les sentiments d'Antoine ? S'en était-elle tout bonnement aperçu ? Je tentais de l'interroger de manière détournée.

— Tu es invitée à l'anniversaire d'Antoine, ce soir ?

Elle redressa la tête, surprise et contrariée.

— Son anniversaire ?

— Oui. Son assistante a appelé pour me dire que j'étais conviée.

Je fus persuadée qu'elle savait quelque chose tant ma réponse la troubla.

— Ah, très bien.

— Pas toi ? hasardai-je.

— Si. Mais je n'y vais pas.

— Et Olga et Dallia ?

— Je ne crois pas.

À l'évidence, elle était irritée.

— Qui lui a donné ton numéro de téléphone ? questionna-t-elle.

— Il ne l'a pas. Son assistante m'a appelée au bureau. Elle a dû passer par le standard.

— Son assistante… répéta-t-elle, ironique. Non, je n'irai pas. Et je te conseille de faire de même ; tu dois être en forme samedi.

Le ton se voulait léger, complice, mais je la sentais réellement agacée.

— Antoine est un homme assez étrange, dit-elle en fixant un point derrière moi, comme si elle essayait de résumer une situation complexe en usant des mots les plus justes. Il me courait après puis, lors de la soirée, s'est ravisé. Mais il y a deux jours, il m'a relancée, et là, c'est moi qui ai dit non.

L'information me blessa. Ne me voyant pas réagir à ses avances, il s'était rabattu sur la pauvre Candice. L'homme était un séducteur. Et un menteur. Un con.

— Tu… Il ne t'intéresse plus ? questionnai-je.

— Non. Je n'aime pas qu'on joue avec moi. Il sort avec son assistante, paraît-il. Une gamine de vingt-quatre ans.

La révélation finit de m'achever mais je tentai de n'en rien laisser paraître.

— C'est marrant… elle avait en effet l'air curieuse de savoir qui j'étais, dis-je en me souvenant des questions qu'elle m'avait posées.

— Je ne lui en veux pas, remarque. C'est pas un salaud, juste un mec un peu paumé. Il me fait de la peine. C'est pour ça que je l'ai aidé en le mettant en contact avec le DRH.

— C'était gentil de ta part, réussis-je à dire. Tu crois qu'il t'a… manipulée ?

— Peut-être. Mais peu importe, il était là au bon moment. Nous avions besoin de ses services.

Elle se pencha sur mon bureau.

— Bien entendu, ce que je t'ai confié reste entre nous. Olga serait capable de le faire virer si elle apprenait qu'il s'est conduit ainsi avec moi. Elle est très protectrice.

— Ne t'inquiète pas, je sais être discrète.

Quand elle me laissa, j'étais abattue. Dire que j'avais été sensible à son baratin de séducteur. Dire qu'il m'avait conduite à douter de mon désir de rencontrer Roman.

*

En rentrant chez moi, j'étais donc furieuse. Aussi, quand monsieur Gaillard sonna à ma porte, je lui réservai un accueil plutôt froid.

— Désolée, mais je suis occupée ! lançai-je d'un ton péremptoire.

— Ah… Je peux rentrer quelques minutes quand même ?

— Non, pas le temps.

— Bon, je repasserai demain matin, annonça-t-il.

Craignant qu'il me réveille à l'heure où il s'en allait faire ses courses, soit trop tôt pour moi un jour de repos, je cédai.

— Bon, deux minutes seulement. J'attends un appel important.

Tandis qu'il pénétrait dans le salon, j'envoyai un message à Marianne pour qu'elle m'appelle deux minutes plus tard.

— Je suis inquiet, dit-il en marchant à travers l'appartement, comme s'il cherchait à vérifier que tout était conforme à ses attentes.

— Vous êtes toujours inquiet, monsieur Gaillard.

— C'est vrai. Mais là, c'est justifié. Figurez-vous que j'ai entendu des bruits bizarres dans l'allée, cet après-midi. Il y avait des hommes qui discutaient sur notre palier. Et qui, quand je suis sorti, ont paru embarrassés.

— Je vois, dis-je, alors que je ne voyais dans ces révélations que l'expression de sa paranoïa.

— Et le plus étrange est qu'ils dissimulaient quelque chose.

— Quoi ?

— Un objet.

— Quel objet ?

— Je ne sais pas puisqu'ils le cachaient ! déclara-t-il sur le ton d'un professeur acariâtre excédé par la stupidité de son cancre d'élève. Maintenant, je peux émettre une hypothèse : du matériel avec lequel ils comptaient fracturer votre porte. Ou la mienne. Mais, quand j'ai sorti un vieux fusil, ils ont immédiatement fui. Vous auriez vu leurs têtes !

— Vous avez bien fait.

— Je n'aime pas ça, mademoiselle Aline, marmonna-t-il, de nouveau préoccupé.

Et il entama un énième discours sur l'insécurité et mon absolue nécessité d'être prudente et... de m'armer.

— Je vous l'ai dit, je ne veux pas d'arme.

— Une factice ! insista-t-il.

À cet instant, mon portable sonna, à mon grand soulagement. Je n'avais pas la force de débattre avec ce malade.

— L'appel important dont je vous parlais.

— D'accord, je m'en vais, dit-il alors que je m'attendais à plus de résistance. Mais promettez de faire attention à vous.

— Promis.

— Ne me raccompagnez pas, je connais les lieux, clama-t-il en s'éloignant.

Je m'affalai sur mon divan.

— Pourquoi me demander de t'appeler ? s'inquiéta Marianne, à l'autre bout du fil.

J'attendis que mon voisin soit sorti et lui expliquai la situation.

— Mon Dieu, tu m'as fait peur. Tu vis seule et entourée de dingues. Bon alors, es-tu prête pour ta rencontre de demain ?

J'évoquai mes doutes, Antoine, ma déception.

— Concernant Antoine, laisse tomber pour l'instant. Reste plutôt concentrée sur l'hypothétique et mystérieux amoureux.

— Hypothétique ? Tu n'y crois donc pas ?

— Ça dépend. Mon avis fluctue au gré de ce que tu me dis de ses actes et de mon humeur. Je suis sans doute, moi aussi, dépassée. Tu vis à Paris, ville de la démesure, et les hommes là-bas ont peut-être besoin d'en faire des tonnes pour séduire. Moi je suis traditionaliste en matière d'amour : un message, un rendez-vous au resto, une déclaration et basta.

— Je suis également ce genre de femme, tu le sais.

Je n'avais pas senti venir les sanglots qui, soudain, éclatèrent.

— Je n'en peux plus, Marianne. Je ne me reconnais plus. Je ne dors plus, ne mange plus. J'ai l'impression d'être une idiote dont tout le monde se fout. Antoine qui me fait une belle déclaration alors qu'il sort avec son assistante et tente de séduire ma collègue. Et ce Roman qui me balade depuis le début, ne répond jamais ce que j'aimerais qu'il réponde, disparaît, réapparaît, n'envoie pas de photo. Et ce rendez-vous nul auquel je dois me rendre dans l'espoir que ce mec me plaira alors qu'il s'agit peut-être du frère de Quasimodo et que toute cette poudre aux yeux, tous ces atermoiements ont simplement pour objectif de me cacher cette vérité. Je me fais l'effet d'être une désespérée, une mendiante de l'amour, comme disait Aznavour.

— Enrico Macias, dit-elle après quelques secondes de silence.

— Quoi ?

— « Le Mendiant de l'amour », c'était Macias, pas Aznavour.

— Ah oui, c'est vrai, dis-je en pleurant. Tu vois je suis vraiment nulle.

— Il est vrai que citer Macias ou Aznavour à ton âge est… inquiétant.

Elle m'écouta chougner trois secondes puis s'emporta.

— Bon, calme-toi, ordonna-t-elle avec autorité. Cesse de te plaindre. Tu préférais peut-être ta solitude à ces bouleversements ?

— Je la regrette parfois.

— Écoute, ce que tu vis est difficile, je sais. Mais tu ne peux pas reculer maintenant. Ce serait complètement stupide de ne pas aller à ce rendez-vous après tant d'attente pleine d'espoir. Tu passerais ensuite ta vie à le regretter.

— Je ne sais plus où j'en suis, Marianne.

— En fait, c'est Antoine qui t'a plongée dans cet état. Ce qu'il t'a dit t'a fait douter et ce que tu viens d'apprendre t'a démolie.

— En effet.

— Alors, fais couler un bain, détends-toi, écoute de la musique et essaie d'aborder la journée de demain avec un peu plus d'enthousiasme.

Je promis d'essayer.

— Et tiens-moi au courant, dès que tu l'auras vu. Je regarderai l'émission et essaierai de te distinguer parmi les spectateurs.

Ne sachant trop quoi penser, je choisis de suivre ses conseils. Pendant que ma baignoire se remplissait, j'envoyai un message à Sandrine pour lui proposer de dîner avec moi. Je ne me sentais pas capable de rester seule.

Antoine

Elle n'était pas venue. J'avais passé le début de la soirée à observer la porte d'entrée, espérant la voir apparaître, mimant la convivialité et tentant de dénouer le nœud qui me serrait la gorge en avalant quelques verres de whisky. Je trinquais avec ironie à mon avenir, à mon bonheur, à mes amours. L'alcool donnait à ma déception des accents mélodramatiques et m'entraînait vers ce type de désespoir qui, par sursaut de pudeur, choisit l'apparat de la joie pour ne pas révéler sa pathétique profondeur. Plus je buvais, plus j'étais malheureux et paraissais joyeux.

Seul Eddy le comprit. Après m'avoir observé un long moment, il m'entraîna à part.

— Arrête de boire, Tony.

— Pourquoi ? C'est mon anniversaire ! Je suis heureux d'être entouré des gens que j'aime.

— Cesse tes conneries. Je te connais. Qu'est-ce qui ne va pas ?

Je haussai les épaules.

— Je suis amoureux. Comme un ado. Et malheureux comme un ado quand il se rend compte que ce n'est pas partagé.

— Alice ?

— Qui d'autre ?

— Je ne vais pas te sortir des conneries du genre « Elle a dû avoir un empêchement » ou autres hypothèses censées te rassurer, mais évite de te foutre en l'air ce soir. Tes agents, ton assistante et les quelques clients invités ne le comprendraient pas.

— Eddy… la voix de la sagesse, ma conscience, mon Jiminy Cricket, ironisai-je en le prenant dans mes bras. Tu as raison, je vais faire gaffe.

— Et concernant Alice, rien n'est joué. Si tu es… amoureux, comme tu le dis, tu sauras faire ce qu'il faut pour qu'elle le comprenne. Si j'ai cerné le personnage, je ne doute pas que ta sincérité finisse par la toucher.

— Je ne pensais pas retomber un jour dans ce genre de tourments, avouai-je. Tu te rends compte… à mon âge, me retrouver raide dingue d'une fille qui n'a rien fait pour me séduire, et comme un gamin être désespéré qu'elle ne m'accorde aucun intérêt !

— Je trouve que c'est une chance, Tony. Tu étais affectivement mort et elle t'a donné un nouveau souffle de vie. Alors, même si ça ne marche pas, même si mon pote est malheureux et doit le rester, je lui suis reconnaissant.

À ce moment-là, Dorine, éméchée, surgit et me saisit la main.

— Arrêtez de faire cette tête, vous deux. Allez, boss, venez me faire danser.

Elle m'entraîna sur le petit espace où deux ou trois invités se balançaient sur une musique douce et se colla à moi. Je sentais son corps chaud, ses seins fermes et, embarrassé, tentai de mettre un peu d'espace entre nous.

— Ça vous gêne ? demanda-t-elle, pleine de malice.

— Oui. On nous regarde.

— Si on ne nous regardait pas, cela ne vous ennuierait pas, donc.

— Dorine…

— OK, OK, je sais, je suis une gamine, et même si vous avez terriblement envie de me sauter, vous ne le ferez pas pour toutes ces raisons éthiques qui m'échappent.

— Qui vous dit que j'ai envie de vous… sauter ? plaisantai-je.

— Je le sais. Enfin non… là, je le sens.

— Mensonge. Vous ne me faites aucun effet.

Elle éclata de rire et parut plus jeune et plus belle encore.

— Alors, content de cette petite fête ? interrogea-t-elle.

— Oui, mentis-je.

— Mais triste que cette… Alice ne soit pas venue, n'est-ce pas ?

Je reculai pour lui montrer mon étonnement.

— Je suis si transparent ?

— Non, mais nous autres femmes savons décoder les inflexions d'une voix, les dérives d'un regard.

— Je vois, dis-je, pensif. C'est un vrai don, un super pouvoir, même.

— D'ailleurs, je suis étonnée qu'elle ne soit pas venue. Quand je l'ai appelée, j'ai senti qu'elle était touchée par l'invitation.

— En fait, vos super pouvoirs sont limités.

— Non. Il a dû arriver quelque chose. Et, de plus, je crois qu'elle n'a pas apprécié que ce soit moi qui appelle. La démarche était trop formelle, à mon avis.

— Vous pensez ?

— Je connais les femmes. Elle avait une voix fragile. Elle semble aussi introvertie et timide que moi expansive et délurée. Et ce genre de gonzesse est toujours dans la nuance. Les hommes sont guidés par l'objectif, les femmes, attentives aux étapes qui y mènent.

— Vous avez donc dû être un homme dans une autre vie.

Elle éclata de rire.

— Pas con. Ça expliquerait pas mal de choses, en effet.

Le propos me redonna un peu d'espoir. Je préférai croire que l'absence d'Alice était due à sa susceptibilité plutôt qu'à son manque d'intérêt pour moi. Dans mon état d'ébriété, cette explication suffisait à me rassurer. Samir posa la main sur mon épaule.

— Je peux vous emprunter Dorine ? demanda-t-il.

— Bien sûr, dis-je en relâchant mon étreinte. Mais… vous êtes venu seul ? Votre femme ne vous a pas accompagné ?

— Heu… non. En fait, je suis divorcé, avoua-t-il, embarrassé, avant de couler un regard concupiscent vers ma cavalière. Désolé, mais bon… j'ai pensé que, avec mon passé, dire que j'étais marié était plus rassurant pour les employeurs.

Il saisit Dorine et l'entraîna dans une danse. Elle m'adressa un clin d'œil.

— Je vous le disais : les hommes visent toujours l'objectif.

C'était vrai. J'avais été l'un de ces hommes.

Cinquième partie

LES ÉVÉNEMENTS

Alice

Une sieste m'avait permis de récupérer de ma soirée avec Sandrine, puis de la nuit passée à envisager tous les scénarios possibles (les pires principalement) et à disséquer les sentiments que m'inspirait Antoine. Au réveil, un message de Roman m'attendait.

Ce soir… révélation !

C'était tout. Trois mots censés dire son impatience. Trop peu en regard des doutes qui m'assaillaient. Certes, j'allais enfin le rencontrer, mais je n'étais plus animée par les mêmes motivations. Sur l'échelle de la passion, j'étais passée de « follement excitée » à « tout juste curieuse », après un ensemble de paliers de décompression.

Lisant par-dessus mon épaule, Sandrine avait gardé un moment le silence, tentant de déceler dans le message des connotations suffisamment positives pour m'éviter d'atteindre le stade « plus du tout intéressée ».

— Bon, je crois simplement qu'il faut y voir un clin d'œil, une manière de faire monter la pression, avait-elle conclu.

— J'ai surtout l'impression qu'il s'en fout.

— Je ne crois pas. De toute manière, il est trop tard pour te torturer les méninges. Nous serons fixées ce soir ! conclut-elle avant de proposer de m'accompagner chez le coiffeur.

— Non, pas question de me travestir cette fois encore. Après tout, il m'a dit avoir craqué sur moi dans le métro, donc sans fards ni artifices.

— Pas faux. Mais tu vas quand même t'apprêter un peu, n'est-ce pas ? Au moins pour ne pas ressembler à une provinciale perdue au milieu des Parisiens. C'est la télévision, quand même !

Une fois que j'eus fini de me préparer, elle jaugea le résultat.

— Pas mal, dit-elle, comme si elle était experte en relooking.

Elle me tendit alors un paquet.

— Un cadeau. Pour immortaliser le moment. S'il s'avère que c'est un grand jour, tu le considéreras comme un porte-bonheur, si c'est un fiasco, tu en feras un chiffon.

— Mais il ne fallait pas ! m'écriai-je en la prenant dans mes bras.

— T'inquiète ma poupette, c'est trois fois rien.

Et c'était vrai. Sous le papier, je découvris un foulard aux couleurs et motifs... ignobles. Sandrine guettait ma réaction, aussi me sentis-je obligée de mimer la félicité.

— Oh… il est tellement… mais vraiment… tellement… (je ne suis pas super forte en mime de félicité).

— J'étais sûre qu'il te plairait. En même temps, c'était pas difficile.

— Pourquoi ?

— Ben, regarde-le, banane !

— Je ne fais que ça…

— Mais tu ne vois pas que c'est le même type de motifs que ceux de l'écharpe que tu m'as offerte ?

En effet, on aurait pu croire que la grand-mère de Marianne, portée par le feu sacré de la création, avait diversifié son activité. La vie se charge parfois de vous faire la leçon.

Elle me le passa autour du cou.

— T'es toute mignonette. Allez, je téléphone à Hubert pour qu'il vienne te chercher (même blague d'anciens que « Fesses-Book » au sujet de la plateforme de voitures avec chauffeurs).

*

Mamadou, un copain d'Hubert, me déposa à l'entrée des studios d'enregistrement, et je pris place dans la foule des spectateurs qui attendaient l'ouverture des portes. Un groupe de filles se moqua de moi sans trop chercher à s'en cacher. Je réalisai alors que j'avais oublié d'escamoter le foulard dans le taxi, comme je me l'étais promis. Trop tard : l'enlever reviendrait à leur donner raison et je refusais de capituler devant la bêtise. Je relevai donc le menton, résolue à les braver et à masquer ma gêne. Après tout, que savaient ces idiotes de l'amitié qui me liait à Sandrine ? Et puis, d'abord… étaient-elles invitées par un membre de l'équipe, elles ? Non ! Alors… camembert, comme aurait dit mon amie.

J'entendis soudain quelqu'un m'appeler. Étonnée, je cherchai d'où venait la voix et découvris une jeune femme très mince, les cheveux en bataille, apparemment fébrile, qui, le cou tendu, répétait mon nom. Je levai la main, comme à l'école. Elle me fit signe de la rejoindre. Je passai devant les autres spectateurs, notamment devant la bande de garces qui me regardèrent avec un intérêt nouveau, et la rejoignis.

— On m'a chargée de venir vous chercher et de vous conduire sur le plateau.

— Qui ?

— Je ne sais pas. Vous êtes sur ma liste de VIP et je dois vous éviter de faire la queue.

Elle me fit entrer. Je ne résistai pas au plaisir de me retourner pour voir la tête des pestes et leur adresser un sourire. Hé hé, j'étais une VIP ! Je ressentis un malin plaisir à trouver de la jalousie sur leurs visages outrageusement maquillés. Nous traversâmes des couloirs ternes avant d'atteindre le plateau.

Hormis quelques personnes déjà installées à différents endroits de la salle – d'autres VIP, pensai-je –, le lieu n'était occupé que par des techniciens qui s'activaient fébrilement. Seule la scène dont la décoration, à grand renfort de strass et de fleurs roses, créait une ambiance girly, se révélait abondamment éclairée. Mon hôtesse me fit asseoir.

— On va vous maquiller, m'annonça-t-elle, comme s'il s'agissait d'un privilège incroyable.

— Non, merci, je n'en ai pas besoin.

Ma réponse la contraria. Elle se pencha sur moi pour murmurer, sur le ton du secret :

— Quand nous faisons des plans sur le public, nous nous attardons toujours sur les VIP. Et la lumière des studios peut être cruelle et déformer les visages, vous comprenez ?

— Oui, mais je ne tiens pas à être filmée.

L'esthéticienne apparut avec sa trousse.

— Oh, ne soyez pas si timide ! clama mon accompagnatrice. Et puis, tout le monde aime passer à la télé. Allez, ne vous inquiétez pas, c'est juste une retouche, un peu de blush pour que votre visage ne brille pas.

Elle n'attendit pas ma réponse et fit signe à la jeune femme qui, pinceau en main, attendait.

— Par contre, il vous faudra enlever le foulard, dit-elle en fronçant les sourcils, comme si elle essayait de comprendre quels traumatismes j'avais pu subir dans mon enfance pour m'affubler d'une telle horreur. Il est trop… coloré pour les caméras.

Elle s'en alla et la maquilleuse commença son œuvre.

— Vous connaissez les cadreurs ? demandai-je.

— Non, je ne connais pas les équipes techniques, désolée.

— Et savez-vous de quoi va parler l'émission ?

— Aucune idée. On m'embauche pour la soirée, on me dit qui maquiller ou démaquiller, mais rien de plus. D'autant que, ce soir, d'après ce que je comprends, le sujet est secret. C'est un milieu très parano, vous savez. Ils ont peur des journalistes, des blogueurs, des rumeurs.

Elle finit sa retouche (si on peut appeler retouche l'application d'un centimètre de fard sur le visage) au moment où les portes s'ouvraient pour laisser entrer les autres spectateurs, bientôt installés par des hôtesses selon une logique qui me parut assez évidente : les belles et beaux devant, les autres derrière.

Un jeune homme entra et se présenta en hurlant dans son micro. Il dit être ambianceur et réclama la complicité des spectateurs pour « mettre le feu ». Il expliqua comment interagir avec lui, en fonction des gestes qu'il nous adresserait. Tout cela me parut éminemment puéril et je sus d'emblée qu'il me serait impossible de jouer le jeu. Il nous demanda également d'éteindre nos portables. Je cherchai le mien dans mon sac et sentis un objet assez lourd dans l'une des poches. Je la fouillai et tressaillis. Là était rangé le pistolet que mon voisin avait voulu me donner. Je le remis vite à sa place, tremblante, jetant un rapide coup d'œil vers les personnes assises à mes côtés pour vérifier qu'elles n'avaient rien vu. Comment ce parano était-il parvenu à le glisser là ? Puis je me souvins l'avoir vu fureter dans mon appartement pendant son monologue et, au moment de me laisser, alors que j'étais au téléphone, me dire qu'il saurait trouver la sortie. Je soupirai, excédée et rétrospectivement inquiète. Que se serait-il passé si on m'avait fouillée à l'entrée ? J'aurais sans doute eu droit à une immobilisation violente et serais repartie encadrée par des policiers. J'avais été trop gentille avec lui ! De toute façon, j'étais trop gentille avec tout le monde ! Il allait m'entendre ! Je décidai de me débarrasser de l'objet dès que l'opportunité se présenterait.

La salle s'éteignit et les techniciens prirent place. Je vis les caméras bouger et me tordis le cou pour essayer de distinguer les hommes qui les manipulaient. Ils devaient être une demi-douzaine mais aucun n'était réellement visible, compte tenu de l'obscurité et du volume de l'appareil derrière lequel ils se cachaient. Déçue de ne pas avoir pu rencontrer Roman avant l'émission, je pris mon mal en patience.

Le régisseur annonça le compte à rebours et, quand il prit fin, le chauffeur de salle leva les mains pour que le public crie et applaudisse.

Un animateur apparut. Je le connaissais pour l'avoir vu dans quelques programmes mais pas assez pour me souvenir de son nom. La trentaine, jeune, mince et plutôt beau garçon, il se plaça au centre de la scène.

« Mesdames et messieurs, bonsoir et bienvenue pour la première diffusion d'une émission qui fera date dans l'histoire de la télé ! Bienvenue à "Aujourd'hui peut-être" ! »

Applaudissements.

Je tentai une nouvelle fois de distinguer les cameramen, en vain. Dans un ballet très ordonné, ils se déplaçaient sur des zones définies. Seules deux caméras étaient totalement mobiles et, pour l'heure, filmaient le public. L'une d'elles approcha et, au moment où je vis le visage du cadreur, je fus prise d'une réelle angoisse. Petit, assez corpulent, il ne me plut pas du tout. J'essayai de capter son regard afin de voir s'il me reconnaissait, mais il restait concentré sur son appareil, soucieux d'offrir à sa régie les plus jolis plans. Sur les deux écrans géants qui nous faisaient face, je me vis apparaître parmi le public et souris intérieurement en imaginant les cris que Sandrine devait pousser et la tête de Marianne, sans doute penchée sur son écran pour mieux me voir.

Je vis aussi la bande de chipies tenter de se positionner de manière à entrer dans le cadre.

« Tout le monde a parlé de ce programme ces derniers jours pour une seule et unique raison : nous n'avons pas communiqué sur son contenu. Pourquoi ? Vous le comprendrez dans quelques instants. Mais notre promesse de vous offrir un moment de télévision unique sera tenue. »

Applaudissements enthousiastes.

Je compris qu'il serait impossible de distinguer le physique des cadreurs durant le tournage. Au mieux, il me faudrait attendre la pause publicité, si toutefois la production rallumait les lumières pendant ces quelques minutes, au pire, la fin de l'émission.

« Je peux maintenant vous révéler le thème de notre programme, même si la plupart d'entre vous l'a déjà deviné compte tenu de ce super décor.

Mesdames et messieurs, ce soir nous allons parler... d'amour ! »

Le public, aiguillonné par l'ambianceur, cria un « Oh » mêlant enthousiasme et étonnement, avant d'applaudir encore à tout rompre.

« Et pour que vous puissiez pleinement apprécier l'originalité d'"Aujourd'hui peut-être", accueillons tout de suite notre première invitée... Elle est là, parmi nous, dans ce public... »

Des faisceaux de lumière se mirent à parcourir la salle, éclairant l'assistance, sur un rythme épileptique, pendant qu'une musique censée créer le suspense emplissait le studio et faisait vibrer nos sièges.

Les spectateurs se dévissaient le cou pour suivre les halos des projecteurs, se regardaient en riant, la plupart espérant être désignés pour un jeu qui leur permettrait peut-être de gagner un magnifique cadeau.

Puis la lumière s'immobilisa, le son de la musique s'amplifia, et nous cherchâmes tous à savoir qui avait été désigné. Je me rendis alors compte que les visages étaient tournés dans ma direction et que le faisceau éclairait la partie du public dans laquelle je me trouvais. Je me retournai et vis alors les spectateurs situés derrière moi me dévisager. Je levai les yeux vers l'écran et, soudain, découvris mon visage en gros plan.

« Mesdames et messieurs, notre première invitée est… Alice. »

Applaudissements, cris, et… trou noir.

La femme située à mes côtés me prit la main, la serra.

« Alice est troublée et c'est bien normal. Elle ne savait pas qu'elle serait la vedette ce soir ! »

Les yeux fixés sur l'écran sur lequel j'apparaissais toujours en gros plan, je ne comprenais pas ce qui arrivait. J'eus tout juste assez de lucidité pour réaliser qu'il fallait que je ferme la bouche pour gommer un tant soit peu l'air idiot que j'affichais, mais mes muscles ne répondirent pas.

L'animateur, sans que je l'aie vu traverser le studio, se retrouva comme par magie auprès de moi.

« Alors, Alice ? Vous m'avez l'air surprise, presque choquée, ce que je comprends tout à fait. Vous ne vous doutiez de rien, n'est-ce pas ? » dit-il en tendant son micro.

Ses mots m'arrivaient comme à travers d'épais nuages ouatés sans que je parvienne à en comprendre le sens.

Je posai mes yeux sur lui et le sentis embarrassé par mon mutisme.

Pourquoi Roman m'avait-il mise dans une telle situation ?

« Alice ? m'interpella l'animateur. Un petit mot ? »

Quel petit mot aurais-je pu articuler ? (à part « merde » ou « putain ! » ou, si ma politesse dominait, « non »). Je ne répondis donc pas, affichant toujours le même air béat.

« Nous allons laisser Alice reprendre ses esprits », annonça l'animateur, comprenant qu'il n'arriverait pas à tirer quoi que ce soit de moi.

« Et, pendant ce temps, nous allons la découvrir à travers un portrait réalisé par nos équipes. »

N'étant pas sûre d'avoir bien compris, imitant les spectateurs, je levai les yeux vers l'écran qui, maintenant, montrait une rue puis un immeuble. Ma rue. Mon immeuble.

Sur ces images, un commentaire :

« Alice vit dans le 12e arrondissement de Paris, dans un immeuble modeste. Elle est l'assistante du directeur financier d'une entreprise parisienne. Une assistante appréciée pour ses compétences. »

Mais pourquoi parlaient-ils de moi ? Mon cœur battait à tout rompre, mon corps se liquéfiait, la respiration me manquait.

La personne à mes côtés se pencha sur moi en continuant à me serrer la main.

— Ça va, Alice ? demanda-t-elle.

— Qu'est-ce que... ça signifie ? Je... Je ne comprends pas, balbutiai-je.

— C'est une surprise, annonça-t-elle en affichant une mine réjouie. Vous allez adorer ! Détendez-vous, c'est un vrai bonheur ce qui vous arrive.

Elle me tendit un verre d'eau qu'une assistante venait de lui remettre.

— Tenez, buvez un peu.

Je réussis à avaler deux gorgées.

Fantin apparut à l'écran. Il était assis derrière son bureau, feignant une pause décontractée, visiblement heureux d'être filmé.

« C'est une assistante exceptionnelle. Elle est intelligente, discrète. C'est moi qui l'ai recrutée. Elle venait de province, était timide, et je pensais qu'elle aurait du mal à faire valoir les qualités que j'avais décelées. Je l'ai prise sous mon aile, lui ai appris les arcanes de notre métier. Et je ne le regrette pas. Ma fonction demande beaucoup de travail, un esprit d'analyse et de décision. Elle sait m'accompagner, me soutenir, me suppléer quand je suis en voyage d'affaires. »

— Mais… que me veulent-ils ? réussis-je à articuler avec peine. Pourquoi parlent-ils de moi ?

— C'est une surprise, je vous dis. Une merveilleuse surprise. Vous allez être couverte de cadeaux.

— Mais je n'en veux pas. Je… Je n'ai rien demandé, moi.

— Détendez-vous, répéta-t-elle, désormais un peu agacée.

Elle murmura quelques mots que je croyais m'être adressés mais je la vis approcher le micro-cravate attaché à sa boutonnière vers sa bouche.

— On a un souci, réussis-je à entendre.

— Vous travaillez pour… eux ? Pour l'émission ? demandai-je.

— Je suis là pour vous assister, dit-elle, irritée d'avoir été démasquée.

« Alice est née il y a trente-trois ans dans une petite ville du nord de la France. Troisième enfant d'une famille de quatre, elle a grandi dans un environnement aimant. Excellente élève, elle se destinait aux grandes écoles. Mais le destin en a décidé autrement. Un matin, alors qu'elle se rend au lycée, un scooter conduit par un chauffard la renverse et Alice se retrouve à l'hôpital. Un accident qui changera à tout jamais sa vie, bouleversera ses projets. Elle est contrainte d'abandonner ses rêves d'études glorieuses. Malgré le pessimisme des médecins, à force de courage et d'heures de souffrance passées dans des centres de rééducation, la jeune fille retrouve sa mobilité. Certes, elle ne peut plus faire de sport et boite légèrement, mais elle est sur pied et reprend ses études. Ne pouvant pas s'éloigner de sa ville pour des raisons de santé, elle se résout à suivre des cours par correspondance avant de pouvoir rejoindre l'université la plus proche. Elle décroche son diplôme et, pour laisser ces sombres événements derrière elle, décide de quitter sa ville et de monter à Paris tenter sa chance. »

— Mais ce n'est pas vrai… ça ne s'est pas passé comme ça ! marmonnai-je.

J'étais stupéfaite. Où voulaient-ils en venir ? De quel droit s'appropriaient-ils ma vie pour l'exposer ainsi ? Que souhaitaient-ils, bon sang !

La femme chercha à reprendre ma main mais je la lui retirai.

— Vous pourrez corriger les erreurs tout à l'heure, me murmura-t-elle.

— Pourquoi tout à l'heure ? Que va-t-il se passer ?

Elle ne répondit pas.

« Alice va alors dépenser toute son énergie au travail. Comme beaucoup de provinciaux déracinés et projetés dans les trépidations de la capitale, et du fait de sa timidité, elle a peu d'amis, sort rarement et est toujours seule pour se rendre à des expositions. Elle se consacre alors totalement à son métier, s'oublie. Et c'est ainsi que cette jeune femme courageuse, volontaire, admirable à bien des égards, se retrouve à trente-trois ans célibataire et malheureuse. »

Le reportage prit fin et la lumière revint sur le plateau. Je vis les spectateurs me dévisager avec pitié. Certains avaient même des larmes aux yeux.

Les miennes coulaient. J'étais horrifiée, apeurée et honteuse.

Après avoir laissé le silence se charger de l'émotion ambiante, l'animateur reprit la parole, sur un ton doux, empli d'une compassion sirupeuse.

« Eh oui… voici la vie de la courageuse Alice. Alice qui, après avoir vu ces quelques images, est en larmes. »

Sur l'écran, mon visage apparut en plan très serré. Un technicien me tendit un micro mais l'assistante de production qui me chaperonnait fit un discret signe de la main lui signifiant d'y renoncer. L'animateur comprit et enchaîna.

« Alors, pourquoi Alice est-elle là ce soir, vous demandez-vous sans doute ? Pourquoi avons-nous, à son insu, décidé de mettre sa vie en lumière ? C'est justement le thème de notre émission. Dans "Aujourd'hui peut-être", nous nous sommes fixé pour mission de venir en aide à des personnes de valeur. À des anonymes brisés par la société et qui, sans l'intervention d'âmes bienveillantes, risquent de finir leur vie sans avoir connu le bonheur. Oui, mesdames et messieurs, la vocation d'"Aujourd'hui peut-être" est de briser la solitude de celles et ceux qui ont été broyés par la vie moderne, de créer de la sociabilité là où il n'y en a plus, de redonner de l'espoir à ceux qui ne croient plus en l'avenir, d'offrir de l'amour à ceux qui en ont à donner mais n'en reçoivent pas en retour. Et c'est le cas d'Alice, notre première invitée. Nous avons donc déployé tous les moyens possibles pour… la rendre heureuse, lui redonner le sourire et… lui trouver un amoureux ! »

Applaudissements et cris de joie.

« Pourquoi l'avons-nous fait à son insu, vous demanderez-vous sans doute ? Parce que les êtres comme Alice ne réclament rien. Parce que sa timidité, son humilité l'auraient sans doute amenée à refuser notre aide. Cette émission va vous permettre de découvrir Alice, ses qualités, ses valeurs. Et tous les célibataires séduits, tous ceux qui penseront avoir trouvé en elle celle qu'ils pourront rendre heureuse, celle qui les rendra heureux, pourront nous faire parvenir leur candidature par courrier ou sur les réseaux sociaux. Alice en sélectionnera trois. Et la suite… dépendra d'elle. »

Je commençai tout juste à comprendre et, en même temps, essayai de me convaincre qu'il s'agissait d'un cauchemar, que je devais le laisser s'écouler sans réagir jusqu'à ce que mon subconscient abdique et laisse émerger mon cerveau à la lumière du jour.

L'animateur attendit que les applaudissements faiblissent et reprit la parole, sur un ton plus intimiste cette fois.

« Savez-vous que nous avons tous un ou plusieurs anges gardiens qui veillent sur nous ? Je ne parle pas de ces mignons chérubins dotés de jolies petites ailes auxquels croient certaines personnes… Dont moi… et je remercie d'ailleurs le mien de m'avoir donné la chance de présenter cette émission ce soir. »

Rires.

« Non, je parle de ces proches, de ces amis, de celles et ceux qui nous aiment tellement qu'ils ne supportent pas de nous voir souffrir et déploient des efforts incroyables pour nous venir en aide. Eh bien, Alice aussi a des anges gardiens. Des bonnes fées, dirons-nous plutôt, car il s'agit ici de femmes, de ses amies. Ce sont elles qui ont été nos complices dans la formidable aventure que vous allez découvrir. Je vous demande d'accueillir chaleureusement une des bonnes fées d'Alice, celle sans qui cette soirée n'aurait jamais été possible, celle qui a décidé de remuer ciel et terre pour rendre notre invitée heureuse. Mesdames et messieurs… Candice ! »

Applaudissements.

Marianne

JE SERRAIS LA MAIN de mon mari. Comme hypnotisés par les images qui défilaient sur l'écran, nous essayions de trouver un sens à ce que l'on découvrait.

« C'est quoi ce bordel ? » s'était-il exclamé quand ils avaient annoncé qu'Alice était l'invitée de l'émission. D'abord stupéfaite, j'avais décidé de rester positive et gardé un sourire idiot accroché à mes lèvres, espérant qu'il s'agissait juste de la mise en scène d'une jolie surprise, d'une nouvelle idée follement romantique du mystérieux Roman, et surtout que le visage ravagé de mon amie allait finir par se détendre pour laisser enfin apparaître un grand sourire de bonheur. Mais je me leurrais car, au fil des propos de l'animateur, la vérité s'était imposée et maintenant m'apparaissait sous sa forme la plus ignoble : Alice s'était fait piéger. Par ses soi-disant amies. Candice était entrée sur scène, resplendissante, souriante, vêtue d'un magnifique tailleur. La « bonne fée » avait salué l'animateur et s'était installée sur un fauteuil en forme de cœur. Je pouvais lire sur son visage, dans sa manière de se mouvoir, la satisfaction qu'elle éprouvait d'être là, sous les projecteurs. C'était la première fois que je la voyais. Je ne savais d'elle que ce qu'Alice m'avait confié : une fille belle, cool, sûre d'elle, qu'elle avait mal jugée mais qui s'était révélée être une véritable amie. Oui, une amie, avait-elle dit, vantant ses qualités, sa sollicitude, l'attention qu'elle lui portait.

« La salope ! » avais-je lâché en la découvrant. Oui, elle était jolie et sûre d'elle. Mais il fallait être aussi naïve qu'Alice pour ne pas lire sur son visage, dans son regard de conquérante, la détermination d'une égocentrique prête à tout pour se faire voir et valoir.

Alice

— Alors, Candice, qu'avez-vous fait pour venir en aide à votre amie Alice ? demanda l'animateur. Racontez-nous !

Celle-ci saisit le micro et me lança un regard tendre.

— Je tiens tout d'abord à dire que je n'étais pas seule dans cette aventure. Mon amie Olga a participé à cette surprise. Mais, malheureusement, elle est souffrante ce soir et n'a pas pu venir.

Candice… Olga… j'essayai de rassembler les bribes d'information qui traversaient mon esprit, en vain.

— Nos meilleurs vœux de rétablissement à Olga, donc. Vous travaillez toutes les deux avec Alice, n'est-ce pas ?

— En effet, nous sommes ses collègues. Mais nous sommes également ses amies.

— Comment vous est venue l'idée de participer à cette émission ?

— Nous travaillons dans une société de production audiovisuelle. Nous avons donc entendu quelques rumeurs au sujet de la préparation d'un nouveau programme, de sa vocation. Nous avons alors tout de suite pensé à Alice. Parce qu'elle nous paraissait malheureuse. Parce que sa vie était morne, triste, même. Nous avons contacté le producteur et proposé sa candidature.

Elle se tourna vers moi.

— Nous voulions t'aider, Alice. Nous désespérions de te voir un jour sourire. Tu paraissais toujours si accablée, si seule. Il n'y avait pas d'amour dans ta vie, personne autour de toi pour t'apporter un peu de chaleur. Il fallait te faire réagir, provoquer un électrochoc émotionnel, te redonner confiance en toi pour que tu relèves la tête, pour que tu te sentes belle, désirable. Pour que, enfin, tu t'ouvres aux autres, que tu sois disponible pour les opportunités sentimentales qui se présenteraient.

Je l'écoutais, abasourdie mais vide de la moindre émotion. Je devais faire un effort pour comprendre ce qu'elle disait. Mon esprit galopait après les souvenirs de nos déjeuners, traquait les mensonges, essayait de cerner les stratégies qu'Olga et elle avaient mises en place. Dallia également ? Non, elle n'avait pas été mentionnée. Sans doute craignaient-elles qu'elle trahisse le secret, par mégarde. Mais… Candice était-elle sincère ? Avait-elle commis cette abomination par compassion envers moi ? Par… amitié ?

— Quelle grandeur d'âme, Candice. Expliquez-nous en quoi consistait la démarche. Quel était l'électrochoc que vous souhaitiez lui administrer ?

— Comme je l'ai dit, l'idée était d'amener Alice à reprendre confiance en elle. Il s'agissait simplement de lui faire croire qu'un homme était tombé amoureux d'elle.

Alors, je sentis le monde totalement s'effondrer autour de moi. Roman n'existait pas et je venais juste de le comprendre. Mon esprit confus avait, un temps, écarté le souvenir de cet homme, de ce fantôme, mais je réalisai maintenant qu'il s'agissait d'une mascarade. D'une sinistre supercherie.

— Nous avons inventé un personnage, Roman, lui avons fait envoyer des fleurs, puis avons envoyé des messages en utilisant le compte d'un ami.

— Incroyable ! s'extasia l'animateur, tout sourire.

— Nous voulions qu'elle se sente jolie, intéressante.

— C'est vous qui composiez ces messages ?

— Non, c'est notre ami. Il suivait toutefois nos recommandations.

— Et que s'est-il passé ?

— Ça a marché. Alice a d'abord douté et nous avons dû aller plus loin pour percer sa carapace. Et elle a fini par se révéler.

— Mais il y avait un risque. Le risque qu'elle tombe réellement amoureuse de ce… fantôme !

— Nous avons veillé à ce que ce ne soit pas le cas. Nous soufflions le chaud et le froid. Quand elle se montrait trop emportée, cet amoureux disparaissait, se faisait distant.

— Quel ingénieux stratagème ! Vous êtes formidable, Candice. Oui, mesdames et messieurs, Candice et Olga sont de véritables amies. Maintenant, après une page de publicité, nous découvrirons la suite de cette histoire et je vous promets un grand moment de télévision ! À tout de suite.

Sitôt la pause lancée, Candice se dirigea vers moi, accompagnée de trois personnes.

— Alice ! feignit-elle de s'enthousiasmer en me tendant les bras.

Je l'observais comme si c'était la première fois que je la voyais, incapable de réagir.

— Ne te mets pas dans de tels états ! Nous avons fait ça pour ton bien.

Elle hésita à avancer. Un des accompagnateurs lui murmura quelque chose dans l'oreille.

— Tu veux me rejoindre sur le plateau ? Tu vas avoir droit à plein de cadeaux.

Je me levai et elle me tendit les mains, rayonnante, croyant que je la suivrais. Mais je me dirigeai tel un automate vers la sortie, difficilement portée par mes jambes, le visage inondé de nouvelles larmes. Je vis des regards me scruter, se demander ce qu'il m'arrivait, d'autres hostiles face à mon ingratitude. Je perçus aussi un vent de panique derrière moi. Les membres de l'équipe de production s'interpellaient, conversaient avec la régie.

Trouvant la porte fermée, je pris la direction des coulisses. La meute me rattrapa.

— Alice, qu'est-ce que tu as ? Où tu vas ? m'interpella Candice en me saisissant le bras.

— Alice, c'est une émission qui va changer votre vie, ajouta l'une des assistantes.

D'autres interjections, recommandations, avis fusèrent. Je ne parvenais plus à avancer. Les membres de la production se pressaient autour de moi et les issues ne menaient nulle part. C'en était trop. Je paniquai et, soudain, ma respiration se fit courte, saccadée. Mon esprit vacilla. Et je chutai lourdement dans le puits de mes frayeurs.

Noir. Silence.

Sandrine

QUAND ALICE était apparue à l'écran, j'avais crié, tapé dans les mains et bu une coupe de champagne à sa santé (je m'étais préparé un plateau-repas spécial grande soirée composé de petits toasts de foie gras et de… bref, passons). Puis quand ils avaient zoomé sur elle, j'avais chanté les louanges de Roman, cet amoureux que j'avais mésestimé et qui se révélait capable de montrer sa dulcinée à l'écran.

J'allais gober un blini nappé de crème de saumon lorsque l'animateur avait expliqué qu'Alice était l'invitée de l'émission. J'étais restée un moment bouche bée, sans trop savoir si ce qui arrivait pouvait être bénéfique ou néfaste pour ma poulette. Puis j'avais compris l'ampleur du désastre et j'avais hurlé, balancé les pires insultes à l'encontre de ce présentateur à la con avant de maudire cette garce de Candice.

Et je m'étais effondrée en larmes devant le visage dévasté de mon amie. Que pouvais-je faire ? Aller au studio la chercher ? Rester là à attendre qu'ils aient fini de la démolir ? Ne tenant pas en place, je marchais de long en large à travers ma petite pièce en parlant toute seule. Puis je tentai de me calmer, d'envisager l'événement en termes simples, concrets : Alice était fragile ; elle ne supporterait pas que l'on se moque d'elle ainsi ; elle avait espéré, rêvé, fantasmé ; et elle venait d'apprendre qu'elle n'était que le dindon d'une farce monstrueuse. Elle n'était pas armée pour faire face à une telle situation ; elle allait s'effondrer, à coup sûr ; et risquait même de… de…

Terrorisée par l'idée morbide qui venait de surgir, je me dis que le temps n'était plus à la gamberge mais à l'action, et je saisis ma veste, me ruai hors de chez moi et cherchai un taxi.

Alice avait besoin de moi.

Alice

QUAND J'OUVRIS LES YEUX, j'espérai me trouver au fond de mes draps et me réveiller d'un cruel et trop réaliste cauchemar. Mais les premières informations visuelles reçues anéantirent cet espoir, et les faits comme les émotions m'envahirent de nouveau. Je paniquai, cherchant à me lever pour fuir.

— Calmez-vous, tout va bien, me dit une jeune femme en me maintenant allongée avec douceur. Je suis infirmière. Je veille sur vous.

Son regard bienveillant me rassura. De toute façon, je compris sur l'instant ne pas avoir l'énergie suffisante pour tenter quoi que ce soit.

— Elle se réveille, annonça quelqu'un.

Candice apparut dans mon champ de vision.

— Alice ? Ça va ?

Elle attendit que je lui réponde, mais la seule vision de son visage me donna envie de retourner me perdre dans les limbes de mon cerveau.

— Tu t'es évanouie, dit-elle.

Elle voulut me prendre la main mais je la retirai brusquement.

— Je suis désolée, je ne pensais pas que tu le prendrais comme ça.

Elle attendit encore quelques instants, jetant de rapides coups d'œil vers des personnes qui devaient se trouver derrière moi.

— Tu m'en veux… balbutia-t-elle, embarrassée.

Je réalisai que mes yeux étaient plantés dans les siens et exprimaient la colère et l'horreur que je ressentais.

— Vous m'avez menti… réussis-je à articuler. Vous vous êtes moquées de moi.

— Non ! Tu n'y es pas du tout ! s'exclama-t-elle. C'était pour ton bien, je t'assure.

— Vous n'aviez pas le droit. C'est ma vie.

Ces propos ne la rassurèrent pas. Les événements lui échappaient. Elle se tourna vers un homme à la mine grave et échangea quelques mots avec lui.

— L'émission va reprendre, dit-elle. Tu aurais dû être sur le plateau avec nous mais… tu n'es pas en état. Et sans doute ne le veux-tu pas… pour l'instant. On va se débrouiller, on va improviser. Je reviendrai te voir plus tard. Mais tu finiras par comprendre et même apprécier, je te le promets. Et si tu veux nous rejoindre… n'hésite pas.

Elle sortit de la pièce, une loge assez grande, suivie d'une cohorte de personnes qui exprimèrent à voix basse leur contrariété. Ne restaient plus que l'infirmière et une assistante rousse au visage anguleux accentué par une de ces paires de lunettes aux formes géométriques que l'on ne voit que sur les personnes gravitant dans la communication. La fille portait des écouteurs et un micro. Sûrement censée me surveiller et alerter la production de mes moindres faits et gestes, elle m'observait froidement, me reprochant silencieusement de ne pas être digne de l'aventure proposée. Je voulus me lever mais la soignante intervint à nouveau.

— Reposez-vous encore un moment. Vous avez encaissé trop d'émotions.

— Je me sens bizarre... j'ai l'esprit qui flotte, répondis-je.

— Je vous ai administré un calmant, quelque chose de léger. Restez allongée.

En face de moi, un écran de télévision était éteint.

— Allumez le téléviseur, s'il vous plaît.

— Je ne crois pas que ce soit une bonne idée, répondit l'assistante.

— Allumez-le ! ordonnai-je avec une force qui m'étonna.

Elle ne bougea pas mais l'infirmière saisit la télécommande et l'image apparut. La rousse parla dans son micro pour demander ce qu'elle devait faire et on dut lui conseiller de ne pas me contrarier.

— Sachez que je ne cautionne pas tout ça, chuchota la soignante en se penchant sur moi. Je suis juste l'infirmière du studio.

Sur l'écran, la page de publicité se terminait. Le présentateur reprit la parole. Il paraissait moins serein.

« Nous revoilà. Il s'en est passé des choses, pendant ces quelques minutes de pause ! Des émotions, des émotions et encore des émotions ! C'est ça la promesse d'"Aujourd'hui peut-être". On ne change pas une vie sans prendre le risque de quelques bouleversements ! Et, durant la pause, Alice a eu un malaise. »

Murmures de compassion dans le public.

« Nous la comprenons. Comment rester placide face à l'amour de ses amies, à tous les efforts déployés pour lui offrir une autre vie ! Mais rassurez-vous, elle va bien. Elle se repose dans les coulisses et elle nous rejoindra peut-être, si elle se sent mieux. »

Candice réapparut à l'écran, souriante.

« Avec nous, Candice, l'instigatrice de cette aventure ! Et, à ses côtés, deux invités nous ont rejoints : Jean-Marc Jeannot, psychologue et auteur de nombreux essais sur la solitude, et Constantin Dulac, le célèbre réalisateur de la comédie romantique à succès *L'Ombre de nos amours.* »

Applaudissements.

« Ils nous donneront leur avis sur ce qu'ils viennent de voir. Le point de vue d'un spécialiste de l'âme humaine et celui d'un homme dont le film a agi comme… un électrochoc, pour reprendre les termes de Candice, sur de nombreux célibataires et les ont incités à faire plus d'efforts pour trouver l'amour. »

J'avais vu le film en question. Une comédie romantique somme toute assez banale mais suffisamment efficace pour me tirer quelques larmes.

« Mais, avant cela, un petit détour vers notre régie où les appels, les tweets et les emails arrivent déjà par milliers. Des hommes émus par le portrait d'Alice, des prétendants qui aimeraient la rencontrer ! Car c'est avant tout cela le but d'"Aujourd'hui peut-être" : briser les solitudes, faire valoir les qualités de personnes trop humbles ou trop timides, de belles âmes qui, mal intégrées dans un système trop froid, déshumanisé, n'en maîtrisent pas les codes et le subissent. Tous les messages des prétendants seront confiés à Alice. Mais avant tout, afin que vous puissiez comprendre qui est Alice, quelles sont ses incroyables qualités, voici la suite de son aventure. »

Applaudissements.

Antoine

Un SMS d'Eddy m'avait alerté.

Tu regardes l'émission ?

De quelle émission parlait-il ? Je lui posai la question.

Celle à laquelle participe Alice.

J'avais saisi ma télécommande, zappé et vu le visage d'Alice apparaître.

J'avais mis quelques instants à comprendre de quoi il s'agissait, à réaliser qu'elle participait à l'émission contre son gré, était victime d'un piège d'une brutalité inouïe.

Pendant la pause, j'essayai de joindre Candice, sans vraiment savoir si je souhaitais avoir des explications ou l'agonir de tout mon lexique d'injures. Sans succès.

L'émission reprenant, je m'assis sur le bord du canapé, me mordant les lèvres dans l'attente du pire. Car je les pressentais capables d'aller plus loin encore. De fait, l'animateur, un abruti au faciès de réjoui du village, reprit sa narration.

« Comme nous le disions avant la pause. Les deux amies d'Alice, épaulées par notre équipe de scénaristes, ont créé le personnage fictif de Roman. Roman comme... Roman d'amour ! Et, à travers ce personnage, elles ont fait vivre à Alice une... romance, forcément. Le but ? Filmer ses réactions afin de vous montrer la beauté de son âme mais aussi sa solitude, son désir d'amour, ses espoirs et attentes. Je préviens tous les célibataires déjà amoureux d'Alice et potentiellement prétendants... vous allez fondre pour cette jolie jeune femme. Mais avant tout, voici la mécanique mise en œuvre pour vous permettre d'être les témoins de cette aventure. »

Un reportage débuta, accentuant l'horreur de la situation. Un homme, présenté comme le producteur de l'émission, expliquait que des caméras avaient été dissimulées dans le bureau d'Alice, près de la machine à café et dans le restaurant où ses amies et elle déjeunaient chaque jour. D'autres caméras espions avaient permis de la suivre dans la rue, le métro ou lors de la Soirée des Espoirs. Puis, le déroulement des faits fut présenté : la réception des fleurs, les réactions d'Alice, les discussions à la machine à café, celles au restaurant, pendant lesquelles ses amies l'aiguillonnaient, lui posaient des questions afin de recueillir son avis, de l'amener à exprimer ses doutes, ses espoirs, la fameuse soirée pendant laquelle j'avais pu lui parler, les captures d'écran des discussions sur Facebook... tout y était. Certaines de ses phrases étaient diffusées avec un écho censé leur donner une profondeur ou un sens différent, reprises au synthétiseur sur des images au ralenti ou des gros plans de son visage. Le commentateur soulignait les qualités de la jeune femme ou l'expression de son désespoir. Tous les artifices conféreraient à la séquence un ton mélodramatique afin de susciter l'empathie des téléspectateurs, les attendrir jusqu'à les faire larmoyer.

J'étais de plus en plus furieux.

« Dans les yeux d'Alice, on peut lire la résignation, celle des grandes solitudes, celle de ces personnes qui n'espèrent plus rien de la vie, ont renoncé à l'amour et se retranchent sur des petites satisfactions, des petits plaisirs, pour s'inscrire au cœur d'un quotidien assez banal. Son renoncement est également esthétique. Alice se coiffe mal, se maquille peu, porte des vêtements d'un autre âge. Il faut dire qu'Alice est comme tous ces Français dont le salaire ne permet que de subvenir à l'essentiel. »

Conneries ! Ces abrutis n'avaient rien compris à la personnalité d'Alice. Je fulminais.

« Défaitiste, elle est persuadée que la rose laissée sur son palier ne lui est pas adressée. Qui voudrait se montrer romantique avec elle ? se demande-t-elle. »

Des commentaires d'Alice venaient étayer le propos, donnant plus de crédibilité à l'ensemble de la description.

« Pourtant, une lueur d'espoir réapparaît dans les yeux d'Alice. Une lueur encore faible que ses amies vont savamment transformer en feu ardent. »

Ses amies ? Des garces oui ! « Nous la prenons en mains », « Nous la coachons pour l'amener à se révéler », m'avait dit Candice quand je l'avais interrogée sur Alice. Pensait-elle alors réellement ce qu'elle disait ? Y croyait-elle encore, en ce moment ?

Candice, ambitieuse, était prête à tout pour parvenir à ses fins. Elle ne pouvait pas ne pas se rendre compte que la situation était infamante pour sa prétendue protégée. Que ce portrait était insultant pour sa pudique collègue. Mais elle s'en moquait.

Les commentaires continuaient à affluer, perfides et mielleux. Ils abordaient maintenant la Soirée des Espoirs. Où Alice avait été filmée dès son arrivée.

« Depuis combien de temps Alice n'avait pas eu le plaisir de se sentir désirée ? Pourtant, ce soir-là, Alice est magnifique. Elle s'est coiffée, s'est maquillée, a enfilé une charmante petite robe noire. Elle se sent belle, désirable, et les hommes qu'elle croise se retournent sur elle. Le pari de ses amies est gagné. Alice croit en elle. Elle sait qu'elle peut être aimée. »

J'apparus, visage flouté à l'écran, dans le rôle du dragueur.

Je me levai, rageur, fébrile, ne sachant comment agir pour venir en aide à Alice. Il était trop tard, le mal avait été fait. Pourtant, je ne pouvais me résigner. Je devais trouver une idée !

Alice

L'INFIRMIÈRE, offusquée par ce qu'elle venait de voir, exprima ce que je pensais.

« Ils n'ont pas le droit ! »

Elle était venue vers moi, m'avait proposé son soutien en me tendant la main, mais je l'avais ignorée. Peut-être faisait-elle partie elle aussi de ce plan machiavélique.

Des larmes avaient ruisselé sur mes joues durant le reportage. Chaque image, chaque mot me déchiraient le cœur, entaillaient mon âme. Je me sentais bafouée, humiliée, victime d'un viol collectif… sous les yeux de millions de téléspectateurs passifs, complices.

Je sentis alors un feu étrange monter en moi. Une colère qui grondait, tentait de jaillir mais se heurtait à mon incapacité à dire ou faire quoi que ce soit.

Je revis chaque moment de l'histoire, ceux montrés à l'écran mais aussi, et surtout, ceux que j'avais vécus dans mon appartement, dans le secret de mes pensées. Tous les espoirs, toutes les joies de me savoir enfin aimée par mes collègues, désirée par un homme. Tout n'était que foutaises, mensonges et trahisons.

Une jeune femme un peu ronde fit irruption dans la loge. J'entrevis deux gardes aux carrures impressionnantes postés devant la porte. Avaient-ils pour mission de me protéger ou de m'empêcher de sortir ? La petite boulotte voulut m'adresser la parole mais, face à mon visage sur lequel le maquillage coulait encore, battit en retraite. Elle murmura quelques mots dans son micro. Je compris qu'elle avait été envoyée pour savoir si je me trouvais dans de meilleures dispositions.

— Je voudrais rentrer chez moi, dis-je sans être certaine d'avoir la force de m'arracher au canapé sur lequel j'étais à moitié allongée.

L'assistante afficha un air contrarié.

— On vous raccompagnera dès la fin de l'émission. Pour l'instant… ce n'est pas possible. Nous avons… des règles de… sécurité et nous ne pouvons… pas vous… enfin, pas pour l'instant. Reposez-vous encore.

S'emmêlant dans les explications, elle préféra afficher un air faussement désolé et s'en alla. À peine fut-elle partie qu'Olga apparut. Elle resta un moment debout devant l'entrée, bras croisés, air contrit, osant à peine me regarder. Je la fixai avec intensité, exprimant tout ce que mes mots n'avaient pas la capacité de lui hurler. Elle baissa la tête. Olga, la femme sûre d'elle, l'amazone fière et rebelle avait réalisé la portée de sa trahison et affichait des regrets. Qu'elle formula.

— Je suis désolée, Alice, dit-elle d'une voix mal assurée. Je n'ai pas voulu tout ça. Ça ne devait pas aller si loin. On devait en rester aux fleurs, te dire la vérité et te proposer de participer à l'émission. Nos intentions étaient louables… enfin, les miennes.

Je me foutais de ses excuses, de sa supposée affliction. Elle m'apparaissait désormais comme une inconnue.

— Tout est parti de travers. Ça nous a échappé. Je me suis opposée à tout ce qui a suivi mais ils m'ont envoyée balader, m'ont interdit de t'en parler, m'ont rappelé que j'étais tenue au secret par contrat, qu'il m'en coûterait si je faisais capoter leur projet. Ils avaient misé trop de fric sur cette… affaire. Fabrice était formel.

— Tu veux dire… que le producteur de l'émission est… Blanchet ?

Elle leva les yeux sur l'assistante, craignant d'être allée trop loin dans ses révélations. Celle-ci serra la mâchoire et lui adressa un avertissement silencieux. Mais, puisant dans un reste d'orgueil, Olga se redressa et l'ignora.

— Oui. C'est Candice et moi qui avons eu cette idée. Nous l'avons proposée en réunion de créativité en te citant comme modèle des personnes ayant besoin d'aide pour sortir de leur isolement. Personne n'y croyait au début, excepté Fabrice. Il a demandé qu'un pilote soit réalisé. Il fallait un ou une candidate. Nous avons cherché quelqu'un… sans succès. Et Fabrice nous pressait. Alors… nous avons pensé que nous pouvions joindre l'utile à l'agréable et… t'avons proposée. On ne pensait pas à mal, je t'assure. Et il s'agissait juste d'un pilote. Face aux premières images, l'équipe s'est emballée, sûre qu'elle tenait quelque chose de fort, un projet qui pouvait renouveler le genre de la télé-réalité, faire le buzz. Ils ont engagé des scénaristes, puis, une fois qu'ils ont eu suffisamment d'images, ont rencontré la chaîne la plus susceptible d'être intéressée. Elle a dit oui. Mais elle a imposé que nous allions plus loin avec toi et que le pilote devienne la base d'une émission dont le contenu nous a, dès lors, totalement échappé. C'est à ce moment que j'ai refusé de continuer. Je me suis battue pour tout arrêter, je te l'assure. Mais je ne faisais plus le poids. L'enjeu était énorme pour l'entreprise. Il leur restait un problème à résoudre : ils ne pouvaient pas réaliser un programme autour d'une employée, personne n'y aurait cru. Alors, Fabrice et la chaîne ont créé une société de production dédiée à l'émission.

Je repensai à la manière dont elle avait sauvé mon emploi, au changement d'attitude de Fantin, aux compliments de Blanchet. Tout était donc faux ! Tout le monde s'était foutu de moi. Me vint alors une pensée qui me révolta. Je réussis à la formuler d'une voix brisée.

— Et Antoine ? Quel rôle a-t-il joué ?

— Aucun ! s'écria-t-elle. Il n'a rien à voir dans tout ça. Il a même failli faire capoter leur projet en intervenant dans ta vie. C'est la raison pour laquelle j'ai essayé de te pousser dans ses bras. Si ça marchait, tout aurait foiré sans qu'on m'en impute la faute.

La réponse me rassura sans pour autant me calmer.

— Dallia ?

— Elle n'était au courant de rien. Tu la connais… elle est tellement… Elle aurait foiré.

Elle attendit quelques instants, pensant que j'aurais d'autres questions, disposée à m'éclairer.

— Mais ils n'ont pas le droit de faire ça, n'est-ce pas ? intervint l'infirmière. Elle est propriétaire de son image.

— Non, répondit Olga, contrite. Dans notre contrat de travail, une clause autorise l'entreprise à nous filmer et à diffuser les images.

Olga hésita à avancer vers moi, y renonça.

— Je sais que tu ne me pardonneras jamais d'avoir fait partie des instigatrices de cet horrible projet. Mais ça ne devait pas ressembler à ça. Bien entendu, je suis coupable. Coupable d'avoir été lâche. J'aurais dû me foutre de leurs menaces, t'en parler, mais j'ai eu peur. Je suis désolée. Sincèrement.

Elle espérait une réaction de ma part mais, face à mon mutisme, lasse et honteuse, elle repartit, tête baissée. Peut-être disait-elle vrai. Qu'importe, cela ne comptait plus. J'avais été au cœur de ce qu'ils appelaient « le projet ». Ils avaient parlé de moi en salle de réunion pendant que, sombre idiote, je travaillais sagement, me réjouissant de raconter à mes soi-disant amies les derniers rebondissements de mon aventure. Elles me faisaient parler pour « avoir de la matière », comme on disait dans le métier, des images à montrer, des moments tendres qui feraient sensation lorsqu'ils seraient diffusés.

Et moi, j'allais devoir subir les conséquences de leur ignominie jusqu'à la fin de ma vie. Pour tout le monde je resterais la pauvre petite célibataire humiliée à la télévision. Les images feraient sensation à la télé, sur Internet. C'est ce qu'ils recherchaient, le scandale, le buzz à n'importe quel prix. Mais je ne pourrais jamais supporter ce qui arriverait les jours suivants, je le savais.

J'entrevis la seule solution possible : en finir et leur laisser ma mort sur la conscience, si toutefois ils en avaient une. Oui, c'était le seul pouvoir dont disposait la conne que j'étais. Mais je n'en étais pas capable. Et, de toute façon, suffisamment machiavéliques pour exploiter ce sombre épisode, ils en profiteraient. Non, il fallait que je réagisse, que je dirige ma colère contre eux, non contre moi. Le moment était venu pour moi de réellement… oser. Mais oser quoi ?

Soudain, une idée surgit du fond de ma rage.

Olga

Je me rendis compte de la vanité de ma démarche : j'étais venue dans le but de soulager ma conscience.

L'égoïsme me guidait. Et ce, depuis le début.

Fabrice Blanchet, s'inspirant du modèle de « démocratie participative » très en vogue dans les milieux politiques et certaines entreprises, avait jugé nécessaire de faire appel aux idées de celles et ceux qui étaient les plus proches des téléspectateurs. « Nous devons renouer avec les désirs du peuple ! avait-il martelé, front haut, regard profond, durant cette réunion décisive. Nous devons connaître leurs soucis, leurs désirs, leurs sources d'anxiété, leurs aspirations, et concevoir des programmes chargés d'émotion. Regardez les réseaux sociaux : les internautes s'émeuvent pour un chaton aux yeux tendres, un papa attentif, un enfant amusant ou malheureux. Et les téléspectateurs s'éclatent devant Hanouna et sa bande parce qu'ils sont proches d'eux, s'expriment comme eux et rient des mêmes choses qu'eux. Ils les trouvent humains, vrais. Nos créatifs, eux, sont trop loin de cette réalité. Ils fréquentent les milieux à la mode, courent les cocktails parisiens et oublient la province, les banlieues. Ils proposent uniquement des idées élitistes ou, au mieux, des imitations de formats étrangers. Faisons entrer dans notre équipe des assistantes, des agents d'entretien, ceux qui, faute de temps, de relations, et même de moyens, sortent rarement ou jamais, mais, le soir, allument la télé, se connectent aux réseaux sociaux, pour éprouver des émotions que la réalité ne leur propose plus. »

Candice et moi avions sauté sur l'opportunité et proposé nos candidatures.

Intégrées à l'équipe chargée de brainstormer, pompeusement baptisée « La team avenir », et, excitées par les primes et promotions promises, nous passions notre temps libre à cogiter pour trouver de nouveaux concepts d'émission. Nous étions certaines de pouvoir proposer une idée neuve, convaincues qu'elle était là, sous notre nez, dans notre quotidien. Et, en effet, après avoir croisé Alice et raillé ses tenues, son extrême timidité et la platitude de sa vie, nous avions pressenti qu'elle nous offrait ce sujet. Elle faisait partie de ceux auxquels Fabrice avait fait référence, ces personnes insatisfaites, frustrées, qui cherchent à rêver. Et nous avions eu l'idée – grotesque et complètement mégalo, je l'admets aujourd'hui – de venir en aide aux individus comme elle, pour les sortir de leur quotidien, les aider à évoluer, à trouver une place dans la société. Une sorte de relooking de l'âme quand la plupart des émissions ne s'occupaient que de l'esthétique ou se contentaient de leur offrir des cadeaux avant de les oublier. Nous avions proposé Alice comme premier sujet d'expérimentation.

Mais ça ne devait être qu'une expérimentation, un test en situation réelle. Le problème, c'est que tout avait trop bien fonctionné. Et qu'un engrenage infernal s'était enclenché : Fabrice avait parlé du projet à un directeur de programme, un contrat avait été signé, la chaîne avait exigé d'utiliser le pilote afin de remplacer au plus tôt un programme qui se vautrait. Puis la demande avait évolué et nous nous étions retrouvés à concevoir un show à scandale, revêtu d'atours humanistes. Je m'étais opposée aux changements qui m'étaient vite apparus être des dérives. Je les avais prévenus de la fragilité d'Alice. Je savais qu'elle ne jouerait pas le jeu lors de l'émission. Mais Fabrice voyait juste l'opportunité qui lui était donnée de produire une émission très rentable, un prime time. Candice, elle, s'était facilement laissé convaincre. Mue par son ambition, certaine d'obtenir un poste important au sein de la nouvelle structure, elle avait accepté tous les compromis, sans le moindre état d'âme. Dès lors, mon avis ne comptait plus, et après avoir tenté de me convaincre, m'avoir fait miroiter une très belle promotion, ils en étaient venus à me menacer. À mes craintes concernant Alice, ils avaient opposé des arguments matériels : Alice serait gâtée, elle obtiendrait une promotion, serait suivie par un psy après l'émission.

Antoine m'était bel et bien apparu comme la solution capable de rompre la sinistre dynamique que j'avais impulsée. Je savais qu'il éprouvait une réelle attirance pour Alice et que celle-ci n'était pas insensible à son charme. J'avais alors discrètement tenté de les rapprocher, mais mon plan n'avait pas fonctionné. Candice veillait sur Alice et continuait à entretenir seule le mécanisme infernal.

Tout s'était passé comme je l'avais prévu, mais je n'en retirais aucune satisfaction. J'avais déconné, je m'en voulais et, pour alléger mon sentiment de culpabilité, je me promettais de tout faire pour préserver Alice des conséquences de l'émission… même si je n'avais encore aucune idée du rôle à jouer.

Alice

L'animateur annonçait les cadeaux qui m'étaient offerts. J'allais partir deux semaines en vacances sur une île paradisiaque. À mon retour, je pourrais emménager dans un nouvel appartement que j'aurais le loisir de meubler à mon goût.

« Voilà ce que l'équipe d'"Aujourd'hui peut-être" est prête à faire pour aider Alice à prendre le chemin d'une nouvelle vie. Mais pas seulement… car nous savons tous que les biens matériels ne suffisent pas au bonheur ! L'objectif est d'offrir à notre candidate le Roman… d'amour qu'elle mérite ! Les messages des prétendants continuent d'affluer. Des hommes charmés par son profil, qui souhaitent faire sa connaissance… et espèrent lui plaire. Messieurs, soyez convaincants ! Sachez choisir vos mots et vos photos pour faire partie des élus ! »

Je n'étais plus qu'un corps vide et inerte dans lequel les mots qui me parvenaient résonnaient avant de se cristalliser autour de ma colère. Une colère froide, glaciale même, qui lentement anesthésiait ma douleur et mes craintes, durcissait mon cœur, montait, bouillonnait. Plus rien n'avait de sens. Seul comptait le projet qui prenait forme dans mon esprit.

— J'aimerais... aller sur le plateau, annonçai-je.

L'infirmière et l'assistante de production se regardèrent, étonnées.

— Alice, je ne sais pas... Enfin, vous n'êtes pas... bredouilla la soignante.

— Je veux y aller, l'interrompis-je. J'ai mal réagi. C'était trop soudain pour moi. Mais j'ai réfléchi. Le seul moyen de ne pas passer pour une conne est de reprendre la maîtrise de mon destin.

— C'est-à-dire ? s'enquit l'assistante.

— De faire croire que je ne subis pas ce qui m'arrive mais au contraire l'accepte. Après tout... il y a ces cadeaux, ces messages qui arrivent. Si je n'apprécie pas la méthode, je dois reconnaître que c'est de la gentillesse, tout ça.

L'assistante, excitée, rapporta mes propos à la régie dans son micro. Après quelques secondes, je pus voir sur l'écran l'animateur se concentrer sur l'information que l'on venait de rapporter à son oreillette.

« Mesdames et messieurs, je viens d'avoir une excellente nouvelle : Alice va mieux ! Si tout cet amour l'a quelque peu bouleversée, ce qui est bien normal, elle a maintenant repris ses esprits et va nous rejoindre sur le plateau. »

Des applaudissements nourris retentirent.

Deux personnes déboulèrent dans la loge. Une m'équipa d'un micro, l'autre retoucha mon maquillage.

« Candice, peut-être pourriez-vous aller chercher votre amie ? » proposa le présentateur.

Antoine

J'ÉTAIS AU TÉLÉPHONE avec Phil quand l'animateur annonça l'arrivée sur scène d'Alice. Je restai stupéfait. Avait-elle accepté ce qui lui arrivait ? Cela ne collait pas avec l'idée que je me faisais d'elle. Il devait s'agir d'une manœuvre de la production pour laisser penser que sa victime avait fini par accepter son sort.

— Hey, mec, t'es toujours là ? interrogea mon hacker.

— Oui, excuse-moi.

— Tu me parles de la société dont je suis censé auditer la sécurité informatique ?

— En effet. Mais ce que je te demande maintenant c'est de t'introduire dans leur système pour trouver les dossiers que je t'ai demandés.

— Là c'est du pur hacking !

— Je sais.

— Bon… OK. J'ai combien de temps ?

— Je veux le maximum d'éléments pour demain matin au plus tard.

— Quoi ? Soit tu me surestimes, soit tu as perdu le sens des réalités. Tu sais très bien qu'il me faut plus de temps pour ça !

— Et si je te fournis un code d'accès ?

— Ah là, ça change tout. File le code d'un coffre à un casseur et il se transforme en livreur.

— OK, j'essaie de te trouver ça.

— Et pourquoi cette urgence ?

— Allume la télé.

— La télé ? Tu veux dire ce truc que nos grands-parents regardaient quand ils n'avaient plus rien à se dire ? J'en ai pas.

— Bon, va sur Internet, tape les mots que je t'ai donnés sur Google et tu verras de quoi il retourne. Et sache qu'Alice est une fille que je connais et qui m'est chère.

Je raccrochai et téléphonai à Samir.

— Quand reprenez-vous votre service à la SACD ?

— Lundi matin.

— Merde…

— Qu'est-ce qu'il y a, patron ?

— J'avais besoin que vous me rendiez un service. Quelque chose de particulier.

— Tout ce que vous voudrez, du moment que c'est honnête.

— Eh bien, justement, ça ne l'est pas vraiment.

— Oh non, pas vous ! Me dites pas que vous êtes capable d'être malhonnête ! plaisanta-t-il.

Je lui expliquai les motifs de ma demande et ce que j'attendais de lui.

— Ah ouais pas beau, ça. Je vais y aller. Je dirai à mes collègues que j'ai perdu quelque chose pendant mes tours de garde. J'aviserai. Ensuite, ça ne devrait pas prendre beaucoup de temps : cinquante pour cent des salariés inscrivent leurs mots de passe à proximité de leur ordinateur. Je vous rappelle dès que j'ai trouvé.

— Samir, si ça se passe mal, je vous couvrirai. Et je vous retrouverai du boulot.

— Vous n'avez rien à me promettre, patron, répondit-il.

Je raccrochai et me tournai vers le téléviseur. À mon grand étonnement, Alice faisait son entrée sur le plateau sous les applaudissements chaleureux du public.

Alice

CANDICE ÉTAIT VENUE à ma rencontre, la mine réjouie.

— Alice, quel bonheur ! On m'a dit que tu étais disposée à t'exprimer.

Je la laissai me prendre dans ses bras, me serrer, étouffant l'aversion que provoquait ce contact. Elle jubilait, à l'apogée de sa réussite.

— Tu as donc compris que c'était pour ton bien ? demanda-t-elle, mains sur mes épaules, yeux dans les yeux pour sonder ma sincérité.

— Oui... j'ai été surprise mais... tous ces cadeaux, tous ces efforts... murmurai-je.

— Tu les mérites ! clama-t-elle.

— Mais... j'ai peur... Je ne saurai pas parler face aux caméras. Je suis timide, tu le sais.

— Ne t'inquiète pas. Si tu bafouilles, tu ne paraîtras que plus naturelle.

Elle adressa un regard à une personne située derrière moi pour confirmer mes bonnes dispositions. J'avais donc été convaincante.

L'animateur annonça mon entrée sur le plateau. Candice me prit par la main et m'entraîna derrière elle. Je vis l'ambianceur demander au public qu'il se lève et nous fasse une ovation.

En temps normal, j'aurais été intimidée, troublée, incapable d'avancer. Mais rien de ce qui s'était passé n'était normal. J'étais désormais une autre femme, portée par une incroyable force intérieure. Candice me fit asseoir près d'elle. L'animateur se pencha vers moi, avec une expression extatique, un sourire mielleux. Ma bonne volonté sauvait la prestation.

— Alice, nous nous inquiétions, me lança-t-il sur le même ton qu'un de ses illustres prédécesseurs s'adressant à des enfants venus chanter devant leur idole. Comment allez-vous ?

— Mieux. J'ai retrouvé mes esprits.

— Trop d'émotions ?

— En effet. Il faut dire que... Je ne m'attendais pas à ça.

— Pas à tout cet amour, à tous les cadeaux que la vie vous fait aujourd'hui ?

Son sourire exagéré, sa fausse empathie chatouillèrent ma colère. Mais j'étais lucide, pleinement consciente de ce qui se passait. Et de ce que j'allais faire.

— Pas à cette... surprise.

— Vous avez pu suivre l'émission de la loge dans laquelle vous étiez, je crois ?

— En effet.

— Comment avez-vous réagi au reportage qui vous décrivait ?

— Tout n'était pas exact. Mais il est vrai que je suis cette idiote introvertie qui croit tout ce qu'on lui dit, qui n'a que peu d'amies, ne sort presque jamais et attend bêtement qu'un prince charmant vienne la tirer de sa solitude tout en se doutant qu'aucun homme ne peut s'intéresser à une femme aussi insignifiante qu'elle. Une femme qui, entre autres défauts, ne sait pas s'habiller, ni se coiffer, et boite, comme vous l'avez gentiment souligné. Qui n'en a pas les moyens, de toute façon.

Surpris par ma tirade, il laissa échapper un rire nerveux.

— Ne soyez pas aussi dure avec vous-même ! Vous êtes simplement authentique, Alice. Une femme comme des milliers d'autres, qui n'a pas trouvé sa place dans cette société où les relations humaines se sont délitées.

Candice voulut prendre ma main pour me soutenir mais je retirai la mienne.

— Qu'avez-vous envie de dire à Candice, pour les efforts qu'elle a déployés afin de vous aider ?

Le moment était venu, je le sentais.

Mon moment.

— Que… c'est une garce.

Le présentateur eut un petit mouvement de recul, fronça les sourcils, puis, croyant que je plaisantais, eut de nouveau recours à son stupide rire. Candice parut s'inquiéter mais afficha une charmante mimique qui signifiait « Comme tu y vas, Alice ! ».

— Ah, elle vous a joué un bon tour, en effet. Elle s'est donné du mal pour vous faire réagir. Elle pensait à vous, à votre bonheur.

— Non, elle pensait à elle, seulement à elle, déclamai-je d'une voix plus ferme. Je suis une conne, la conne de la soirée, mais je suis lucide. En fait, vous n'en avez rien à foutre de mon bonheur.

Mes nouvelles amies se sont moquées de moi, m'ont cruellement menti pour pouvoir créer ce programme honteux. Vous m'avez humiliée en public afin de gagner du fric, et seulement pour cette raison. Mon bonheur vous indiffère totalement.

Je vis les visages de Candice et de l'animateur se décomposer. Celui-ci reprit rapidement la parole mais ne réussit qu'à balbutier.

— Alice… vous… avez compris que tout ceci était…

— Pour mon bien ? C'est ce que vous alliez dire ?

— Oui, en effet…

Je vis qu'il écoutait les recommandations de la régie, murmurées à son oreillette. Candice, elle, regardait en direction des coulisses. Je me levai.

— C'est pour mon bien que l'on m'a fait croire qu'un homme était amoureux de moi ? Pour mon bien que l'on m'a laissée jour après jour me ridiculiser face à des caméras planquées partout où j'allais ? Pour mon bien que l'on m'a dit que ce prétendant serait présent ici, ce soir ? Que l'on a étalé ma vie privée devant la France entière ?

Je ne reconnus pas ma voix, froide, dure. Les sanglots qui tentaient de l'enrayer lui conféraient une émotion que j'aurais préféré taire.

— Je suis heureux que nous puissions avoir cette discussion, Alice, dit l'animateur, reprenant contenance. Nous allons diffuser une page de publicité, et ensuite, nous reprendrons ce passionnant débat.

Apercevant des agents de sécurité dans les coulisses, je compris qu'après la publicité je ne serais plus là. Ils allaient m'emmener et prétexter un malaise ou une autre raison pour justifier mon absence.

— Non ! criai-je. Je n'ai pas fini.

Je me levai.

— Alice, calmez-vous. Vous êtes encore sous le coup de l'émotion, comme le montre votre emportement. Il est normal de craquer nerveusement dans une telle situation. Nous allons nous apaiser pendant la pause et reprendre cette discussion sereinement.

Je mis ma main dans le sac, en sortis l'arme glissée par Gaillard, la pointai sur Candice. J'avais pensé à cette éventualité, ne m'étais pas crue capable de la mettre en œuvre. Mais je voulais aller au bout de mon discours. Je tenais à ce que l'on m'entende, me comprenne. Il y eut des cris dans le public. Les agents de sécurité se précipitèrent vers moi.

— Si vous avancez, je tue cette connasse !

J'étais une autre femme. J'étais moi-même.

Ils s'immobilisèrent, ne sachant quoi faire. Candice blêmit.

— Alice… Qu'est-ce que tu fais ? Mais enfin… T'es folle, tu vas trop loin… c'est n'importe quoi !

Je perçus l'incrédulité dans ses yeux, la parfaite incompréhension face à la tournure des événements. L'animateur s'affola également. Il eut un mouvement de recul.

— Je vais trop loin ? Je suis folle ? Mais qui sont les fous ici, au juste ?

Je devais avoir l'air d'une hystérique car je les vis paniquer. Les techniciens firent des signes que j'interprétai comme un ordre de couper les caméras.

— Si vous coupez l'antenne ou arrêtez les caméras, je tire, annonçai-je.

Puis j'indiquai le moniteur sur lequel le présentateur pouvait voir les images diffusées aux téléspectateurs.

— Laissez ce moniteur allumé ! Et ne pensez pas que je bluffe ; je n'ai plus rien à perdre car vous m'avez volé la seule chose qui me restait : ma dignité. Alors, je suis prête à tout et je veux parler ou...

J'approchai le canon du pistolet de la tempe de Candice. Qui cria et se mit à trembler.

— Ne fais pas ça, Alice, implora-t-elle. Je t'en supplie.

— Alice, s'il vous plaît, insista l'animateur en essayant de paraître calme. Ce que vous faites est grave, extrêmement grave.

— Parce que ce que vous avez fait, vous, ne l'est pas ? hurlai-je. Me voler ma vie pour la transformer en mélodrame et le jeter en pâture aux téléspectateurs n'est pas grave, selon vous ? Me présenter comme une handicapée sociale, montrer à tout le monde mes émotions, sacrifier ma pudeur sur l'autel du fric et de la notoriété, votre fric, votre notoriété, n'est pas grave ? Vous croyez-vous si puissants pour disposer de la vie des autres sans jamais en subir les conséquences ?

Les mots se bousculaient dans mon esprit, se noyaient dans ma colère, mais, pour l'instant, je parvenais à rester cohérente. Il ne fallait pas que je passe pour une folle. Une désespérée. Même si, en vérité, c'était le cas.

Sandrine

J'AVAIS ÉCOUTÉ les flashs d'information dans le taxi en sanglotant sous l'œil curieux du chauffeur.

— Elle a raison la petite dame, avait-il clamé ! Mais jusqu'où iront-ils pour faire de l'audience, ces connards ? Bientôt ils viendront nous filmer en train de baiser ou de chier et noteront nos performances ! Qu'elle les fasse trembler ces enfoirés !

Si colorée soit-elle, sa remarque me fit du bien. Alice n'était pas seule. Ce que confirma un journaliste commentant les réactions sur les réseaux sociaux.

« Tout le monde est derrière cette jeune femme. Les internautes la soutiennent massivement et l'érigent déjà en icône de la lutte contre le pouvoir de certains médias. Les injures à l'encontre de la chaîne, de la production et de cette… amie, Candice, se multiplient. Et des Parisiens se rendent sur place pour lui manifester leur soutien. »

Dieu que j'aimais les Français, leur bon sens, leurs valeurs !

Mais une autre information me fit frémir.

« Une équipe du RAID a été dépêchée sur place pour neutraliser la forcenée. »

Je savais ce que cela voulait dire.

— Vous voulez vous rendre sur les lieux pour la soutenir ? me demanda le conducteur.

— Non. Enfin, oui. Alice est mon amie.

— Bon sang ! s'exclama-t-il en jetant un coup d'œil dans le rétroviseur.

— Je veux voir si je peux l'aider à sortir de ce merdier.

Il se gara non loin de l'entrée des studios.

— Vous avez raison. Je ne sais pas s'ils vous laisseront approcher, mais tentez le coup, car si personne ne la raisonne, les flics n'hésiteront pas à tirer. Allez, bon courage. Je suis de tout cœur avec vous. Et avec elle.

Il refusa d'encaisser la course.

Une foule s'était amassée devant l'entrée des locaux où l'émission était réalisée. Les curieux, têtes levées sur l'écran placé en devanture, suivaient les événements, excités de se trouver à quelques pas de ce dont tous les journaux télévisés et les radios parlaient maintenant.

Le RAID était déjà en place, des policiers s'étaient positionnés entre la foule et les portes d'entrée. Je compris qu'il me serait impossible d'entrer. Il fallait que je déniche celui qui dirigeait les opérations. Me fiant à mon instinct, je dévisageai les personnes susceptibles d'occuper le rôle. Et l'identifiai immédiatement. Une caricature de commissaire : costume, imper, yeux durs, menton carré. Je m'élançai vers lui, saisis le revers de sa veste et l'implorai.

— Je peux vous aider ! Je suis l'amie d'Alice. Je peux lui parler, la calmer. Elle m'écoutera. Mais ne lui faites pas de mal.

— OK, mais moi j'y peux rien. Je ne suis pas flic. J'habite en face et je suis juste descendu voir ce qu'il se passait.

Erreur d'appréciation.

— Tenez, le gars qui dirige tout est là-bas, dit-il en m'indiquant un gringalet. Je l'ai vu placer ses hommes.

Jean, baskets, blouson en cuir trop large, je l'aurais plus facilement pris pour un livreur de pizzas. Plus rien ne tournait normalement dans ce monde de dingues.

Je me présentai à lui et réitérai ma demande.

— Vous avez vos papiers ? demanda-t-il.

— Quoi ? Vous allez me faire un contrôle d'identité alors qu'un drame se déroule à quelques mètres d'ici ?

— Je veux être certain que vous ne me racontez pas de conneries, et pour cela je dois vérifier votre adresse.

Je tendis ma carte d'identité.

— Vous êtes vraiment son amie ?

Il commençait à me courir sur le haricot.

— Mais oui ! Quel intérêt j'aurais à raconter des craques et à me jeter dans cette panade ?

Il saisit un talkie-walkie et fit état de ma présence. Une voix indiqua de me conduire au studio.

— Suivez-moi ! ordonna-t-il.

Nous fendîmes la foule et parvînmes jusqu'à l'entrée.

— Vous pensez qu'elle est capable de tirer ?

Lui dire non revenait à mettre la vie d'Alice en danger. S'ils avaient un doute sur sa capacité à appuyer sur la détente, ils n'hésiteraient sans doute pas à la flinguer pour ne pas courir le risque qu'elle allume les zigotos sur le plateau. Ces hommes-là ne faisaient pas de sentiment. Enfin… pour ce que j'en savais. C'est-à-dire dans les films.

— En temps normal je vous aurais répondu non, mais, compte tenu des circonstances et du fait qu'elle a pété une durite, je ne suis sûre de rien.

— Et en temps normal, elle se promène avec un pistolet, votre amie ? me demanda-t-il pendant que nous parcourions un long couloir.

— Non. Je n'ai jamais vu d'armes chez elle.

— Où s'est-elle procuré celle-là, alors ?

J'avais ma petite idée sur le sujet mais ne la confiai pas.

— Je suis son amie, sa voisine, pas sa garde-chiourme ! J'en sais que fifre ! C'est pas une fana des armes, c'est une gentille, une tendre…

— C'est souvent ce que disent les amis des psychopathes quand on les interroge après leurs crimes.

— Alice n'est pas une psychopathe ! m'insurgeai-je. Elle a juste craqué nerveusement ! Non mais, vous avez vu ce qu'ils lui ont fait subir, ces cons ! C'est pas humain de faire ça ! Ce sont eux les psychopathes !

Il eut une mimique que j'interprétai comme un acquiescement.

Nous entrâmes dans une salle où les forces de l'ordre avaient établi leur QG.

— Voici l'amie de la forcenée, annonça le freluquet.

— L'amie d'Alice ! rectifiai-je.

Un homme tout en muscles, grand et aux beaux yeux sombres, me tendit une main qui aurait facilement contenu une de mes fesses. Donc immense.

— Nous avons envoyé un négociateur pour tenter d'apaiser Alice et la convaincre de se montrer raisonnable. Nous allons vous conduire jusqu'aux coulisses. S'il a besoin de vous, il vous demandera d'intervenir.

Dans les couloirs, nous croisâmes de nombreuses personnes, toutes affolées par la situation et tenues à distance par quelques policiers. Elles me dévisagèrent avec curiosité, se demandant qui je pouvais être pour mériter d'être accompagnée par le grand brun et franchir le cordon de sécurité.

Arrivée près du plateau, dans les coulisses, je vis les lumières qui éclairaient le décor, le public apeuré. Je me penchai et aperçus Alice, de dos. J'eus envie de la rejoindre, mais le commandant m'attrapa le bras.

— Vous ne bougez que si je vous le permets, murmura-t-il de sa voix rauque.

— OK, OK, mais lâchez-moi le bras, ou dans quelques secondes mon cœur s'arrêtera faute d'être irrigué.

De discrets mouvements dans le public attirèrent mon attention. Des membres du RAID faisaient discrètement évacuer les spectateurs les plus éloignés. D'autres se positionnaient de manière à avoir Alice en ligne de mire.

Le commandant adressa un signe à un homme d'une trentaine d'années, habillé d'un jean et d'une chemise bleus et portant des Converse de la même couleur.

— J'ai l'amie de la forcenée avec moi, murmura le beau gosse à celui qui devait être le négociateur. Si vous avez besoin d'elle, faites-nous signe.

Celui-ci hocha la tête pour dire qu'il avait enregistré l'information et fit quelques pas en direction du plateau.

Alice

J'ENTENDIS QUELQU'UN m'appeler, d'une voix chaude, rassurante. Je me retournai et vis un homme tout de bleu vêtu, les mains ouvertes et levées à hauteur de la poitrine.

— Alice, je souhaite vous parler, lança-t-il.

— Qui êtes-vous ?

— Je suis médiateur. Je suis là pour vous aider.

— Vous aussi ? ironisai-je. Décidément, je n'ai jamais eu autant de bonnes âmes autour de moi. Je n'ai rien à vous dire. C'est au public que je veux m'adresser.

J'avais déjà vu des négociateurs… dans les séries policières. Des spécialistes du comportement, malins, parfois retors, capables de moduler leur voix pour vous calmer, assez fins psychologues pour vous faire craquer.

— Je crois que nous avons compris votre message, Alice. Et je suis d'accord avec vous : ce qu'ils ont fait est ignoble. Moi-même je ne regarde plus la télévision tant je la trouve stupide et même souvent honteuse. Et là, ils sont allés trop loin. On a atteint les sommets de la connerie. Tout le monde s'en est rendu compte. Tous les téléspectateurs sont de votre côté. Des messages de sympathie ont envahi les réseaux sociaux. Dehors, ils sont plus de deux cents à s'être déplacés pour vous soutenir.

— C'est vrai ? demandai-je, incrédule.

— Je vous dis la vérité, Alice.

Cet homme me racontait ce que je voulais entendre. C'était le fondement de sa profession. Il pansait mes plaies, me donnait raison pour me faire lâcher.

— Mais nous ne pouvons pas rester dans cette situation. Vous allez desservir votre cause en allant plus loin. Regardez, les spectateurs ont peur. Ils craignent qu'une balle perdue les touche.

— Je ne leur ferai pas de mal, assurai-je d'une petite voix.

— Alors, dites-nous ce que vous voulez.

— Ce que je veux ? Je veux… Je veux que Candice explique ses réelles motivations. Je veux des excuses.

— OK, elle s'expliquera et vous aurez des excuses mais, avant tout, posez cette arme.

— Non ! criai-je. Dès que je l'aurais déposée je ne pourrais plus parler. Et ils ne diront pas la vérité.

— Faites-lui des excuses, bande de salauds ! s'exclama une voix derrière moi, une voix que je connaissais.

J'entendis des murmures.

— Sandrine ? demandai-je en m'adressant aux ombres qui se mouvaient dans les coulisses.

— Oui, votre amie Sandrine est là, dit le négociateur, contrarié par cette intervention.

— Je veux la voir, ajoutai-je, heureuse de la savoir près de moi.

— Laissez-la entrer, exigea l'homme en bleu, résigné.

Je vis mon amie avancer d'un pas décidé.

— Mais c'est qu'il m'aurait broyé le bras, le molosse ! maugréa-t-elle.

Accompagnée du molosse en question, elle avança d'un pas lourd jusqu'au négociateur.

— Je suis là ma biche, dit-elle en me faisant un signe de la main, comme une mère tente de tranquilliser son enfant en train de tourner sur un manège.

Sa présence me rassura. Une présence amie, quelqu'un qui m'aimait comme j'étais, me comprenait.

— Il a raison le schtroumpf, dehors, tout le monde est avec toi ! Tous ont compris que ces loustics t'ont tendu un piège, qu'ils ont profité de ta gentillesse. Que leur objectif n'était pas humaniste, la blague !, mais purement financier.

Ses paroles me touchèrent.

— Mais tu as raison, il faut qu'ils te fassent des excuses. Elle est où la salope ?

Je me tournai vers Candice. Le visage dur, elle me considérait avec appréhension. Le négociateur intervint.

— Candice, faites ce qu'Alice vous demande. Excusez-vous.

Je vis la panique brouiller ses traits. Elle n'était plus la splendide Candice mais une femme apeurée, contrariée et, à son tour, humiliée.

— Je... Je reconnais que la manière était peut-être un peu brutale mais... ça partait d'un bon sentiment, bredouilla-t-elle d'une voix tendue.

— C'est ce que tu appelles des excuses, poufiasse ? s'exclama Sandrine.

L'homme en bleu la réprimanda à voix basse.

— Mais merde, faut quand même pas prendre les enfants du bon Dieu pour des canards sauvages ! se défendit mon amie. C'est quoi ces excuses à la noix ?

— Elle ne sait pas ce qu'est la sincérité, dis-je, désabusée.

— Mazette, c'est sûr ! Toi et moi le savons. Et les téléspectateurs ne s'y tromperont pas. Mais cette salope doit quand même s'excuser.

— Arrêtez de m'insulter ! hurla Candice. De quoi suis-je coupable ? D'avoir voulu t'aider ? T'avais une vie de merde, Alice ! Tu ressemblais à rien avec tes petits tailleurs achetés à la CAMIF et tes cheveux coiffés genre petite fille sage ! T'étais chiante, pas intéressante ! Personne ne te regardait ! Et ton petit air de toujours t'excuser d'exister… On a eu pitié de toi ! On t'a fait relever la tête et tu es devenue souriante, tu t'es habillée, coiffée, tu as pris de l'assurance. Et on t'a amenée ici pour faire de toi une vedette, une fille que la presse aurait suivie, aurait aimée, et qui, sortie de son isolement, avait toutes les chances de trouver un mec !

Elle avait les yeux exorbités et un rictus de haine déformait sa bouche. L'arme ne l'impressionnait plus. Elle m'opposait la sienne : sa capacité à formuler des méchancetés. Et, en effet, ses mots me blessaient. Mon silence la galvanisa.

— Depuis combien de temps tu n'as pas baisé, Alice ? Trois ans ? Dix ans ? As-tu même baisé un jour ? Tu voulais continuer comme ça ? Rester seule, anonyme, devenir aigrie ? On t'a sauvée, alors pourquoi je devrais m'excuser ?

— La salope ! hurla Sandrine. Je vais me la faire !

Elle tenta de s'élancer vers Candice mais fut immobilisée par le molosse qui essaya de l'entraîner vers les coulisses. Des murmures s'élevèrent du public. Dans l'obscurité, des hommes se mouvaient. La police, sans doute. La situation m'échappait.

— Arrêtez ! Laissez Sandrine ou je tire !

Le géant hésita, lui glissa quelques mots dans l'oreille, l'immobilisa.

Je sanglotais. Les larmes brouillaient ma vue. Je relevai le pistolet et le dirigeai vers Candice.

— C'est vrai, je n'ai pas connu d'homme depuis longtemps. J'ignore les codes qui permettent de faire comprendre mes désirs. De toute façon, je ne plais pas et, tu as raison, les hommes ne me regardent pas. Mais c'était ma vie et je la menais comme je l'entendais. J'acceptais de subir la bêtise et l'autorité d'un directeur incompétent, de passer mes soirées et mes week-ends seule. Mais j'avais mes moments à moi : dîner avec Sandrine, téléphoner à mes proches, me préparer un plateau-repas et regarder une série, m'extasier devant un tableau du Tintoret ou de Caravage, voir de temps à autre mes neveux et nièces, leur envoyer des cadeaux, des messages, recevoir les leurs. Et tous ces moments étaient des petites parenthèses de douceur. Et j'avais mes rêves, mes désirs, mes fantasmes. Tout le monde en a, n'est-ce pas ? Dès que nous possédons quelque chose, nous aspirons à mieux, à plus. Et, en fin de compte, nous sommes tous des frustrés, des malheureux qui avancent vers des chimères et, de temps en temps, trébuchent. Vous avez voulu m'imposer vos rêves. Et vous l'avez fait pour servir les vôtres. Tu n'as pas eu pitié de moi, Candice, mais de toi. Tu voulais plus de pouvoir, plus de notoriété, plus de fric. Moi, je n'avais rien demandé. Je voulais qu'on me laisse tranquille. Je voulais seulement être heureuse. Banalement heureuse. Et maintenant, tout est fini. Je serai toujours cette femme dont la vie a été violée, celle qui s'est effondrée devant les caméras, celle qui a sorti une arme, celle qui a dit ces mots en pleurant.

Un silence pesant suivit ma confession, seulement troublé par les sanglots qui me secouaient. Une personne applaudit, puis une autre et, après quelques secondes, tout le public encore présent se mit à taper dans ses mains.

— Alice, tout va bien, murmura le négociateur. Je crois que nous avons tous compris ce que vous aviez à dire. Vous pouvez baisser votre arme et venir me la remettre.

Je me sentais désormais vide et fus tentée de lui obéir. Mais une soudaine frayeur me saisit.

— Qu'est-ce qu'il se passera après ? Vous allez me tirer dessus ?

— Non, Alice. Nous ne tirerons pas. Nous n'aurons aucune raison de le faire.

— Mais… je vais aller en prison ?

— C'est fort possible, Alice. Ce que vous avez fait est contraire à la loi.

— Longtemps ?

— Je ne sais pas. Avec un bon avocat, vous pourrez peut-être vous en sortir.

— Ne t'inquiète pas, ma chérie, dit Sandrine, on va t'aider. Je vais t'aider. Et tu t'en sortiras.

— OK. Je vais poser cette arme.

J'amorçai le mouvement puis me ravisai et relevai le bras.

Antoine

DEPUIS COMBIEN DE TEMPS n'avais-je pas pleuré ? Chaque mot d'Alice m'avait écorché le cœur, chaque tonalité m'avait ébranlé, et ses sanglots avaient emporté les miens.

J'étais comme hypnotisé par cette scène, par la femme qui apparaissait en gros plan sur l'écran du téléviseur. Je la trouvai belle, grande, unique.

Je l'aimais.

Elle allait poser l'arme puis soudain la releva.

— J'ai encore une demande à faire, dit-elle.

Il y eut un petit moment de confusion puis une voix peu distincte, venant de l'homme situé hors champ, le négociateur, l'incita à formuler sa requête.

— J'ai dit que nous avions tous des rêves. Certains sont réalisables, d'autres de l'ordre du fantasme. J'aimerais pourtant qu'un de ces rêves, un fantasme plutôt, puisse se réaliser ce soir.

— Quel est votre rêve, Alice ? demanda la voix hors champ.

— Ce n'est pas le mien. C'est celui de Sandrine.

— OK. Dites-nous.

— Sandrine rêve depuis toujours de rencontrer Marc Levy. Alors, s'il entend ce message, je lui demande de lui accorder un moment. Ce ne sera pas grand-chose pour lui, mais, pour elle, ça changera sa vie. Et au moins, dans toute cette sale affaire, quelqu'un aura trouvé un peu de bonheur.

— Oh ma poulette, t'es trop géniale, clama une voix.

Alice esquissa un sourire dans sa direction, puis se pencha pour poser l'arme à terre. Aussitôt, des hommes accoururent pour la ramasser et encadrer Alice. Puis, sans brutalité, avec même beaucoup de délicatesse, comme si elle était rescapée d'un accident, ils l'emmenèrent. La caméra la suivit jusqu'à ce qu'elle disparaisse dans l'obscurité des coulisses. L'émission prit fin sans reprise de parole et fut suivie d'un flash d'information consacré à l'événement. Je restai figé, yeux rivés à l'écran, n'écoutant plus rien, incapable de penser ou d'agir, laissant les mots d'Alice retentir encore et encore dans mon esprit.

C'est la sonnerie du téléphone qui me tira de cette transe.

— Boss, j'ai une bonne nouvelle. Avec les codes, je me suis rapidement introduit dans leur système et je suis en train d'aspirer les dossiers demandés. Et y a du lourd.

— C'est-à-dire ?

— Des comptes rendus de réunions dans lesquels il apparaît clairement qu'ils se foutaient royalement d'Alice, de ce qu'elle penserait, de la manière dont elle réagirait. C'est une histoire de fric, purement et simplement. Ils jouaient gros avec la chaîne, et leur seule préoccupation était de la satisfaire pour conclure un contrat important. Un des membres de l'équipe les a alertés sur la dimension immorale du programme, sur la fragilité d'Alice, sur le fait qu'elle ne supporterait pas cette exposition et pourrait même être capable de se foutre en l'air. Mais… ils s'en tapaient !

— Comment s'appelle cette personne ? On pourrait la convaincre de témoigner.

— Olga Charvet.

— Olga… Je la connais. Envoie-moi tout ça.

Je me sentis galvanisé. J'allais enfin pouvoir agir.

Marianne

C'ÉTAIT UN CAUCHEMAR. Je piétinais dans mon salon, en larmes, sous l'œil hagard de mon mari. Je zappais d'une chaîne d'information à l'autre, espérant avoir des nouvelles d'Alice. Toutes répétaient les mêmes paroles, montraient les mêmes images, en boucle.

Et sans cesse le visage méconnaissable d'Alice. La timide, la tendre, l'adorable Alice élevée au rang de terroriste puis, au gré des commentaires, de victime emblématique du pouvoir des médias.

Mais qui savait exactement qui elle était ? Moi qui la connaissais, je comprenais son geste. C'était celui d'une femme trop longtemps oubliée qui, alors qu'elle pensait enfin devenir autre, s'était vue humiliée, violée en direct devant toute la France.

Je décidai de faire ma valise pour partir à Paris la défendre. Je me voyais entrer dans un commissariat pour expliquer aux flics ce que je savais d'elle, contacter les médias, haranguer les foules. C'est ce que je dis à mon mari en me rendant dans notre chambre. Mes propos devaient être incohérents, mon attitude inquiétante, car il me suivit sans rien dire. Je me mis à empiler des vêtements, n'importe lesquels, la vue brouillée.

— Marianne ?

Il avait dû m'appeler plusieurs fois sans que je l'entende. Je me tournai vers lui.

— Tu vas te calmer. Tu ne peux pas partir comme ça.

— Mais il faut que j'y aille ! Je dois la voir ! Lui dire que je suis là, qu'elle peut compter sur moi. Et j'expliquerai à tout le monde qui elle est.

— Marianne… On va parler un moment, OK ?

Au ton de sa voix, je compris qu'il s'inquiétait. Il me prit la main, me fit asseoir sur le lit.

— Alors, tout d'abord, tu ne peux pas partir à cette heure. Il n'y a plus aucun avion ni train pour t'emmener là-bas. Ensuite, tu ne pourras pas la voir. Et je crois que tout le monde a compris qui elle était. Tu as entendu ce qu'ils ont dit sur les témoignages de soutien qu'elle reçoit ? Alors, tu vas te reposer et, demain, nous aviserons.

J'éclatai en sanglots et il me serra dans ses bras.

— Il n'y a rien de grave. Elle a juste eu le courage de s'affirmer.

— Mais elle… va… aller… en prison.

— Nous verrons. Nous avons une justice intelligente. Et son cas sera facile à plaider.

Je me souviens avoir pleuré dans ses bras jusqu'à ce que la fatigue m'emporte. Et dans mon sommeil, je retrouvais Alice et l'embrassais.

Olga

Il m'avait donné rendez-vous dans un bar du quartier de la Villette. Je le trouvai assis à une table isolée, au fond de la salle.

— J'ai l'impression d'être dans un film d'espionnage, dis-je en m'asseyant.

— C'est involontaire. J'habite en face. Par contre, vos lunettes de soleil, alors qu'il fait gris…

— C'est volontaire. C'est pour cacher mes cernes et mes yeux rougis. Je n'ai pas dormi.

— Et beaucoup pleuré, n'est-ce pas ?

Je haussai les épaules. Quand il m'avait appelée, j'avais été tentée de ne pas répondre. Je croyais qu'il allait m'engueuler, m'insulter, me menacer. Mais, consciente que les jours à venir seraient difficiles, qu'il fallait me préparer à supporter les assauts des défenseurs d'Alice, j'avais décroché et, surprise, l'avais trouvé conciliant.

— Je sais que vous n'étiez pas dans le coup, avait-il dit. Enfin, pas quand la mauvaise blague a pris la tournure que nous avons pu voir hier soir.

— Comment le savez-vous ? avais-je demandé, étonnée.

— Je suis en possession de documents qui le racontent.

— Alors que voulez-vous ? demandai-je, sans savoir de quels documents il parlait.

— Je veux que vous m'aidiez à défendre Alice. Ce qu'elle a fait est grave aux yeux de la loi. Et elle aura face à elle des gens puissants.

J'avais immédiatement accepté de le rencontrer et me retrouvai là, après une nuit passée à pleurer et à me traiter de tous les noms.

— Je ferai tout ce que vous voudrez.

— Avez-vous lu les journaux ce matin, regardé les infos ou écouté la radio ?

— Non, j'ai préféré éviter.

— De crainte d'y lire votre nom ?

— Oui. Mais pas seulement. J'ai tellement honte d'avoir participé à tout ça.

— Ils vous mentionnent, en effet. L'affaire est couverte par tous les médias. Tout le monde prend la défense d'Alice contre cette télévision poubelle dont la seule valeur est la rentabilité. Les extraits sur YouTube ont été vus des millions de fois déjà, en France et ailleurs, et une centaine de personnes sont massées depuis ce matin devant le commissariat où elle est entendue. Le CSA a reçu des milliers de plaintes. Une pétition lancée dans la nuit a déjà recueilli 150000 signatures. Cette affaire prend une ampleur incroyable.

— Il sera donc facile de la défendre.

— Pas forcément. Elle est quand même coupable d'une prise d'otages. Et même si la rumeur dit que l'arme était factice, la loi reste ce qu'elle est.

— Vous souhaitez que je témoigne, n'est-ce pas ?

— En effet.

— C'est d'accord, dis-je sans hésiter.

— Votre entreprise vous en tiendra rigueur, vous le savez.

— Je n'avais pas l'intention d'y retourner. Et, de toute façon, je ne crois pas qu'elle survivra à un tel scandale. De quels documents disposez-vous ?

— Les comptes rendus de réunion, les emails échangés par votre direction et la chaîne, et pas mal d'autres choses que je n'ai pas encore eu le temps d'étudier.

— Comment vous les êtes-vous procurés ?

— Hacking. Je m'occupe de sécurité informatique, vous le savez.

— J'aurais pu vous les fournir. Peut-être pas tous mais une bonne partie.

— Je ne savais pas dans quel camp vous étiez quand nous avons forcé le système.

— Vous allez les transmettre à la presse ?

— Pas tout de suite. J'attends d'abord que la SCAD et la chaîne présentent leur ligne de défense.

— Se sont-elles déjà exprimées ?

— Oui. Blanchet a fait une déclaration dans laquelle il soutient que sa motivation était de créer un beau programme, fondé sur des valeurs d'entraide. Qu'il est désolé.

— Foutaises.

— Je sais. Mais nous devons attendre que sa stratégie soit officielle. Ils plaideront sans doute la bonne foi, l'erreur de jugement. Et moi j'enverrai les éléments qui permettront de les décrédibiliser. La chaîne est puissante, nous aurons à manœuvrer subtilement.

— OK. Je ferai ce que vous voudrez.

Au-delà de la satisfaction de participer à l'aide qu'Antoine voulait apporter à Alice, j'éprouvais du réconfort à l'idée que cet homme soit prêt à tout pour elle. Je l'avais compris avant, quand ses regards le trahissaient, mais je le voyais maintenant dans ses yeux, le lisais dans ses mots, dans la concentration avec laquelle il élaborait son projet. Et cet amour était une consolation pour la coupable que j'étais.

Sandrine

QUEL MICMAC, mes aïeux ! Les jours qui suivirent furent un tourbillon d'événements au cœur desquels je dus jouer un rôle qui, ma foi, ne me déplut pas. À commencer par le fait que ma trombine était dans tous les journaux ! Moi, l'anonyme, la transparente, l'inconsistante Sandrine, j'étais (presque) devenue une vedette.

Je n'avais jamais rêvé d'être sous les feux des projecteurs. Et si on m'avait dit que ce serait Alice qui conduirait à cette notoriété, je me serai fendu la poire !

Et pourtant, tous les journaux parlaient de moi, affichaient mon portrait et me réclamaient des interviews. Bien entendu, la vraie vedette était Alice, mais, dans l'attente du procès, celle-ci étant passée de la garde à vue à la détention provisoire, les médias s'étaient jetés sur son amie, celle qui avait convaincu la désespérée de poser son arme, celle dont les insultes à l'égard de Candice avaient ravi les téléspectateurs. J'avais d'abord hésité : le coup d'éclat de ma poupette et les émotions éprouvées ce soir-là m'avaient vidée de toute énergie. J'avais donc refusé les sollicitations et m'étais plongée dans l'exploration de mes placards à la recherche de nourritures capables de me calmer. Mais deux éléments m'avaient amenée à revoir cette position. Le premier était que les médias parlaient de moi de toute façon, m'inventaient une personnalité et publiaient les photos de ma trombine, réalisées ce soir-là. Prendre la parole permettait donc de maîtriser le discours à mon sujet. Le second tenait à Antoine. Quel homme ! Si je l'avais connu avant j'aurais sans doute giflé Alice pour la sortir de son rêve et la pousser dans les bras de ce mec ! Comment avait-elle pu le mettre à l'écart pour poursuivre le mielleux et foireux fantasme que les garces lui avaient servi ?

Antoine m'avait contactée deux jours après l'incroyable soirée, afin « d'envisager la situation d'Alice et de tout faire pour la sortir de ce guêpier », avait-il dit. Je lui avais proposé de venir chez moi et, quand il s'était pointé, face à sa beauté virile, j'avais eu les guibolles en coton. Je lui avais préparé un café et m'étais assise en face de lui en essayant de conserver un semblant de dignité. Depuis combien de temps ne m'étais-je pas trouvée devant un homme aussi sexy ? Je veux dire, si on excepte les films à la télé avec Antonio Banderas.

— Nous devons tout entreprendre pour amplifier le soutien de l'opinion publique à Alice, avait-il dit.

— Je crois que ça marche pas mal déjà, non ? avais-je répondu.

— C'est vrai. Mais la chaîne est puissante, et elle va sans doute engager les meilleurs communicants et avocats pour se refaire une image. Et ce sera au détriment d'Alice.

— Et que pouvons-nous faire de plus ?

— Votre rôle, durant la soirée, a été déterminant, et vous avez un capital de sympathie assez incroyable auprès du public et des médias.

— Parce que je suis éminemment sympathique !

— Tout à fait, s'esclaffa-t-il. Et c'est pour ça que je suis là. Je comprends qu'il soit désagréable de parler aux journalistes et que cela bouscule votre quotidien. Mais je pense que vous devez monter en première ligne et leur raconter ce que vous savez. Vous jouissez d'une excellente image, donc autant la mettre à profit pour continuer à mobiliser l'opinion publique en faveur d'Alice.

— Mais je ne sais pas composer avec ces gens-là. Je m'en méfie comme de la peste.

— Vous n'aurez pas à composer. Soyez vous-même. Vous avez une forte personnalité, une belle âme. Vos mots sauront forcément toucher les médias et le public.

Ses compliments m'avaient tellement ravie que j'avais dû rougir un peu. Si je n'étais pas fidèle en amitié, j'aurais bien tenté de le violer, là, dans mon salon.

— Si ça peut être utile à Alice, je veux bien payer de ma personne. Mais pour dire quoi ?

— Répondez à leurs questions avec le naturel qui vous caractérise.

— Et vous, quel rôle jouerez-vous dans cette stratégie de défense ?

— Je prépare les éléments qui permettront de l'aider lors du procès.

Je lui avais proposé un autre café, qu'il avait accepté. Quand je le lui avais ramené, il paraissait préoccupé.

— On va faire mordre la poussière à ces salauds, avait-il marmonné.

— Et ma choupinette, que pensez-vous qu'il lui arrivera ?

— Je ne sais pas. Je dois rencontrer un ténor du barreau cet après-midi afin d'organiser sa défense.

J'avais admiré sa détermination, son engagement.

— Elle doit être désemparée à l'heure actuelle, avait-il répondu d'une voix pleine de compassion.

— Quand les flics m'ont interrogée, j'ai demandé de ses nouvelles. Ils m'ont dit qu'elle était plongée dans un état d'aphasie, qu'elle ne réalisait pas encore ce qu'elle avait vécu. Mais j'ai compris également qu'ils la traitaient bien. Les flics sont comme tout le monde, écœurés par ce qu'ils lui ont fait subir. Elle a leur sympathie.

— Mais la loi est la loi.

— Exact.

Il s'était levé, comme étourdi par ses pensées.

— Je vais vous laisser. Tenez-moi au courant.

Je l'avais raccompagné et, alors qu'il s'apprêtait à me saluer, je lui avais posé une question dont je connaissais déjà la réponse.

— Vous l'aimez, n'est-ce pas ?

Ses lèvres avaient dessiné un léger sourire.

— Oui, avait-il répondu en haussant les épaules, pour dire qu'il s'agissait d'une fatalité contre laquelle il ne pouvait rien et ne nécessitait d'autre réponse que cette affirmation directe et sincère.

J'avais alors aperçu l'adolescent derrière l'homme. Un adolescent porté par son amour mais craintif et perplexe. Il avait peur pour elle et peur qu'elle ne l'aime pas.

Alors qu'il me tendait la main, je l'avais pris dans mes bras.

— Elle vous aimera aussi… si ce n'est pas déjà le cas.

Il avait posé ses larges paluches sur mes épaules et m'avait rendu mon étreinte. Celle d'un homme, puissant et rassurant.

Bigre, elle en avait de la chance dans son malheur, la petite !

Antoine

SANDRINE ACCOMPLISSAIT un travail incroyable. Elle répondait aux interviews avec une aisance surprenante, défendait son amie en évoquant sa fragilité, sa douceur, ses valeurs humaines. Elle fustigeait ceux qui l'avaient dupée. Elle racontait la solitude d'Alice dans des termes empreints de pudeur, d'amour. Elle disait l'espoir qu'avait fait naître l'irruption de ce prétendant sans visage, donnant à la personnalité de sa voisine la consistance et la véracité que les portraits diffusés dans l'émission avaient volontairement ignorées. Son franc-parler, sa gouaille en firent rapidement un témoin prisé quand, en face, les visages compassés de Blanchet ou des avocats de la chaîne, leurs propos taillés au cordeau des risques juridiques et revisités par une cohorte de conseils en communication, les transformaient en coupables idéaux. À elle seule, Sandrine avait gagné la bataille médiatique.

Une victoire que je savais provisoire et fragile tant les emballements du grand public sont versatiles. Plus tard, quand la meute se rendrait compte que du gibier capturé ne restait qu'un squelette aux os blancs, elle ferait volte-face. Pour l'heure, le public était encore accaparé par l'affaire d'Alice, traquant une nouvelle info, de nouvelles rumeurs pour alimenter ses conversations, de nouvelles raisons d'exacerber son indignation et de s'épancher sur les réseaux. Mais il finirait par se lasser puis se laisserait détourner par un autre événement, une autre cause.

Le camp adverse le savait et attendait son heure, celle où il faudrait se délester des passions pour ne considérer que les faits.

La bataille juridique se révélerait ardue et, si l'engouement de l'opinion pour la cause d'Alice me satisfaisait, je restai concentré sur ce seul objectif.

À mon grand désespoir, Alice avait accepté d'être défendue par un avocat commis d'office. Par lassitude ou manque de moyens financiers ? Les deux, sans doute. J'avais demandé à Sandrine de la convaincre de choisir un ténor, mais quand elle avait dit que je proposais de le payer – avec ce qui me restait d'économies – la détenue avait refusé. J'avais alors eu l'idée de créer un financement participatif. Phil avait lancé l'opération, fait la promotion de l'initiative sur Internet, et la somme recueillie dépassait largement nos objectifs. Alice finit par se laisser convaincre, et maître Lançon lui rendit visite.

Il me rapporta l'avoir trouvée fatiguée mais sereine.

« Elle n'était pas préparée à une telle épreuve et n'aurait jamais imaginé que sa morne vie simple, balisée de valeurs, puisse la conduire en prison. Elle dort peu, mange peu, et, pourtant, elle m'a donné l'impression de maîtriser les événements, d'accepter son sort », m'avait-il confié.

Cette femme m'épatait.

Dans le groupe de défense qui s'était constitué autour d'elle, mon nom n'apparaissait nulle part. Je n'avais aucune légitimité puisque je n'étais rien pour elle. Et rester libre de mes mouvements facilitait ma tâche. Ma seule interlocutrice était Sandrine. Elle, de son côté, faisait le lien avec la famille et les amis qui voulaient se tenir au courant de l'avancée de l'affaire, de la santé d'Alice. Marianne, son amie d'enfance, était venue à Paris nous prêter main-forte. Quand Sandrine avait obtenu un droit de visite, j'avais insisté sur le fait que sa protégée ne devait pas connaître toute mon implication. Mais, lorsque l'avocat me tendit une lettre de sa cliente, je sus que la nouvelle vedette des médias n'avait pas tenu sa langue. J'avais mis le courrier dans ma poche pour le lire tranquillement une fois arrivé au bureau.

— Vous avez l'air fatigué, patron, me dit Dorine.

Ma jeune assistante se dépassait. Elle palliait mes défaillances professionnelles en travaillant plus qu'à l'accoutumée.

— Tout va bien. Du nouveau ?

— Sur le plan professionnel, je gère.

— Merci, Dorine. Je paierai vos heures supplémentaires. Et même plus, compte tenu du fait que vous êtes seule à gérer cette entreprise.

— L'intention est louable mais vous oubliez une chose : je gère aussi votre compte bancaire professionnel. Donc… ne faites pas de promesses que vous ne pourrez pas tenir.

— Quand tout ça sera fini, je m'occuperai sérieusement de nos clients et je vous assure que nous gagnerons suffisamment de fric pour que je tienne cet engagement.

— Sinon, y a une autre possibilité, dit-elle, sérieuse.

— C'est-à-dire ?

— Un paiement en nature… Bon, OK, je rigole. Je sais que votre cœur est désormais pris. Même si ce n'est pas cette partie de votre corps que je convoitais.

Je m'étais réfugié dans mon bureau pour lire la lettre.

« Antoine,

« Je vous écris du fond de ma cellule (qui aurait pu croire que j'aurais un jour à rédiger une telle phrase) ?

« (Mais, par ailleurs, qui aurait pu croire que ma vie prendrait un tour si étonnant ?)

« Je fais face à une réalité qui, chaque instant, m'étonne. Une réalité qui aurait pu me dépasser, m'engloutir tant elle est invraisemblable. Je dors en prison, je commence à lier connaissance avec des détenues dont je ne veux pas connaître les forfaits, je reçois la visite de mon avocat pour parler de mon procès.

« Tout ce qui arrive est de ma faute.

« J'ai voulu croire que les contes de fées étaient possibles, que je pouvais être une princesse, avoir des amies avec qui rire, discuter, et auxquelles accorder ma confiance. J'ai imaginé qu'il était possible de devenir celle que je n'avais jamais été. Ce n'est pas une rupture de l'espace-temps ou un quelconque phénomène paranormal qui m'ont projetée dans le monde où je me trouve désormais, c'est simplement moi qui ai trébuché.

« Tout ceci aurait pu m'anéantir. Mais j'ai survécu et survivrai encore à ce qui m'attend. Car après m'être perdue, je me suis retrouvée. Différente. Oui j'ai retrouvé une autre femme et je passe mes journées à faire connaissance avec cette nouvelle Alice. De longues journées car ici les heures n'ont pas la régularité de celles qui ponctuent une journée de travail ou de détente. Elles sont parfois pleines d'un silence dense, écrasant et, d'autres fois, vides de présence.

« Mais sachez une chose : vous êtes dans toutes ces heures, Antoine.

« Vous voyez, j'ai changé. J'ose dire ce que je pense et ressens.

« Alors, je ne sais pas si celle que je suis aujourd'hui est encore susceptible d'être désirée, si celle qui ose vous écrire est encore celle à qui vous faisiez cette si jolie déclaration.

« Je sais seulement que, dans mes moments de dépit, quand les événements me rattrapent et me salissent encore, je me raccroche à ce que vous m'aviez dit.

« Si on me proposait d'effacer de ma mémoire tout ce qui est arrivé, je refuserais, par crainte de vous oublier. Vos regards et vos mots sont les seuls éclats de vérité qui jaillissent de ces sombres journées, et leur lumière éclaire encore aujourd'hui chaque instant de désespoir. Je sais que vous vous démenez pour moi, que vous mobilisez tous les moyens possibles pour me sortir de cette situation, et cette idée est une autre source de réconfort, une autre raison de penser à vous.

« Merci d'être là, d'exister, de m'offrir votre bienveillance. Votre amour.

« Alice. »

Je restai un moment sonné par ces mots, les lus et relus à plusieurs reprises, tentant d'imaginer Alice dans sa cellule en train de les écrire.

En effet, une nouvelle Alice se révélait. Ce qu'elle avait subi et subissait encore, passant d'une agitation extrême à une solitude qui l'était tout autant, l'amenait à laisser de côté sa pudeur pour exprimer ses sentiments. Ses sentiments pour moi. J'en étais bouleversé. Et je trouvais là une nouvelle énergie pour la défendre et envisager la vie… sous des couleurs plus attrayantes.

Dallia

C'EST CANDICE qui m'avait conseillée de regarder ce programme. « Tu vas être surprise ! » avait-elle annoncé. J'ai toujours suivi les conseils de Candice et d'Olga. Mais, si je les considérais toutes deux comme mes amies, la froide et belle assistante du boss était moins proche de moi et même souvent indifférente à ce que je racontais. Candice et moi étions plus complices. Enfin... disons plutôt que je me sentais plus d'affinités avec la fille indépendante et terriblement séduisante à laquelle je tentais depuis toujours de ressembler. Olga me semblait hors de portée. J'avais l'impression qu'elle nous fréquentait plus par distraction que par envie. Nous l'amusions, la divertissions. Candice, du fait de son tempérament positif, son pouvoir de séduction, ses élans d'ambition. Moi... involontairement : ma naïveté l'étonnait, la surprenait et, parfois, lui arrachait un sourire. Oui, je suis moins maligne qu'elles. Moins intelligente, en fait. Mais je sais que je ne suis pas aussi idiote qu'elles le pensent, seulement plus... candide et sans doute trop spontanée. Je prends tout au premier degré. Et je parle sans réfléchir. C'est de famille. Mes sœurs aussi sont ainsi. Nous sommes cinq filles donc, et durant toute notre jeunesse, à la maison, pour avoir une chance de nous faire entendre, pour nous imposer dans une discussion, il nous fallait profiter du moindre temps mort pour arriver à prendre la parole et la garder. Ce qui laissait peu de place à la réflexion. Quand nous discutions à la maison, mon père jetait souvent un regard dépité vers nous puis, dans la cacophonie ambiante, lâchait son expression fétiche nous concernant : « Tout ça n'est que diarrhée verbale. » En effet, nous parlions de tout, de rien, sans filtre et sans finesse. Mais nous étions heureuses de partager ces moments.

Alors oui, je ne suis pas fine, j'en conviens, mais je ne suis pas pour autant stupide. Je me rends compte des bêtises que je dis... mais plus tard, quand je suis seule et rumine mes interventions, surtout lorsqu'elles ont suscité un sourire moqueur, un silence embarrassé voire une remarque acerbe.

Bref, c'est pour cette raison qu'elles m'avaient tenue à l'écart de leur projet... Elles ne m'avaient pas fait confiance. J'en avais été vexée en voyant le début de l'émission. Puis jalouse quand Candice était apparue à l'écran, si belle et si classe ! Puis bouleversée lorsque Alice s'était effondrée.

En vérité ma « bêtise » m'avait sauvée. Leur manque de considération m'avait préservée des torrents d'insultes que les réseaux sociaux déversaient sur les instigateurs du programme.

Et elles, toutes malignes qu'elles étaient, se retrouvaient en pleine tourmente ; dans l'entreprise, tout le monde leur reprochait les difficultés que nous rencontrions désormais.

Olga n'était pas réapparue. Et Candice rappliquait seulement pour participer aux réunions de crise organisées par l'agence de communication et les avocats. Elle n'était jamais venue me saluer jusqu'à ce jour où elle s'était pointée dans mon bureau. Où était passée la flamboyante et ambitieuse Candice ? J'avais face à moi une femme certes parfaitement habillée mais à la mine grise, aux traits tirés. Qui faisait peine à voir.

— Je suis désolée de ne pas t'avoir tenue au courant, avait-elle lâché. Mais... c'était un mot d'ordre de la direction.

— Ne regrette rien. Vous avez eu raison. Je suis trop conne pour que l'on me fasse confiance.

— Non, ce n'est pas ça mais...

— Mais aujourd'hui, les connes c'est vous, l'interrompis-je. Votre intelligence, cumulée à celle des directeurs et créatifs impliqués, ne vous a pas préservés de commettre une des plus grosses erreurs que le monde des médias ait connues. En fait, tu vois... je suis heureuse que vous m'ayez tenue au secret. Ça m'évite les soucis auxquels vous devez faire face.

Je vis ses traits se durcir et m'attendais à ce qu'elle réagisse avec véhémence. Mais elle se contint. Et je compris, à cet instant, qu'elle voulait me demander un service.

— Tu as raison, répondit-elle du ton qu'elle aurait employé pour me lancer un « Va te faire voir ! ». On vit des moments difficiles.

— Ça ne me concerne pas, Candice.

— Pour l'instant.

— C'est-à-dire ?

— Nous perdons des clients et la direction va sans doute préparer un plan de licenciement.

— Et ?

— Et tu peux éviter de faire partie de la charrette.

— Comment ?

— En témoignant.

— Pour dire quoi ?

— Que nous étions sincères. Qu'Alice était au fond du trou quand nous nous sommes occupées d'elle. Que c'est son désespoir qui nous a conduites à agir.

En temps normal, j'aurais accepté comme j'acceptais tout ce qu'elle me demandait. Puis, une fois seule chez moi, je l'aurais regretté. Mais l'affaire m'avait amenée à reconsidérer ma façon d'être. Et j'avais pris la ferme résolution de réfléchir avant de m'exprimer. Il faut avouer que l'expérience me plut. Rester silencieuse face à une personne qui quémande une réponse vous donne un certain sentiment de puissance. Et je pouvais voir, derrière les traits durs de Candice, l'humiliation qu'elle ressentait à me demander de l'aide.

— Tu me dis, donc, que si je refuse, je ferai partie de la liste des licenciés, n'est-ce pas ?

— Tu connais Fabrice… S'il sait être reconnaissant avec ceux qui lui rendent service, il est également impitoyable envers ceux qui n'accèdent pas à ses demandes.

— Je vois… Je vais y réfléchir.

En fait, ma décision était prise mais j'aimais le petit pouvoir que me conférait l'hésitation et voulais en profiter plus longtemps. Pourtant, le léger sourire qui traversa son visage m'incita cependant à lui répondre sur-le-champ.

— Tu penses que je ne suis pas capable de la moindre réflexion, c'est ça ? lançai-je.

— Pas du tout…

— Mais si, avoue-le. Tu me trouves bien trop stupide. Et tu as raison. Je vais tout de suite te répondre : je ne témoignerai pas. Ce que vous avez fait à Alice est dégueulasse. Vous pensez être au-dessus de tout le monde, pouvoir manipuler ceux qui n'ont pas votre « intelligence », et vous vous êtes foutus dans la mouise. Vous serez sans doute suffisamment « intelligents » pour vous en sortir tout seuls.

Ma tirade l'avait scotchée. Elle ne s'y attendait pas. Je compris qu'elle voyait en cet instant un nouveau pan de son monde s'effondrer. Dans un sursaut de fierté, elle se redressa et me toisa.

— OK. Fabrice appréciera, lâcha-t-elle, mauvaise, avant de faire volte-face.

— Quand tu lui rapporteras ma décision, dis-lui également que je sais suffisamment de choses pour lui causer des soucis. L'avantage d'être considérée comme une fille stupide est qu'on ne se méfie pas de vous. J'ai vu et entendu assez de trucs dans cette boîte pour finir de la couler.

Elle se retourna pour me lancer un regard effaré. Et c'est ce regard qui me gonfla de fierté. J'étais pour la première fois plus forte qu'elle ! J'avais sauvé mon honneur et sans doute mon emploi, et j'en ressentis une énorme satisfaction. Tenir tête à Candice et au boss, quelle victoire !

Mais, le soir même, je dégrisais. Pourrai-je encore travailler dans une entreprise dont les patrons se montraient aussi vils ? Et qui me verraient en éternelle ennemie ? La réponse était évidente. De nombreuses démissions étaient déjà arrivées sur le bureau de Blanchet, dont celle de Fantin. Le navire prenait l'eau de toutes parts.

Alors, pour retrouver le sentiment de fierté qui m'avait portée durant la confrontation avec Candice, je téléphonai à Antoine et lui proposai mon témoignage.

La petite conne allait avoir sa revanche !

Sandrine

Le logo sur l'enveloppe m'avait laissée perplexe. Je m'étais demandé s'il s'agissait de la démarche d'une maison d'édition souhaitant que j'écrive l'histoire qui me liait à Alice. Pourquoi pas ? Alléché par l'engouement du public concernant l'affaire, un éditeur aurait pu avoir l'idée loufoque de m'inviter à m'épancher. Ça n'aurait pas été la première daube à encombrer les rayons des librairies, n'est-ce pas ? Et, je l'avoue, l'hypothèse m'avait emballée. Je m'étais d'emblée imaginée dans la pose de l'écrivain luttant face à une page blanche pour ordonner ses idées, trouver les bons mots, noyant ses doutes dans l'alcool, étouffant ses craintes sous de longues bouffées de cigarette. D'autres clichés avaient suivi : je présentais mon livre à la presse, j'étais assaillie par des lecteurs en librairie, interviewée à la télé, puis je devenais riche et ensuite me retirais dans le Sud afin de poursuivre mon œuvre. Complètement mégalo la gonzesse ! Mais bon, ma trombine dans les médias avait flatté mon ego à l'excès, et cette soudaine notoriété m'avait quelque peu secoué la carafe. Reste que laisser son esprit vaquer dans la sphère des fantasmes n'a jamais fait de mal à personne.

En vérité, ce que recelait l'enveloppe était encore plus beau que mes ridicules divagations.

Mon auteur préféré m'avait envoyé son dernier roman dédicacé ! Et, excusez du peu, il avait également joint un petit carton sur lequel il adressait un petit mot à bibi ! Un mot écrit de sa propre main !

« J'ai été très touché par l'histoire d'Alice et par la détermination avec laquelle vous la défendez. Je réponds donc favorablement au vœu qu'elle a adressé. J'espère pouvoir échanger avec vous autour d'un verre lors de mon prochain passage à Paris. Mon assistante vous contactera.

« Adressez mon amitié à Alice.

« P.S. : je compte sur votre discrétion. »

J'étais restée hagarde, telle une candidate des « Anges » (de la téléréalité) face à un texte de plus de quatre lignes. Puis mon cerveau avait de nouveau été irrigué et j'avais réalisé la portée du message. IL m'avait écrit ! IL connaissait mon existence ! J'allais LE rencontrer ! J'étais folle de joie !

Bon… je m'égare. Je devais parler d'Alice et je ne parle que de moi. Mais reconnaissez quand même que cela n'est pas sans rapport avec le sujet. Après tout, cette initiation n'était qu'un dommage collatéral (ô combien délicieux !) de l'aventure dans laquelle mon amie s'était trouvée embarquée.

D'ailleurs, lors de la visite que je rendis à Alice, après l'avoir longuement serrée dans mes bras, je commençai par lui raconter le petit mot et la promesse de mon auteur préféré. Son visage rayonna.

— Peut-être que tout ça valait le coup, après tout, ironisa-t-elle. Que c'est arrivé pour que tu puisses réaliser ce rêve ?

— Heu… Bibiche, t'es sûre que la prison n'affecte pas ton jugement ? répondis-je. Parce que moi, à tout bien peser, j'aurais préféré que rien n'arrive.

Ma louloute avait l'air fatigué. Le teint pâle, amaigrie, des cernes sous les yeux, les cheveux maladroitement attachés, un jogging difforme sur le corps, elle aurait fait peur à un épouvantail. Mais, paradoxalement, elle affichait un moral de vainqueur.

— J'ai du temps pour réfléchir, ici. Je lis beaucoup également. Et je me découvre.

— C'est-à-dire ?

— Je revisite ma vie et n'ai pas d'autres choix que de faire face à mes erreurs, mes traumatismes. Je comprends pas mal de choses, en fait. Avant, quand une pensée m'embarrassait, je m'arrangeais pour l'éclipser en m'engageant dans une tâche quelconque. Ici, je ne peux pas me fuir.

— Bon, OK. Mais est-ce que ça te fait du bien ?

— Contre toute attente, cette histoire pourrait m'être bénéfique.

— Antoine ?

Son visage s'illumina à nouveau.

— Oui, Antoine. Mais pas seulement. Savoir qui l'on est vraiment et ce que l'on veut permet d'envisager la vie avec plus de détermination.

Elle me confia lui avoir écrit.

— Tu vois, avant je n'aurais pas osé. Et là, cela m'a paru facile. Évident même.

— Il t'a répondu ?

— Oui, une magnifique lettre dans laquelle il parle de moi en des termes… troublants et dit vouloir m'attendre. Il aimerait que nous apprenions à nous connaître à travers nos courriers, que chacun se raconte comme nous l'aurions fait si nous avions pu nous voir. Je trouve ça beau et… terriblement excitant. Et puis ça meublera mes journées.

— Mais c'est fantastique ! J'adorais ce mec !

— Oui, mais…

— Mais quoi ?

— Si je dois rester enfermée pendant des années… ne se lassera-t-il pas ? M'attendra-t-il vraiment ?

— C'est pas un gamin ! C'est un homme qui sait ce qu'il veut et qui t'aime ! Ensuite, tu ne resteras pas enfermée très longtemps. Je suis certaine que la justice se montrera clémente.

Je lui racontai les excellents résultats du plan d'action mis en place. Et lui donnai des nouvelles de Gaillard.

— Il est heureux, le vioque ! Il se fait interviewer et raconte qu'il était un peu ton protecteur.

— Sera-t-il inquiété par la justice ? s'enquit-elle, amusée mais inquiète.

— Non. Il t'a donné une arme de collection, inoffensive, et ne pouvait pas se douter de ce que tu en ferais. Mais faut le voir poser pour les photographes.

Elle rit.

— Ils sont gentils avec toi, ici ? demandai-je.

— Oui, ne t'inquiète pas.

— Comment ne pas m'inquiéter quand tout ce que je sais de l'univers carcéral se résume à des références comme *Prison Break* ou *Orange Is the New Black* ?

— Les gardiens sont gentils avec moi. Et les détenues m'ont rapidement adoptée.

— Pas d'approches… inquisitrices ? demandai-je. Genre le soir ou dans la douche… Tu sais ce qu'on raconte sur les femmes enfermées pendant des années…

— Non, rien de tout ça, je t'assure, répondit-elle en riant. Les filles me respectent, et certaines voient même en moi une héroïne. C'est dingue, non ? Je suis passée de l'anonymat au statut d'icône de la lutte contre la puissance des médias et du fric.

— Pareil à l'extérieur.

— Désolée de t'infliger cette exposition. Toi qui tiens tant à ta petite tranquillité.

— Mais pas du tout. Tu sais quoi ? Ça me plaît ! Tu vois, moi aussi je me découvre.

— Et tu portes encore cette horrible écharpe ? plaisanta-t-elle.

Je pris l'extrémité du cache-nez et l'enroulai autour de mon cou d'un geste théâtral.

— J'ai remarqué que pas mal de personnalités en quête de reconnaissance avaient recours à un signe visuel distinctif : une coupe de cheveux spéciale, un chapeau, une écharpe rouge… pour se donner un genre ou être reconnu dans la rue. Et figure-toi que j'aime que l'on me reconnaisse, que l'on me demande de tes nouvelles, que l'on m'encourage. J'ai changé, je te dis !

Elle éclata de rire et me prit dans ses bras. Elle allait mieux. Même si, dans ses yeux, subsistaient les traces de la stupeur dans laquelle ces événements l'avaient plongée, je pouvais également y voir une détermination. Une nouvelle Alice allait émerger de ce chaos.

Une nouvelle Sandrine également.

Antoine

LASSÉES PAR LA PUBLICITÉ donnée à cette affaire, les autorités pénitentiaires avaient aisément accédé à notre requête, et la date de la sortie d'Alice n'avait pas été divulguée.

J'étais donc seul devant la porte qu'elle allait franchir, impatient, excité et heureux. J'avais proposé à Sandrine de se joindre à moi, mais elle avait refusé. La délicieuse amie avait prétexté devoir se consacrer aux derniers préparatifs de la petite fête qu'elle avait organisée. Une fête ne réunissant que ses amies proches, dont Marianne, attendue dans l'après-midi, et les principaux instigateurs de la défense d'Alice.

Nos avocats avaient obtenu une remise en liberté dans l'attente du procès, arguant que la détenue ne représentait aucun danger pour la société. Argument qui avait sans doute moins compté que la pression exercée par le public. De plus, face aux éléments dont nous disposions, la chaîne et la société de production avaient présenté des excuses officielles. Une maison d'édition avait aussi acheté à Alice les droits contre une somme suffisamment importante pour qu'elle ne se préoccupe pas de retrouver du travail avant de réellement le désirer. Alice m'avait confié occuper, depuis, son temps à noircir des cahiers dans lesquels elle racontait sa mésaventure.

« J'aime écrire. J'essaie d'être la plus vraie possible. Je veux que tout le monde comprenne ce que j'ai vécu. Les médias ont raconté leur version, sur un ton mélodramatique bien souvent. C'est pourquoi j'essaie de mettre de l'humour dans le récit. Et ça me fait beaucoup de bien », m'avait-elle confié.

L'effet cathartique de la confession avait également été salutaire aux différents acteurs de l'histoire. Tous n'en sortiraient pas grandis, certes. Mais, à part quelques exceptions, chacun avait trouvé là une occasion de dire sa vérité pour servir la cause d'Alice ou tenté d'amoindrir ses responsabilités.

Elle transmettait ses cahiers à un journaliste chargé de faire de ces témoignages un ensemble cohérent et sans doute romancé. Dans un premier temps, j'avais refusé de participer à l'œuvre collective, mais Alice m'avait convaincu de me livrer.

Bien sûr, cela ne suffirait pas à l'exempter de ses propres responsabilités. Mais le procès à venir s'annonçait sous les meilleurs auspices, et nous comptions sur une peine de prison avec sursis.

Durant ses trois mois de détention provisoire, Alice et moi avions correspondu à un rythme effréné. Nous nous étions raconté nos vies, puis, doucement, avions quitté les plages du passé pour dessiner l'avenir que nous composerions ensemble.

Le fait de ne jamais nous être serrés dans les bras, jamais embrassés n'était pas un frein à nos élans.

Au contraire, nous vivions une histoire unique, d'un incroyable romantisme.

Elle avait refusé que je lui rende visite, préférant que notre première rencontre d'amoureux se déroule dans un lieu propice à un beau début d'histoire. « Sinon, que raconterons-nous à nos enfants plus tard ? » m'avait-elle opposé avec humour dans une de ses lettres. J'avais cédé et pris mon mal en patience.

J'avais donc prévu de l'amener déjeuner dans un lieu magique, un petit restaurant des bords de Seine, à l'extérieur de Paris. Un cadre idéal pour un premier baiser.

Je piétinais depuis plus d'un quart d'heure, rajustant le col de ma chemise, cherchant dans le reflet des vitres de ma voiture mon image, domptant mes mèches rebelles d'un geste nerveux, évitant de penser à ce que devraient être mes premiers mots, mes premiers gestes, quand la porte de la prison s'ouvrit enfin.

Elle apparut telle que je l'avais imaginée : aussi fragile qu'une flamme vacillante dans le vent, me chercha du regard, m'aperçut.

Un grand sourire illumina son visage.

J'avançai vers elle.

Vers la femme de ma vie.

La mère de mes enfants.

Table des matières

Dans la même collection

30 histoires insolites qui ont fait la médecine, Jean-Noël Fabiani
À la folie, Clémentine Célarié
Affaires de famille, Agnès Naudin
Aliénor, l'insoumise, Isaure de Saint Pierre
Augustin, Alexandre Duyck
Avec vue sur la mer, Didier Decoin
Aya, Marie-Virginie Dru
Blanquette, Laure Buisson
Bon à rien, Natalie David-Weill
Cabale pyramidion, Samuel Delage
Ces nazis qui ont échappé à la corde, Jean-Paul Picaper
Code Salamandre, Samuel Delage
Dans la tête de Donald Trump, Anne Toulouse
Dans son cœur sommeille la vengeance, Sonia Mabrouk
Déjeuner en paix, Charlotte Gabris
Deux femmes dans la tourmente, Teresa Messineo
Donne-moi des fils ou je meurs, Maud Jan-Ailleret
Envole-moi, Sarah Barukh
Et vous, vous y croyez ?, Hubert Prolongeau
Gump & Cie, Winston Groom
Harry et Franz, Alexandre Najjar
Histoires extraordinaires de la Résistance française 1940-1945, Dominique Lormier
Histoires extraordinaires de la Seconde Guerre mondiale, Dominique Lormier
Impasse Verlaine, Dalie Farah
J'ai décidé de vivre, David Milliat, Christophe Henning
Je suis né à 17 ans…, Thierry Beccaro
Je suis née à Bergen-Belsen, Yvonne Salamon avec Frédérique Agnès
Johnny, le guerrier, Gilles Lhote

Dans la même collection

Juliette de Saint-Tropez, Valentin Spitz
L'écriture du monde, François Taillandier
L'homme qui fuyait le Nobel, Patrick Tudoret
L'odeur de l'herbe après la pluie, Patrick Jacquemin
La croix et le croissant, François Taillandier
La Fille du delta, Frédérick d'Onaglia
La mangeuse de guêpes, Anita Nair
La petite bibliothèque du bonheur, Felicity Hayes-McCoy
La petite fille du phare, Christophe Ferré
La sœur du Roi, Alexandra de Broca
La Vengeance du loup, Patrick Poivre d'Arvor
La vie sauvage des femmes, Bénédicte Brézillon
Lâcher prise, Benoît Aymonier
Le Faux Pas, Frédérick d'Onaglia
Le Pacte interdit, Henri Bellotto
Le Parrain et le Rabbin, Sam Bernett
Le Pays d'où l'on ne revient jamais, Julien Thèves
Le petit café du bonheur, Felicity Hayes-McCoy
Le petit jardin du bonheur, Felicity Hayes-McCoy
Le peuple des abattoirs, Olivia Mokiejewski
Le premier qui tombera, Salomé Berlemont-Gilles
Le Soleil rouge du tsar, Violette Cabesos
Le Squale, Francine Kreiss
Le Tableau, Laurence Venturi
Les 100000 collabos, Dominique Lormier
Les chats, comment ils prennent soin de notre santé !, Anne-Claire Gagnon
Les Déviantes, Capucine Delattre
Les Grandes Affaires de la Libération, Dominique Lormier
*Les infirmières de Notre-Dame, * Flavie*, Marylène Pion
*Les infirmières de Notre-Dame, ** Simone*, Marylène Pion

Dans la même collection

Les infirmières de Notre-Dame, *** *Évelina,* Marylène Pion
Les infirmières de Notre-Dame, **** *Les* Nursing Sisters, Marylène Pion
Les jeunes femmes de 50 ans, Mylène Desclaux
Les femmes du Général, Gérard Bardy
Les sandales blanches, Malika Bellaribi
Les Semeurs de bonheur, Cécile Pardi
Mademoiselle dite Coco, Madeleine Mansiet-Berthaud
Mai-juin 1940 : les causes de la défaite, Dominique Lormier
Merci maîtresse !, Anouk F.
Mes Jardins de Paris, Alain Baraton
Molière, chef de troupe, Francis Perrin
Mon cœur restera de glace, Éric Cherrière
Mon étrange sœur, Marie Le Gall
Mortelle tentation, Christophe Ferré
N'abandonnez jamais, ne renoncez à rien, Francis Huster
Nos baisers sous la neige, Karen Swan
Nos vies insoupçonnées, Anaïs Jeanneret
Nouvelles histoires extraordinaires de la Résistance, Dominique Lormier
On n'efface pas les souvenirs, Sophie Renouard
On s'aimera, Clémentine Célarié
Pourquoi je t'aime, Francis Huster
Poutine, Frédéric Pons
Quand Maman plantait des brosses à dents, Christelle Bardet
Quelle histoire !, Michèle Cotta
Requiem pour un chat, Olivier Bellamy
Rien n'est écrit, Sandrine Catalan-Massé
Rumeurs d'un village, * *La sentence de l'Allemand,* Marylène Pion
Rumeurs d'un village, ** *L'heure des choix,* Marylène Pion

Dans la même collection

Sortie(s) de secours, Caroline Langlade
Sous le manteau du silence, Claire Bergeron
Tyrannie, Richard Malka
Un écrivain, Laure Arcelin
Une aventure monumentale, Olivier Dutaillis
Vengeance à temps partiel (série *Sisterhood*), Fern Michaels
Zoo Station, David Downing

Imprimé en France par CPI
en janvier 2022
N° d'impression : 2063028
Dépôt légal : avril 2022
ISBN : 978-2-3791-3107-3

www.monpoche.fr